陰界黑幫 5

Mafia of the Dead

Div 著

自序

交稿了！交稿了！陰界五從今年二月一直拚到六月，四個多月的時間，我陪著琴與柏，一起進入颱風，在颱風中溜滑梯、打怪，面對強到像鬼的對手（啊！本來就是鬼？）終於，我能夠鬆口氣，離開那步步驚心的緊張氣氛，暫時離開颱風了。

故事裡面，很喜歡把台灣特殊的風景、小吃，與氣候放入其中，因為它們就是這些年來滋養我寫作最重要的養分，這次選了颱風，也期望出版社能夠在七月出版，颱風假時讀陰界五，想像窗外的颱風中有一堆陰魂在打架，應該會別有一番滋味吧？

最近幾年，真的算是體力與精神算累的一年，老二出生已經滿九個月，上禮拜就抓著桌腳站了起來，真是好樣的，他姊姊一年兩個月才站起來，這小子早五個月完成了這個任務，更有趣的是他的表情，左顧右盼之後，竟然扶著桌邊，踏出了第一步！

好傢伙，你才剛站起來而已，就打算要走了嗎？

雖然看見自己的小孩成長很開心，但事實上卻是擔心的開始，因為會站了，代表的是危險性增高，尤其是幾天之後赫然發現他已經爬上了電視櫃，然後轉頭對你傻笑！（對父母而言，這真的是恐怖故事的橋段！因為如果摔下來……）

呵呵，寫到這裡，發現自己已經滿口的爸爸經了，是啊，養了小孩，生命中就會被這兩個小身影填得滿滿的，又或者說，「甜」得滿滿的。（我喜歡這個錯字！）開心之餘，卻也辛苦。

當抱著小孩，手痠腰疼，卻又感覺到來自他們身體那暖暖而結實的溫度，就會想起一首歌的歌詞，梁靜茹的「用多一點點辛苦，換多一點點幸福」，我想，生小孩，對我而言，就這兩句話而已。

講了一大輪爸爸經，咱們稍微回到故事，陰界五不好寫，其實有前例可循，當年地獄五六七就是走到這裡，長篇小說中「肚子」的部分，這裡新鮮感少了，又要為後面龐大的故事走線預下伏筆，卡關撞牆，真的可以說是家常便飯。（地獄五、六，好像是一年才寫完一本？）

但，我還是努力完成，接下來，就是邀請各位了，一起來這趟颱風吧！。ＹＡ！

Div

陰界黑幫

5

Mafia of the Dead

「相傳紫微星系共有一百零八星，又以十四星主掌夜空，其影響國家興亡，個人運勢甚巨，其為紫微、太陽、太陰、武曲、天同、天機、天府、天相、天梁、破軍、七殺、貪狼、巨門與廉貞是也。」

前情提要

一場震撼全島的颱風將至，不只是陽世的人們戒慎恐懼，連陰界的子民也因此而沸騰起來。

因為，颱風帶來的，可不只是驚人的風浪，對陰界而言，是來自天然的美麗贈禮、能量。

而琴與柏，也一起加入了這場追逐風的行列。

琴，生前只是一個普通編輯，死後卻被認為是武鬥高手的她，剛結束了鼠窟的驚險旅程，修復了與群貓的關係，更從短尾貓處得到一項令人費解的禮物，一團毛線球。

她身邊的夥伴更重新洗了牌，繼鬼盜橫財離開之後，神偷莫言為了修煉，也踏上修煉的偷竊之旅，冷山饌自認年事已高不進入颱風，於是琴的身邊剩下小傑、小才、大耗、小耗，以及最後才加入的小天五人。

緊接著，他們即將踏入颱風中，並且選了陸海空三條路線中，最快也最危險的……空路！

而除了琴，另一個主角的故事也在前進，破軍星的轉世，柏。

他親自單挑黑幫十傑中的橫財，更以自己一對雙眼，換來更強的風之技「黑丸」，阻止了橫財痛下殺手。

經歷了苦戰與蛻變後，終於成功將忍耐人的未婚妻小茜送回陽世。

只是，少了雙眼的柏，隨著眾人踏入颱風之中，其凶險程度更勝他人，是否能全身而退呢？

另外，留在陽世的小靜，也因為這場颱風暫停賽事，她又會遭遇什麼事？又會做出什麼決定呢？

預知詳情，請看陰界黑幫五。

第一章・武曲

「總統，您交代的事情都辦好了。」秘書敲門，然後推門走進了總統的辦公室。

總統辦公室內，那個擁有整個國家最大權力的男人，正以手指揉捏著眉心，瞪著眼前電腦上的數據。

那數據呈現的，是直接從氣象局即時更新的颱風動態。

「颱風真大，不是嗎？」總統眉頭緊皺。

「是啊。」秘書語氣同樣擔憂。「山區已經緊急撤離，海邊會嚴防大浪，水庫也隨時準備洩洪，河川周圍也都派人嚴加戒備了，但就怕……」

「就怕天災之外，還有人禍，最後難以收拾。」總統搖了搖頭，「話說回來，這幾年天災不只多，而且大！」

「是啊。」秘書也嘆氣。「簡直就像是世界要跟著毀滅了似的。」

世界要跟著毀滅了？聽到秘書如此說，總統的眼睛，不自覺的看向了桌上被夾在眾多文件中的一張黑色帖子。

那是一張不屬於陽世千萬眾生的神秘請帖。

陰王帖。

「真的是六百年最大的易主到了嗎？」總統閉上了眼，重重的嘆氣。「你們陰界開始一亂，連帶我們陽世都跟著震動起來了嗎？」

時間已經逼近黃昏，距離氣象局預估颱風登陸的時間，還有八個小時。

正所謂暴風雨前的寧靜，颱風逼近的前夕，不只風停了，黃昏的天空更呈現前所未有的絢麗色彩。

紅、橘、黃、靛、紫，各色一起出現在天空中，這些彼此衝突的顏色，像是被人用粗大的毛筆沾抹後，用力塗抹在天空上，也許因為顏色彼此對立，才能形成如此一幅能吸住每雙眼睛的巨大美景。

在這片奇異美景之中，一個小點正在緩緩的飛行。

趕在颱風影響加劇之前，緊急起飛的最後一班飛機，預計在進入暴風半徑之前，飛上大氣層上的平流層，然後在兩個半小時之後，降落在東京的羽田機場。

飛機上，旅客們有的閉目養神，有的凝視窗外，有的則想利用這小小的飛行空檔休憩，有的則是回想起回憶點滴，每趟旅程，總是背負著各種不同的故事，包容著各種心情，這就是旅行，也就是人們渴望旅行最根本的理由。

但，這些旅客們，平靜感受這段時空時，他們卻都沒有察覺到，同樣機艙內，另一個世界正熱鬧滾滾。

那個世界，是陽世的反相，是一個人類死後必去之地，叫做「陰界」。

陰界與陽世息息相關，相生相剋，但陰界的遊戲規則卻殘暴與血腥百倍。

而且，這個世界，已經熱鬧滾滾的開打了！

機艙內，胡亂飛濺的，是血，一蓬一蓬被人砍出來的鮮血，噴上了機艙牆壁，噴中了座椅，甚至噴中了陽世一個禿頭的商務旅客，那旅客像是有感覺般，摸了摸頭，鮮血被他抹了滿頭都是，但他卻渾然不覺。

除了血，還有更實在的東西，像是一隻被齊腕斬斷的手掌，這東西被一柄鋒利的黑刀砍斷之後，飛過了半個機艙，最後掉到了一個女子正在吃的餐盤裡。

那女子模樣高雅，吃飯之前，會將半邊長髮攏到耳後，然後用湯匙，一匙一匙的舀起湯來慢慢啜飲，殊不知，那湯裡面除了玉米、奶油與青豆，還有一隻正在滲血的陰界手掌。

除了血和手掌，其實還有其他東西，例如一個正在打呼的旅客，他嘴裡剛好有一枚眼珠，還有一個正在對空姐語言騷擾的大叔，他頭頂壓著一個剛剛被砍成兩半的屁股，屁股縫隙中，正流下神秘的咖啡色濃稠液體。

咖啡色液體流過大叔的臉頰，最後流入了他的嘴巴。

那大叔講了幾句話，突然停下動作，然後抹了抹自己的嘴，自言自語，「是我的錯覺嗎？怎麼覺得今天嘴特別臭？是火氣大嗎？還是蛀牙了？」

這些陽世人幾乎渾然不覺，但卻有一個人例外，這人其實尚無法被稱為完整的「人」，因為他是一個不滿一歲的嬰兒，還躺在媽媽的襁褓中，他睜眼看著天花板，想哭，但似乎想了想，又決定閉嘴。

因為他還殘留的陰界記憶，正隱隱告訴他一件事，那就是……別管閒事！

尤其是這種規模與等級的戰鬥，絕對不是他一個普通魂魄能管的。

這戰鬥中，等級很高。

而其中最高的，是一柄黑刀。

這黑刀被握在一個平頭帥氣的年輕男孩手中，他表情堅毅，刀法也果決，遭遇各種猛攻，刀主人依然保持他的「果決」，一刀一個敵人的頭顱，齊頸斬斷，絕不拖泥帶水。

終於，已經沒有人敢攻擊他了。

因為所有人都認出了他的身分，危險等級五，地劫星，小傑。

另一個等級接近的，是一對透明雙斧，雙斧一大一小，交互使用時，光影迷離，讓敵人分不清楚東西南北，然後敵人身體的某個部位，就這樣被斧頭給莫名其妙卸了下來。

當雙斧卸到了第十個人時，雙斧之主的前面終於沒有人排隊讓他殺了，因為大家終於想起來了，這是危險等級五，地空星，小才。

另外，還有一個男人的前方也很快就清空了，他身穿侍者的燕尾服，一手托著托盤，笑容可掬，外表約莫三十餘歲，而在他的背後，是好幾株正在暴射密密麻麻子彈的「陰界咖啡樹」。

子彈宛如機關槍，將衝來的魂魄瞬間射成蜂窩。

「因為鄙人多年來十分低調，所以各位可能不認識我，為了避免因為不認識我而白白犧牲，我在此自我介紹。」小天露出餐廳侍者的專業笑容。「我綽號小天，天使星，至於危險等級……我想是三吧？」

危險等級三？

眼前這些魂魄，他們頓住，基本上能被政府通緝為危險等級，原本就是極度危險的人物了……其等級還有三？

於是魂魄決定停止自取滅亡，轉身去攻擊另外幾組人馬，而其他人馬中，剛好有一對是師兄弟。

師兄身材瘦小，看似嬌弱，但他雙手那團白色麵團，可是蠻橫得很，白色麵團化成各種創意麵食、麵線、刀削麵、貓耳朵，然後這些創意麵食，更化成了點點殺人武器，毫不客氣，殺了滿地的人。

相較於師兄的嬌小，師弟無論是長相或是武器都很有氣勢，那是一個直徑十公尺的大鐵鍋，鍋內是滾燙的沸水，隨著師弟粗壯的雙臂運轉，鐵鍋開始轉動，裡面的沸水也順應離心力而四處噴灑。

每個被熱湯噴到的魂魄，都燙到在地上打滾，「沖脫泡蓋送」的口訣在他們嘴裡嘶吼，但這裡就是沒有護士，也沒辦法。

「大耗？小耗？」終於，幾個眼尖的魂魄認出了這對兄弟的身分。「那不是神廚冷山饌的兩個徒弟嗎？冷山饌不是聽說味覺已廢，退出了江湖，為什麼他門下兩個徒弟又出現了？」

只是一旦認出了大耗與小耗，魂魄也乖乖退開，他們的目標是颱風內夾捲而來的各種寶物，沒必要在這裡就把命送出去。

對方可是有地劫星、地空星、天使星，還有大耗小耗星的驚人團隊。

但，所有寶物獵人最感到納悶的，卻是這團隊的最後一人。

她，被所有的武者包圍在最中間，中間，通常就是領袖者的位置。

她，有著一襲長髮，纖細的身材，還有帶著些許任性的美女臉龐，但，她是誰？

如果她是團隊的領袖，那代表她的星格還在地劫與地空星之上，但這樣的人物，在陰界算來算去，不過才二十餘個……

她的氣息，她的道行，怎麼看都像是一個剛來陰界的菜鳥啊？她到底是誰？怎麼有資格統領這群怪物！

也許是這個謎團實在太令人費解，終於，讓這場混戰莫名的止息了。

所有的寶物獵人都停止了動作，瞪著這個最後加入的團隊，對峙，但沉默。

「琴姐，」這時，小才開口了。「這些傢伙，好像也有些斤兩喔。」

「怎麼說？」琴，也就是最令寶物獵人們最費解的人物，開口問道。

「也許有膽識選空路的，都是一些藝高人膽大的傢伙吧！」小才向來以多話著稱，此刻正好有了發揮的機會。「剛剛幾番交手，還真有幾組人馬躲過我的第一輪雙斧。」

「嗯。」琴大眼睛看著小才，「所以，這些人你都認識？」

「幾乎。」小才用小斧比著其中一組人，「那三個穿著中國棉襖，肥到眼睛快要睜不開的，是三人組的寶物獵人，他們叫做三賴，老大賴財、老二賴名，以及最厲害的老三，賴命。」

「真能賴啊。」

「是啊，超會賴。」小才搖頭，「另外，在機艙左後方，穿著背心，手臂肌肉結實，肩膀上掛著長弓的那對洋人男女，看到了嗎？」

「看到了。」

「那叫做飢餓雙人組，」小才說，「男的叫做不飢，女的叫做不餓，他們是多年前陰界政府辦過一個瘋狂殺人遊戲，『飢餓遊戲』時產生的冠軍，後來飢餓遊戲停辦後，政府才又弄了一個黑暗巴別塔。」

「飢餓遊戲？陽世好像有某部電影，講過類似的故事……」琴歪著頭。

「就說陽世和陰界是互通的啊，可能是某個魂魄從陰界轉生到陽世時，殘餘的記憶寫成了書吧？」小才笑，「還有那個點著菸，肩膀上倚著老槍的老男人，他叫做牛仔，他挖過不少了不起的寶物。」

「嗯。」

「不過，」小才皺了皺眉頭，「那個穿著紅色旗袍，胸部大到快要爆乳的熟女，我怎麼覺得有點印象，但卻想不太起來……」

「嗯？」琴順著小才，看向那個穿著紅色旗袍熟女，而那熟女似乎也察覺到了琴的目光，也回了琴一個微笑。

就這個微笑，竟然讓琴一陣暈眩。

為什麼？為什麼一個微笑就讓琴感到暈眩？這是一種技嗎？而當琴想要繼續思考，耳邊又繼續傳來小才的聲音。

「算了，這女人好像叫做雙瞳？不過她幹過什麼事，實在想不太起來，算了，其實不只這些寶物獵人，有些看起來是雪幫的，還有公路幫的，看樣子這次颱風規模太大，不只寶物獵人被引來，連幫派都想分一杯羹了。」小才笑。「不過，這些人都進入了颱風，怕會有點麻煩，不如……」

「不如？」

「都在這裡殺一殺好了。」小才咧嘴笑，青春帥氣的笑容下，其實藏著一顆絕不容情的心？

「這裡殺？」聽到地空星小才這樣說，現場所有獵人們的殺氣登時升高，三賴同時打開他們的雙掌，朝著小才。

而不飢與不餓一個亮出了一把閃爍黃黑條紋的長弓，一個抽出後腰處的小型獵刀，牛仔更抽起了短銃，槍口直接對準小才。

只有那個雙瞳，還是保持著淡然的微笑。

不過，就在雙方狠狠對峙，血戰一觸即發之時，一個爽朗的笑聲，唐突的介入了這個緊張的氣氛。

「哈哈哈哈，大家別太緊張嘛。」小天一轉托盤，托盤上頓時出現好幾杯不知道打哪來的飲料，其飲料色澤如雪光般透白，底部沉著一粒粒宛如黑色寶石般的顆粒。「喝點飲料，鬆鬆心神，等到了颱風裡面，再來緊張也不遲啊，來點我自製的『珍珠搖滾』，怎麼樣？」

「珍珠搖滾？」眾人互望了一眼，「你說的是，傳奇飲料之珍珠搖滾？聽說這款飲料極難製作，如果不是超有錢，就是超有勢力才能買到，現在……你要請我們喝？」

「珍珠搖滾，是陰獸海蚌殼以三年才能熟成的雪珍珠，加上陽世音樂調製而成，的確是珍品，」小天一笑，「但，你們可知，冬天的珍珠搖滾和夏天的珍珠搖滾並不相同？」

冬天和夏天並不相同？剛剛所有人還狠狠地彼此對峙，現在都忍不住暫時放下手上武器，聽著眼前這個男人滔滔不絕的說著，如何在不同的時節，做出一杯傳奇飲料，珍珠搖滾。

「冬天的珍珠搖滾，講究的是甜度，除了珍珠搖滾的命脈『陽世音樂』要挑選曲風溫暖療癒系的歌之外，還需用上清心一珠蜜……」

「清心一珠蜜？」聽到這五個字，人群頓時騷動起來，尤其是曾跟過冷山饌，對食材頗有鑽研的小耗和大耗，更「啊」的一聲喊了出來。

「是，讓我解釋一下清心一珠蜜的來源。」小天點頭，「所謂的清心一珠蜜被喻為陰界至甜之一，甜度若被分為二十級，一株蜜則是接近頂峰的十九級，僅次於至苦與至甜同是二十級的『愛情之釀』，愛情之釀是三釀老人的拿手絕活，就先不提了。」

「愛情之釀啊……一珠蜜……」聽到這些傳說食材，眾人手上的武器越放越低了，彷彿回到了那只有味蕾，沒有殺戮的世界。

「而一珠蜜之所以會如此甜，因為它是陰界植物清心樹樹枝末端滴下，清心樹是B級陰獸苦命蜂最愛築巢之地，這些蜂的蜜，最甜者濃度最高，會往下流，最後會在樹枝末端凝聚出一滴，小小的，卻是所有蜂蜜甜度精華的，清心一珠蜜。」

「嗯。」眾人一起點頭。

「一棵清心樹上與一組蜂巢，整個夏天可能只滴下那麼一滴，故十分珍貴。」小天說，「而且採集上也頗有風險，畢竟那是B級陰獸苦命蜂的巢，苦命蜂蜂如其名，天生勞苦，苦工致死，而越苦的蜂，產出的蜜則越甜透，但也代表取蜜風險越高。」

「冬天要用等級這麼高的食材？那現在這個夏天呢？」小耗與眾人都被勾起了興趣，完全忘了戰鬥，只是睜大眼睛，瞪著哪幾杯珍珠搖滾，拚命的吞著口水。

「說起夏天的珍珠搖滾……」小天一笑，「選歌依然是重點，要選熱情洋溢帶著夏天海洋的歌曲，不過我偏愛某位梁姓歌手的〈夏天〉，因為她的夏天不只熱情，還多了一點懷舊的意味，這樣的歌融進飲料中，會讓味道更多層次，不過夏天的珍珠搖滾，重點還有一個……」

「哪一個？啊。」小耗忍不住問，他心裡一瞬間想到，「是冰嗎？」

「喔，現場有人對食材很有天賦喔。」小天笑，「是的，正是冰。」

「冰？難道你講的是……」小耗眼珠一轉。「雪幫的……」

「是的，說到冰，還有誰比雪幫更厲害？我用的是他們限量出品的雪13號。」小天說，「也許品質比不上他們鎮幫之寶『雪0號』，只是雪幫將雪0號視為寶物，絕不外傳，就算能買到也不能維持穩定供貨，不過雪13的品質也足夠支撐一杯好的珍珠搖滾了。」

「嗯。」眾人的耳朵聽著小天介紹著珍珠搖滾，眼睛則盯著小天托盤手上的飲料，然後喉嚨裡面不斷吞下分泌的唾液。

「所以，這裡面就是我加了雪13的珍珠搖滾，剛好一人一杯，抱歉，現在才拿出來，畢竟我沒有準備那麼多，幸好剛剛那幾輪戰役，死了不少……」小天把手上的托盤往前一送，上頭擺著十餘杯用透明長杯裝的珍珠搖滾，插著吸管，杯沿有著夏天水珠的溼氣，實在誘人。

「所以……」所有人盯著珍珠搖滾。

「所以，」小天微笑，「請用吧！」

這句話說完，彷彿某份巨大火藥引爆，所有人都同時往前奔，三賴，不飢與不餓，牛仔，還有身材高大，把所有人推開的大耗。

當然，還有小傑，小才，小耗，以及原本就與小天相識的，琴。

所有人幾乎都用搶的，搶下了自己手上那杯，然後每個人臉上都綻放期待的笑意。

「呵呵，小天，為了你剛剛說得一口好食物。」琴微笑，舉起手上泛著冰涼水氣的珍珠搖滾，「敬你。」

「也敬妳。」小天微笑，「也敬各位，這場颱風內的血戰，平安拿到寶物，然後離開。」

「嗯。」所有人沒有說話，只是吸了一口手中的珍珠搖滾，然後不自覺的閉上了眼。

在這個所有人都閉上眼的瞬間，時間，彷彿完全靜止了。

這瞬間，彷彿沒有了剛剛血戰的殺意，沒有了爭奪寶物的緊張，也沒有即將踏入巨大颱風的恐慌，唯一有的，是來自舌尖，來自喉嚨，來自肺腑，那對這杯飲料的感動。

對自己能生為陰界子民，能喝到這杯飲料的感動。

「好喝，」琴微笑，咂了咂嘴，「比莫言給我的珍珠搖滾至少好喝十倍，用上不同的陽世歌曲與雪13的冰，果然讓整個味道升級了。」

「嗯。」眾人一起點頭。

「不過……」這時，琴抬起頭，一瞬間，她發現了一個有點不協調的畫面，這畫面是什麼？她花了一會才想通。

那就是當每個人都珍惜萬分的把整杯珍珠搖滾吸到一滴不剩時，有個人卻留下了珍珠，她穿著深紅色的旗袍，雙眸散發奇異光芒，宛如冷夜之海，深邃而幽暗，彷彿要將旅人徹底吸入，而她雙眸正看著琴，臉上浮現一個高深莫測的笑。

微笑之中，琴又感到暈眩了，她叫什麼名字？雙瞳？琴記得剛剛小才曾介紹過這女子的名字，她是雙瞳。

她為什麼喝光了珍珠搖滾中的飲料，卻獨留下珍珠？為什麼？剛剛小天好像沒有介紹到珍珠？

「妳……」就在琴開口要詢問之際，忽然，機身一陣猛烈震動。

剛喝完飲料的眾人同時抬起頭，注視窗外，然後所有人的眼睛都隨之亮起。

「到了嗎？」

「到了什麼？」琴低聲問。

「颱風。」小才表情也同樣興奮。「琴姐，是該進去颱風的時候了。」

「啊？」琴聽到這，下意識的嚥了一口口水。「那，該怎麼去？」

小才沒有回答，只是露出了一個霸氣的笑容。

然後雙斧朝空中一劃，陰界的機艙門，登時被開了一個口，接著，屬於上萬公尺高空才有的低溫與狂風，跟著灌了進來，灌得琴是連話都說不清楚。

「當然。」又冷又狂的風中，小才笑得詭異，笑得讓琴膽顫心驚。「是直接……」

「直接？」

「跳下去啊！」

說完，琴忽然一個重心不穩，被小才猛力一推，讓她朝著眼前這巨大的裂縫落了下去。

然後，她眼前看到了好美的一幕景色，那是從上萬公尺的高空，直接俯視這座小島的美景。

細長蜿蜒的海岸線，黃昏下點點亮起的燈火，千門萬戶的建築，還有一畝一畝覆蓋大地的綠色稻田。

只是，感動只有一下子，因為接下來，就被急速墜落造成的驚恐感給取代。

「小才！小傑！」琴放聲大叫，「你們給我下來！我，不會飛啊！」

「琴姐，這裡飛沒有用。」小才也墜落了下來，就在琴的旁邊，他氣沉丹田，透過道行將話語送到了琴的耳內。「妳必須踩住風。」

「踩住風？」琴還沒懂小才的意思，一陣風吹來，小才就飄離了琴的身邊，轉眼就變成只有拇指大小的黑點。

琴還在墜落，她想尖叫，但第二個人又來了，這次是小傑。

「琴姐，踩住風。」

「風怎麼踩？」

「我們是魂魄，沒有重量，所以風一定承受得住我們，但重點是妳必須找到風的紋路，才能踩住風。」

「風的紋路？」

琴又沒能得到答案，因為一陣大風吹過，小傑也隨之飄走了。

「琴姐，」接下來的，是大耗。「妳還沒踩到風？連我都踩到了欸。」

「到底什麼叫做踩住風啊？」琴氣得要尖叫，她開始懊惱怎麼會認識這些人，幹嘛隨這些人來找什麼颱風的寶物？找什麼怒風高麗菜啊？

「就是找到風的路，然後踩住。」大耗搔了搔頭，隨即，他也飄走了。「這該怎麼說呢？」

留下琴繼續墜落，而且墜落的速度開始加快了，琴也能感覺到，地面的那些美景離自己越來越近了，雖然她不排斥近一點觀賞自己的故鄉，但……她可不想近到化成一團肉泥與這片土地同化啊！

「琴姐，要快一點喔。」接下來抵達的，是小耗，他到了琴的身邊，語氣憂慮，「妳快墜落了，如果在墜落前沒踩住風，妳會落到地面的……」

「落到地面，會怎樣？」

「會死吧。」

「什麼！」琴大叫，「我幹嘛來加入你們這麼危險的行動啊！」

但小耗已經聽不到琴的說話了，因為他似乎也踩到了風，然後遠遠的飄上了天空。

所有人都離開了，只留下琴繼續往下墜落，墜落，她除了生氣之外，又多了無奈，原來她會這樣死掉啊？實在……太悶了啊！

只是，當琴無奈的決定放棄生命的時候，最後一個夥伴，終於出現了。

他是小天。

「呵呵，妳還沒踩到風啊。」小天在琴的身邊，他竟然是坐著的。「很危險喔。」

「我當然知道危險，可是我沒辦法，你們都說踩風？什麼風的紋路？我又看不到！」

「妳不是看不到，只是沒打算看吧。」

「咦？」

「妳沒看到，眼前密密麻麻，都是風的軌跡嗎？」

琴抬頭，就在這一瞬間，她似乎看到了天空中，佈滿各種軌道，細長的，綿延的，盤根錯節的，從天空的最高點一直延伸到地面。

但也只是一瞬間，那些風的軌道又消失了。

「沒有。」琴苦著臉。

「怎麼會沒有？當年三釀老人讚譽有加的武曲呢？唉，還是妳心裡排斥那個男生，連他擅長的風都刻意埋葬了？」

「排斥哪個男生？」

「沒事沒事，當我沒說，」小天搖頭，「我教妳一個更簡單的方法，」

「什麼簡單的方法？」

「想像妳在溜滑梯。」

「溜滑梯？」

「是，」小天微笑，「這些風的軌跡，都是一個又一個溜滑梯，而妳就是那個五歲的孩童，跳上溜滑梯，然後享受從高處往下滑行的快感，那快樂的感覺……」

「嗯……」

「我得走了，」小天對琴擺出一個抱歉的姿勢，「然後妳的時間不多了喔，大概十秒吧，十秒沒踩住風，妳可能會死喔。」

「十秒？只有十秒？」琴幾乎要尖叫，但她發現她要尖叫的對象已經不見，因為連小天都朝上飄走，在天空中化成一個細微的黑點。

十秒？這一秒鐘，琴回想起了一路上每個人說的話，踩住風，風的紋路，魂魄沒有重量，所以可以踩住風？還有小天說的……溜滑梯？

如果小天說得沒錯，踩住風就像溜滑梯，那溜滑梯最重要的是什麼？

最重要的是什麼？

「是放鬆吧？」此刻的琴，雙手張開，她想起自己還是孩童時，也曾經這樣熱愛溜滑梯，更想起她曾經與同學阿豚一起，在公園中溜滑梯，就算是已經成人的她，在溜下滑梯的瞬間，仍像小孩般的笑了。

放鬆。

只有放鬆，才能關掉自己的道行，關掉那個任性的想要抵抗一切的個性，然後感受風，感受那人最強的技。

然後，琴發現自己的屁股似乎碰到了某個柔軟，但又富有彈性的物體。咚的一聲，琴的身軀微微一彈，然後開始順著那物體，往前滑去。

「啊，就是這種感覺嗎？」琴笑了，果然像溜滑梯般好玩啊。

而且琴發現，自己不只往前滑，還違背地心引力的往上滑，往左滑，往右滑，滑過半個天空，琴赫然發現，遠方一個一個的獵人都乘著風的軌跡，不斷的滑行著，滑入了颱風之中。

颱風，就是這些成千上萬風軌跡的起點，但其風軌跡密度之高，已經讓人看不透颱風內部的真實模樣，宛如一尊黑色巨人般聳立在海洋上。

千絲萬縷的風軌跡中，琴就這樣不由自主的，順著風的軌跡，滑入了颱風之中，展開了她進入陰界以來，最奇幻的一趟冒險。

第二章・破軍

除了琴在小傑等人的帶領下，搭上飛機，然後從高空中躍入颱風之外，另一組人馬也開始移動了。

他們是柏，與柏的戰友，能施展蚊子技的阿歲，傳承周娘星穴的小曦，剛破棺而出的忍耐人，還有一個，可能會讓人全軍覆沒的危險因子，橫財。

與神偷莫言齊名，危險等級六，鬼盜橫財。

「橫財，你說有捷徑，到底在哪？」此刻的柏，尚未找回視力，但光憑「風感能力」仍可以感覺到周圍環境的險峻。

「等等。」橫財翹著腳，鼻孔哼著氣，一副悠哉悠哉的模樣。「還沒到，你急什麼啊？你以為風的寶物那麼好拿嗎？」

他們幾人，現在究竟在哪呢？他們在海面上。

他們靠著橫財去搶來的陰獸「雲趖」，乘載著四人，而這隻雲獸其實並不是一隻陰獸，而是數百隻有著翅膀的小型魚類，牠們在海中游動時，有群聚的特性，而且喜愛游於海面之上，所以會形成一個可以供給魂魄站立的小型平台。

不過，就算這些雲趖天生會群聚，要操縱牠們，也不是易事，一開始全靠橫財，直到當橫財赫然發現，還有一個人可以操縱牠們，那就是小曦。

小曦，這個不但能使出六王魂全部的技，還學會了周娘星穴的女孩，展現了她驚人的天賦，竟然能操縱這些雲趁。

「妳，很有趣，妳操縱陰獸的技，是學自太陰星女獸皇吧？」橫財坐在雲趁上，他驚人的體重壓得他屁股下的雲趁，吃水吃得很深，有幾隻還快要口吐白沫了。

「我？」小曦看著橫財，她不喜歡橫財那與生俱來的侵犯性，但她卻依然能保持冷靜。

「是啊，撇開妳可能與天相淵源不說，妳的技，到底是什麼？」橫財單手撐住下巴。

「我的技，你不就看到了嗎？」小曦皺眉。「周娘的星穴，還有一些操縱陰獸的手法。」

「不對，那些都不是妳的技。」橫財被肥肉擠到細長的眼睛，射出凜冽光芒。「那都是別人的技。」

「那又如何？」

「妳可知道，每個人都有專屬於自己的技，而這些技，往往是心與體結合之後，再加上那個人生前與死後累積的經驗，費盡千辛萬苦才能誕生的結晶，嚴格說起來，每個人的技應該都是獨一無二的。」

「所以呢？」

「所以，不該有人能夠學會那麼多技。」橫財單手托下巴，嘴角揚起一個詭異的笑。「屬性相近的也許還能模仿，但周娘的星穴和操獸術，分明就是截然不同的屬性，妳為何能掌握要領？難不成……妳還會其他的技？」

「其他的技？」小曦聽到這，忍不住微微吸了一口氣。是的，她的確還會其他的技，像是天相的黑洞，貪狼的無限分裂，這些赫赫有名人物的技，分走技屬性的極限，怎麼會並存在她的體內呢？她也不懂。

「是啊，看樣子妳懂的技，比我想的多。」橫財目光閃爍，那是窺破一切秘密的狡猾。「那我問妳，妳自己的技，究竟是什麼？」

「我自己的技……我不知道。」小曦歪著頭，她其實也有想過類似的問題，也曾問過一手將她撫養長大的天相。

但天相只是用大手摸了摸小曦的頭，然後露出罕見的慈祥笑容。「這件事，妳放心，沒事的。」

「沒事？」

「妳只要盡力學會別人的技就好了。」天相微笑。「這樣就很乖了。」

只要盡力學會別人的技就好了？小曦不懂，但她很聽天相的話，所以她認真的貫徹了這個命令，就算她發揮不出六王魂驚人的力量，但，她的確能使出完全相同的技。

而她也曾偷偷在私底下找尋自己的技，是不是很愛吃糖果的技？是不是很會和別人用電話聊天的技？還是超會買東西的技？但……她的技還是沒有出現。

就這樣過了好多年，小曦終於放棄，放棄了追尋自己，而聽話的用她的觀察力、感受力，去學習他人的技，只是，過了這麼多年後，橫財的這段話，卻讓小曦重新想起了這件事。

我的技，到底是什麼呢？

「也許，妳的技，並不是沒有，」橫財冷笑。「是早就出現了。」

「早就出現？」小曦一愣。

「這件事如果那個心軟鬼莫言也這樣說，就有九成把握嚕。」橫財冷哼一聲，「但，如果真是我猜的那樣，那天相那老頭，可是心機很深嚕！」

「嗯。」小曦看著橫財，她沒有很懂橫財的意思，什麼叫做她的技很早就出現了？而天相伯伯心機很深，又是什麼意思？

忽然，小曦下意識的抓了抓胸口的那枚玉佩。

冰冷的觸感，讓她微微冷靜下來。

這玉佩，是天相送她的，據天相說，這玉佩是天相曾單挑位在陰獸綱目中排行第一的，燭龍，經歷無數血戰之後，天相雖然浴血重傷，但也拔下了一塊燭龍的鱗片。

天相將鱗片交給政府內的工匠打造，卻始終無法煉化它，最後還是延請道家之首巨門親自出手，將其提煉成了一塊玉。

這玉，天相送給了小曦。

「這玉取自燭龍，絕非凡物，當妳遇到了困難，亮出這片燭龍玉佩，報出我天相的名號，對方肯定會忌妳三分。」天相摸著小曦的頭。「懂嗎？」

「嗯。」

「天下陰魂上億，由不同的心靈與不同體術孕育而成的技，何止十萬，」天相瞇著眼，看著小曦。「妳要多學些，多記些，回來再和天相伯伯說，好嗎？」

「嗯……」小曦手摸著玉，忽然，橫財粗豪的聲音傳來，硬是將小曦從回憶中又拉了回來。

「幹嘛一直摸玉？」橫財冷笑，「啊，那塊玉，看起來是寶物？好強的能量。」

「你想要幹嘛？」

「我……」橫財正要說話，忽然，他們腳底踩的雲趁，突然上下擺動起來。

「雲趁亂了。」小曦雙手按住騷動的魚群，「為什麼？」

「很簡單，因為，颱風來了。」橫財不知何時，已昂首站起，雙手扠腰，面對眼前不斷激增的狂風暴雨。

「嗯。」小曦鬼齡不長，沒見過幾次颱風，但見到如此壯闊的颱風，也知道此颱風絕非等閒。

眼前的颱風，宛如一尊黑色的巨人，從海面拔起，直接頂到遙遠的天際，壯麗而暴力，懷著吞噬天下的氣勢，在海面上重步邁進！

「每個人想要進入颱風，若夠膽識者，會選擇空路，希望安全者，則會選陸路，但我選了海路，為什麼？因為，答案就在前方。」橫財肥粗手指往前一比。

此刻，遼闊的海面因為颱風的逼近，而變得浪潮洶湧，天空更因為急雲蔽日，讓海面的顏色呈現一種陰鬱的灰色。

灰色的大浪，彷彿專為打擊每個討海者的心靈般，瘋狂咆哮著。

只是，順著橫財的手指看去，眼前出現了一個奇特的影像，那就是翻湧的海浪中，竟然出現了一塊直徑約莫百公尺的平靜區。

平靜區中，就算承受著撕裂般的狂風，但卻沒有半點浪，它的存在，有如嗜血狂殺戰場上，一個寧靜的得道高僧，正盤腿而坐，莊嚴且神聖。

「那是什麼？」

「這裡，結合了地形，海流，颱風的風向，以及海面的礁石，會出現一塊無浪區，但這無浪區有個缺點。」橫財咧嘴笑，「那個缺點，還滿致命的。」

「致命？」柏等人同時問，而接下來，他們同時懂了。

因為那平靜區瞬間消失了，被大浪覆蓋。

「這是？」小曦正要繼續問。

「別急，繼續看。」橫財大手一阻。

接著，平靜區又出現了，一分鐘內，平靜區反覆從消失到出現，共出現了六次。

換句話說，平靜區每十秒出現一次。

「懂了嗎？它致命的地方，就是時間。」橫財笑得很開心，彷彿眼前是一個很有趣的遊戲。「你們只有十秒時間，一口氣潛入海中，然後再從海裡進入颱風之中。」

「十秒……」眾人都聽到自己吞口水的聲音。

這絕對不是一個充足的時間，更何況進入颱風之路，藏了什麼陰獸？必須躲過多少暗礁？沒人知道。在這樣凶險的情況下，竟然要在十秒內就要硬跳入颱風中？

「幹嘛不講話？」橫財冷笑。「怕的人，可以留在這裡，就算沒了雲趁，各位的道行，慢慢游，總是可以游回家的？怎麼樣嚕？」

怕的人，可以留在這裡……橫財這句話一出，眾人立刻陷入短暫的靜默。

颱風真的很危險啊，該怎麼辦呢？

「我要去。」打破沉默的，是柏。

失去雙眼視力的他，現在非但沒有感受到黑暗的恐懼，反而心跳微微加快，因為他聽到了，眼前這個黑色龐大的颱風巨人，正在呼喚他。

那是好多的風，或大聲呼喊，或低聲細語，在他的耳邊說著：

「就是這裡……你要找的東西……來吧……我在等你……我們都在等你啊……」

「我也去。」第二個開口的，是忍耐人，他全身的肌膚呈鐵灰色，彷彿那些曾困住他的鐵汁，都滲入了他的肌膚內，成為他身體的一部分。

他之所以答得如此果斷，因為他自知虧欠柏，小茜之所以能含笑回到陽世，幾乎都是柏的功勞。

「那我也去。」聽到忍耐人如此說，小曦也舉起了手。

她混入鬼卒離開了政府，就是為了看到更寬闊的世界，颱風之中雖險，事實上，就是她滿心渴望的。

然後，所有人一起看向了雲趁上最後一人。

他戴著白色鴨舌帽，嘻皮笑臉，功力卻相當高絕，他是阿歲，歲驛星。
「柏，我可以陪你去，但你要答應我一件事。」阿歲笑嘻嘻的說。
「說。」柏說。
「你回來，黑暗巴別塔的比賽，至少三場，你要讓我抽七成以上。」阿歲笑。「怎麼樣？」
「呵。」柏笑了，他知道阿歲老友的個性，錢很重要，但絕非他賣命的理由。
他會賣命，真的是因為兩個字：義氣。
「笑啥？答應我，我才去。」
「沒問題。」柏微笑。「讓你抽十成都可以。」
「不行不行，抽十成我會被老闆娘揍的。」阿歲笑，「七成就好，得留些錢讓你買牛肉麵啊！」
「怎麼說，都是被你們家賺走了。」柏往前踏了一步，面對著迎面而來的狂風暴雨。「既然決定了，我們都下去吧。」
「嗯，那就讓我來幫大家一把吧！」橫財說完，忽然露出一個詭異的獰笑。
「不用……」忍耐人正要回頭說話，忽然背部被一隻大手按住，然後一股大力送來，直接將忍耐人推出了雲趁之外！
「我送你啊，咯咯咯咯。」橫財表情猙獰。「只是送你到哪，我拿不準嚕，哈哈。」
忍耐人登時往前飛去，飛了數十公尺，然後被海面上陡然竄起的一襲大浪捲住，然後一口氣拖入了海裡！

而且，忍耐人離平靜區還有至少五十公尺的距離！

「你！」小曦見狀，焦急的大喊，「橫財，你是故意的！」

「還用說，當然是故意的嚕。」橫財身軀雖大，但動作好快，一瞬間又竄到了阿歲的背後，阿歲還來不及防備，他的身體也已騰空而起。

阿歲雙手亂抓，頭下腳上的栽入海中，距離平靜區更是百公尺以上，瞬間就被大浪淹沒。

「可惡。」柏聽風辨位，轉身要對付肆虐的橫財，但橫財的道行實在高太多了，他手一翻，抓住了柏的手腕，然後猛然一躍。「你全身就那紅絲帶有毒，不要碰就好嚕。」

柏只感覺到自己的身體被橫財拉起，然後耳膜轟然一聲，全身瞬間被冰冷包圍，他入水了。

橫財的手緊抓著柏的手，宛如游魚，不斷往海底鑽了下去。

「你那些夥伴都很礙事，我只要你嚕，」橫財的聲音，透過道行傳入了柏的耳中，「咯咯咯，因為，我猜只有你能拿到那柄矛，還有那件紅色的鱗衣。」

「橫財！可惡！」在水中，柏感到自己呼吸困難，只能靠道行不斷撐下去，而更令柏擔心的，是那些夥伴。

他們被橫財丟入海中，是否能順利游入平靜區，然後進入颱風中？

只是，就在這一切異變發生時，所有人尖叫驚呼時，卻沒有發現，不遠處，一艘陰界的船，正緩緩的朝這塊平靜區靠近。

這陰界的船上，散發著濃烈的強者氣息，也是這樣的氣息，讓它輕易的穿過層層風牆，來到平靜區附近。

「你說的秘徑，就是這裡嗎？」船上一個尖銳的聲音開口。「飢餓鰻魚。」

飢餓鰻魚？這不是政府警察系統中的強者，截路嗎？

「是嗎？既然你都如此說了，我想必定沒錯吧！」截路冷冷的說，「我們就下去吧。」

灰色的天空下，猙獰的暴風中，那艘船的後方，長出了二十餘隻柔軟的長足，長足上還有著吸盤，宛如烏賊。

然後烏賊船的頭往下轉了九十度，竟然直接朝著平靜區的海底，潛了進去。

截路出現，那表示……政府的力量，也來了？

除了琴、柏、眾多知名與不知名的寶物獵人，竟然連政府也來了？

這場風中尋寶的旅程，到底會變得多險惡？到底會變得多危險呢？

而同時間，在距離琴與柏的位置，約莫有百公里，那是幾乎等於颱風核心的位置。

兩雙眼睛，同時睜開。

一雙眼睛帶著濃烈的戾氣，這雙眼睛的主人開口了。「來了。」

另一雙眼睛也睜開了，但這對眼睛卻是溫和而慈祥。「是啊，看樣子，我們等的人，都來了。」

「那我們也得準備一下了。」戾氣眼睛的主人歪著頭。「迎接這些客人啦，哈哈哈。」

「是啊。」

「不過我說老頭啊。」戾氣眼睛的主人瞄向另一個人。「你可別顧著下棋，顧著幫人算星格，就忘記要阻擋敵人啊。」

「呵呵。」慈祥眼睛的主人，閉上了眼睛，「我們再賣力阻擋，也比不上命運自己的抉擇，不是嗎？」

「哼，放屁。」

「呵呵。」

這兩個人又是誰呢？颱風之中不是充滿了陰獸和寶物嗎？為什麼這兩個人還能住在此地？甚至要阻擋敵人？

這史上前十大的颱風，究竟有什麼秘密呢？

第三章・武曲

陽世，一個小套房內，一個焦急的女聲傳了出來。

「小靜！」那女聲低沉中透著獨特的嗓音，不是蓉蓉是誰？「都什麼時候了，颱風晚上六點就要登陸了，妳幹嘛開窗戶啊！新聞現在正不斷的快報，說這可能是史上前十大強颱！妳還開窗戶！」

不用說，這裡當然是小靜的宿舍，而蓉蓉之所以會在這，則是因為擔心這個唱歌雖是天才，但生活卻是白癡的小靜，會莫名其妙的餓死在這次颱風之中。

「我知道，只是颱風來前的黃昏，天色好美喔。」小靜眼神戀戀不捨的又看了一眼窗戶，才慢慢的推上了窗戶。

此刻，風已經在加強，獵獵的強風，正一陣一陣的猛襲著窗戶，窗戶也隨之咖啦咖啦的搖晃。

「這是暴風雨前的寧靜啊！」蓉蓉幫忙小靜，把窗戶拉上，「笨女孩。」

「嗯。」小靜輕輕的嗯了一聲。「好奇怪，對於這次的颱風，特別有感覺。」

「什麼感覺？」

「彷彿，」小靜語帶憂傷，「有重要朋友，會在這場颱風中，遭逢大難……」

「大難……呸呸，」蓉蓉急忙呸呸兩聲，「別亂說，雖然最近世界氣候異常，天災頻傳，但別忘了我們這裡可是身經百戰的海島國家！尤其是面對颱風與水患，現在世界各國都來找我們取經，因為我們實在太強了，怎麼可能會有大難？」

「嗯，希望是啊。」小靜的眼神，最後又瞄了一眼天空，那揉合了黃色、紅色、紫色，各種對立鮮明，又美麗萬分的顏色，此刻塗滿了暴風雨前的天空。

希望，學姊，柏，你們都好。

小靜閉上眼，用很輕很輕的聲音，虔誠祈禱著。

場景回到陰界，琴搭著風形成的溜滑梯，朝著海面上那個龐大的颱風巨人，滑了進去。

只是，才溜進溜滑梯內，琴就突然感到屁股下面的滑力戛然而止，懸空不到一秒，就砰一聲，琴的屁股落到實體的地板上。

接著琴赫然發現，自己正坐在一條寬闊但幽暗的道路上，而道路的兩旁，是一面又一面高低不平的牆壁。

「這是什麼材料？」琴起身，摸了摸牆壁和地板，接著，她訝異了。

因為她的指尖所傳來的沁涼觸感，正清楚的告訴著她，這裡的每塊磚，每片瓦，都是由同一個東西組成的，那東西，就是風。

風的密度提高，然後透過類似熔鑄澆模的程序，然後製造了這些扎實的建材。

只是，更大的疑問，從琴的心中升起……

「這裡真的是颱風內部？」琴自言自語，「為什麼這裡像是一個建築物？颱風不是大自然的產物嗎？為什麼這颱風裡面……像是一座被人打造出來的城堡？還是這是陰界颱風的特色？」

想到這裡，琴環顧四周，眼前的光線並不充足，但隱約可見這條風的道路不斷往前延伸，到了前方似乎又岔了路，然後更遠處又岔了開來。

「這座風城，應該不是簡單的颱風，而且看眼前的道路，似乎有點像是一座迷宮。」琴嘆氣，「上次鼠窟的地形已經很複雜了，這次的風城不會更可怕吧？而且其他人呢？颱風有這麼多條路可以進來，暴風半徑又高達數十公里，他們掉到哪裡，還真的說不準啊！」

「所以，只能自己走了嗎？」琴正準備壓抑內心的不安，邁步往前之際，忽然，她感覺到懷中有東西傳來沙沙的聲音，她往懷裡掏去。

琴伸手入懷，掏出來的是一只收納袋，裡面有著一隻全身都是鱗片的長蟲，正順風游動著。

「怒風之蟲？」琴笑了，「對了，在出發前，冷山饌師父將其中一隻怒風之蟲分給了我，說是可以在颱風中帶路……咦？這怒風之蟲的樣子怪怪的？」

袋中的怒風之蟲，比起還在颱風外頭時的死氣沉沉，活躍了許多，而且更讓琴訝異的是，在颱風之中的怒風之蟲外表，竟然伸出了兩片閃耀著冷藍色光芒的透明薄翼。

「因為到了颱風內，所以形態也改變了嗎？」琴嘀咕一聲，「怎麼感覺上，有了翅膀，更像是獵食狀態啊！」

琴嘀咕之間，怒風之蟲張著雙翅，在袋中忽上忽下的竄動著，而且轉了幾圈之後，竟然就朝著一個特定方向，猛然撞了過去。

幸好，這是莫言的收納袋，裡面包含了他危險等級六的道行，怒風之蟲撞擊力道雖強，但就是衝不破收納袋這堵柔軟的牆壁，幾次下來，終究無功而返。

「怒風之蟲專吃怒風高麗菜，而怒風高麗菜生長在風最強的領域。」琴回想著當時天廚星帶著他們買下怒風之蟲時的情景，「所以，只要有了怒風之蟲，就可以帶領我們走到生長高麗菜之地，太好了，只要跟著怒風之蟲的方向，至少比較不會迷路了。」

看著怒風之蟲固執的模樣，琴鬆了一口氣，至少解決第一個問題，朝那個方向走了。只是第二個問題，旋即在琴的腦海中浮現。

「如果颱風內部充滿了危險，以我的功力，真能走到颱風的核心嗎？」

只是，琴還在思考這第二個問題的答案之時，眼前一個龐大的黑影，已經慢慢靠近了。

看著這龐大黑影，琴忍不住苦笑了一下。

「看樣子，答案還沒想出來，題目就先到了。」琴吸了一口氣，全身的道行運轉，雙手更隱隱泛出電光。

那黑影在地上爬行，越靠越近，終於整個身軀已經顯現在琴的面前，那是一隻體積宛如大象的陰獸。

牠是灰色的，全身佈滿了奇怪的皺褶，沒有眼睛，乍看之下，宛如海象，最奇怪的，是牠的尾巴，竟長了一個宛如小風車般的螺旋槳。

「這是？」琴皺眉。

只見那風車般的螺旋槳開始轉動，接著，那隻陰獸就這樣飛了起來。

令人難以想像，那小風車轉動的風，竟然可以支撐這巨大的軀體，而且……速度還很快！

因為，一眨眼，那隻灰色海象，就朝著琴的身軀，狠狠地壓了下來！

「別小看我！我可是被莫言的收納袋整了好幾次！解開越多次，越懂得怎麼運用電！現在我已經不怕你啦！」琴用力提氣，左手雷右手電，原本莫言捆在琴手上的收納袋應承琴的呼應，順勢解開。

然後左右兩手各化成一道電光，在雙手之間盤桓交錯，然後宛如一條白色小龍，迎向海象巨大的身軀。

轟然一聲，正中目標。

但琴的表情卻沒有半點欣喜，反而古怪而無奈，因為她赫然發現，她的電，竟然被彈開了。

這隻海象的皮膚外層，竟然像是塗滿了一層滑溜的黏液，將琴的電能，卸得是一乾二淨。

而且，更恐怖的還在後頭，因為琴的雷電沒把這隻龐然大物推開，緊接而來的，是來自這海象的重壓！

砰！

海象落下，一條一條蜘蛛網般的裂痕，從海象的肚子下方，瞬間往外蔓延開來。

而琴呢？

她避開了。

在距離死神只有零點一秒的時間，她感覺到自己被人往後一拉，驚險無比的躲開了這隻海象的巨壓！

「妳真的很笨呢。」

琴一愣，回過頭，看見那個將自己驚險拉出的人，正對著自己露出一個調皮可愛的笑容。

那竟是約莫五十公分高的小孩，頭上戴著一枚宛如牛仔帽的綠色樹葉，帽子後面是一條不斷甩動的小馬尾。

「謝謝，你，你是？」

「我是誰不重要，但妳知道風象的重壓很可怕，被壓過的陰魂，就會變得和紙一樣薄薄的喔。」那小孩把食指和拇指的縫隙壓得很小，在琴的眼前晃動。

「牠叫做風象啊？」琴起身，雙掌一擦，電能再次啟動。「那我該怎麼對付牠呢？」

「怎麼辦啊？」那小孩咧嘴笑，「在這個風之城堡裡面，這風象之所以可以肆無忌憚，因為牠有風之盔甲。」

「風之盔甲？」琴看著那風象，似乎發現自己的肚子下面，少了那「薄薄的屍體」，抬起頭，開始找尋牠獵物的蹤跡。

「全身籠罩在風之中，風可以抵禦多數的物理和道行攻擊。」戴著樹葉的小孩說。「妳的電能太弱，破不開牠盔甲的，所以……」

「所以……？」

風象顯然發現了琴，再次發出尖銳的嘎聲，然後尾巴上的風車螺旋槳，又開始轉動了。

「所以，我們只能……」那小孩開始轉身，「跑啦！」

「跑？」琴還沒完全反應過來，那風象再次升起，伴隨著牠鼻孔中傳出來夾著憤怒的喘氣聲，朝著琴高速飛來。

「對啊，快跑！除非妳想變成薄薄的？」

「不要！」琴也轉身，開始跟著這小孩在移動城堡中奔跑著。

只見小孩動作好快，一下子左彎，一下子右拐，在這用風築成的迷宮中，胡亂穿梭著，琴只能勉強跟著。

「妳叫什麼名字？」那小孩邊跑邊問。

「我？我叫琴。」

「我叫做阿飆。」

「阿飆你好，你也是寶物獵人嗎？」

「獵人？才不是……」阿飆回過頭，咧嘴一笑。

「那你是……」

「我……」阿飆回頭，「啊，小心！」

琴也回頭，眼前籠罩她的，是一大片從天而降的憤怒陰影。

追上了！風象！

「雷電！」琴急轉身，雙手一擦，雷電從掌心竄出，朝著風象的肚子推了過去。

但，琴只看見自己雙掌的電能一碰到風象的肌膚，立刻往四面八方彈去，完全無法傷及風象，而且緊接著，風象巨大的身軀，已經毫不留情的壓了下來！

這場景，宛如數分鐘前的重現，琴再次被壓，但唯一的不同是……叮的一聲。

那是琴懷中的風鈴，然後，這叮的一聲後，彷彿喚醒了琴的記憶，一個關於她陽世好友，阿豚的記憶。

在琴的大學生涯中，阿豚的出現，算是一個奇特又不太奇特的機緣。

因為參加了同樣的社團，一起辦過幾場營隊，一起值過幾次夜，兩人漸漸的熟稔了起來。

有時候，所謂朋友的緣分就是這樣，一開始是一大群人，經過幾件事之後，這大群人會保持連絡的剩下三分之一，然後又經過了一些時間，三分之一又剩下三分之一，之後又遇到了一些事，比如有人戀了愛，有人被拒絕，三分之一又剩下了三分之一……最後，往往只會留下一兩個人，可以說話，可以聊天，可以一直保持連絡而不會造成對方的壓力。

對琴而言，那個人就是阿豚。

會打電動，老是被找去打籃球但其實沒有那麼喜歡籃球，老是被找去唱歌但其實不愛唱歌，一個看起來就很理工的好人。

但在琴的眼中，她看到的，卻不是這麼理工的阿豚，而是被隱藏在僵硬數據與實驗分析後面，那帶著豐富想像力的小孩。

但因為同時擁有理工的訓練，又偷藏著小孩子的想像力，所以琴很喜歡和阿豚聊天，或者說，很喜歡問阿豚很多奇怪的問題。

像是，「為什麼陽光是黃色的？」「為什麼傍晚的時候會特別看不清楚？」「為什麼眼睛只長在前面，這樣不就是擺明要被人刺背嗎？」

很多為什麼，多數人都會嗤之以鼻，叫琴不要想太多，但唯獨阿豚，他會先是沉思，然後提出一套自己的理論，甚至，去查資料去解開琴的疑問。

「陽光為什麼是黃色的？事實上陽光是全部顏色都有喔，」阿豚又開始自己創造答案了，「只是人眼對特殊的顏色敏感，所以才擅自決定陽光是黃色的啦。」

「是這樣嗎？」

「當然啊，如果人眼喜歡藍色，那就糟了，我們的世界不是一片冰冷嗎？」

「是這樣嗎？」琴充滿懷疑。

「不知道，不然妳還有其他解釋嗎？」阿豚笑。

「哼。」琴哼的一聲，但內心卻忍不住信了。「那傍晚為什麼會特別看不清楚呢？」

「傍晚會特別看不清楚，也許和陽光有點關係，但我覺得也和人眼有關。」阿豚繼續瞎掰，「因為人眼有分錐狀細胞和盤狀細胞，一個對光的敏感度高，一個對光敏感度低，當由亮轉到暗的過程，人眼需要一點時間切換這兩個細胞，也就是人從光明進入黑暗時，眼睛要一點時間才會適應，反之，突然把燈打開，人眼會受不了。」

「嗯嗯，所以黃昏對人眼來說，難以分辨光明或是黑暗？所以反而看不清楚？」

「我是這樣猜的啦。」

「有證據嗎？」

「聽我推論，哪一次有證據？」阿豚笑。

「說的也是。」

「那第三個問題呢？人眼為什麼都要長在前面？」

「我想和手有關吧。」

「手？」

「其實自然界的生物，雖然沒有前後都有眼睛的，但雙眼一起在前面，才能對焦，對焦之後，手才能拿到東西啊。」

「可是這樣容易刺背啊。」

「所以我們的腳，也演化得比較適合往前跑，不是嗎？」阿豚笑。

「謬論！」

「既然覺得是謬論，那幹嘛問我？」阿豚吸了一口氣，「既然是這樣，那我要說認真的喔。」

「認真？呵呵，說來聽聽啊。」

「我覺得，也許代表著，人需要其他人。」阿豚歪著頭。「我們需要有人保護我們的背部，所以我們一定要其他人。」

「呵呵，我比較喜歡你這個答案。」琴笑了一下，順手從口袋拿出一個小本子，寫了幾句話。「我得抄下來，將來如果真的當了小說家，我會拿來用，可以嗎？」

「當然可以。」

「那我要問最後一個問題了。」琴用嘴巴輕咬著筆端，歪著頭。

「請說。」

「為什麼有風？」

「啊，風？」

「對啊，喜歡風，風會帶來種子和希望，但為什麼有風？」琴看著阿豚，然後阿豚露出思考的神情。

「想為什麼有風之前，先請妳想像一件事，這個世界每個物質，小至細菌，大至地球，都是由分子構成的。」

「嗯。」

「然後，當分子數目不均的時候，數目多的分子，就會流向數目少的分子。」

「嗯。」

「如果是液體，多分子流向少分子的過程，叫做水流。」阿豚慢慢的說著，「如果是氣體，那就是風了。」

「嗯，所以，先把世界想成小顆粒小顆粒的分子，然後氣體分子流動，就是風？」琴看著阿豚，細細咀嚼著剛剛他說過的話。

「是。」阿豚說，「要改變風的流向，基本上就是密度、溫度，分子會從高溫流向低溫，最難的是想辦法讓氣體停止流動，但，更簡單的是，如果有特定的送風口，讓它停住就好了。」

「嗯，沒事幹嘛改變風的流向？」

「我也不知道，我只是順著妳的問題想而已啊，」阿豚聳肩，「也許哪天妳如果寫到了奇幻小說，會遇到一個專門使用風的怪物，妳要打敗牠的話……」

「開玩笑，我要不就是寫愛情小說，要不就是寫歷史小說，怎麼可能去寫奇幻小說？」

「就說『如果』了……」

「哼。」琴別過頭，「別把你的電動和我混為一談啦！」

但，當時琴卻萬萬沒有想到，她死後不是寫奇幻小說，而是真正的身歷其境，在一個巨大而暴力的奇幻世界中！

風象越壓越近，這一剎那，琴再次從陽世回憶中被拉回，她無暇細想為何風鈴會在此時響起，因為生與死的界限，已經就在眼前。

而就在這生死一瞬，琴想到了阿豚講過的那段話……

「要改變風的流向，基本上就是密度，溫度，分子會從高溫流向低溫，最難的是想辦法讓氣體停止流動，但，更簡單的是，如果有特定的送風口，讓它停住就好了。」

如果有特定的送風口，就讓它停住就好啦！

琴眼睛一亮，她似乎懂了阿豚話中的含意，只見她雙手再擦一次，電火再現，然後琴手腕一抖，電光化成三條線，貼著風象的肌膚表面快速游動。

電的速度極快，瞬間就繞完了風象全身，最後，全部朝著同一個方向前進。

「就是這裡！」琴提氣一喝，「尾巴上的風車！這裡就是全身風的來源！」

三條電光，會合。

會合在風象的尾巴上，轟然一聲，火花綻放，那風車頓時被炸得血肉模糊，停止了轉動。

當風車一停，那層流動的盔甲，頓時消失！

「沒有了盔甲！看你還能強到哪裡去！」琴提氣再大喝，雙手再擦，電光縈繞在她的雙掌五指之間，再次轟向了這頭身軀龐大的風象。

這次，沒有任何人將琴拉開，也不需要將她拉開了。

因為風象彈開了，被琴的電彈開了！

在琴堅毅的電光之下，風象往後飛去，撞上了風的牆壁，在撲簌簌的塵埃中，風象軟軟的滑落。

「呼呼。」琴喘著氣，看著自己的雙手，剛剛那一剎那，好險。

只要慢一點出掌，只要電光慢一點破壞風車，只要她沒想到阿豚提過的那句話，只要……風鈴沒有響起來。

忽然，琴伸手入懷，握住了風鈴微涼的觸感。

「武曲，無論我是不是妳，……」琴低聲說，「但我必須和妳說，謝謝。」

無論，我是不是妳，我都要謝謝妳的風鈴，救了我一命。

「很厲害啊，」阿飆站在離琴約莫五十公尺遠處，用力鼓掌，「風象雖然居住在風城中的最外圍，不算是風城中厲害的陰獸，但好歹也是B級的喔，妳竟然可以在第二次對決就打敗牠。」

「嗯，」琴沒有答話，事實上，她還沉浸在那一剎那的反擊之中。

面臨危機，快速反應，施展反擊，那暢快而驚險的節奏，竟讓她有些意猶未盡。

她不是陽世的小編輯嗎？怎麼越來越適應這陰界呢？

「那我們繼續去下一個地方吧。」阿飆轉身。

「不要。」

「不要？」

「我要等我的夥伴。」琴搖頭。「我和他們一起進入颱風之中，雖然入口不同，但他們應該也都在颱風外圍，我想等他們到了，再一起出發，比較安全。」

「可是，」阿飆可愛的歪著頭。「好像沒辦法欸。」

「沒辦法？」

「因為，」阿飆眼神閃過一絲詭異，「我們又要逃命了。」

「逃命？」

「注意，妳的腳下。」阿飆咯咯的笑著。

「嗯？」琴低頭，赫然發現，她的腳底多了一片金黃色的東西。

那東西又長又細，數目繁多，組成了一大片細緻柔軟的淺海，在琴的腳邊慢慢蠕動著。

琴蹲下，用手指夾起那東西，輕輕捏碎，低聲說：「這是，米粉嗎？」

「陽世的人，是這樣說的，沒錯。」阿飆說，「在陰界，這是一隻陰獸，叫做米粉怪。」

「這又有什麼可怕？」

「米粉怪是一種對環境要求很高的陰獸，牠只吃風，而且只吃純淨而強度安穩的風，在陽世，也只有一個叫做新竹的地方，才能孕育有這樣的陰獸，」阿飆說，「米粉怪平常多很安穩，是無害的陰獸，除非……」

「除非？」

「妳吵醒了牠。」阿飆笑。

「吵了牠？」

「像這樣的吵醒了牠。」說完，阿飆帶著惡意的微笑，用力跳了起來，雙腳合攏，用力，十分用力的，往地板一蹬。

「你！」琴來不及阻止阿飆的這一蹬，只感覺到地板微微一晃之後……地面上那柔軟細緻，宛如沙灘潮汐的米粉，忽然開始湧動了起來！

米粉越湧動越強烈，到後來，琴看見了一旁的風穴，一隻全身被米粉覆蓋，宛如雪人的陰獸，湧了出來，並張開塞滿米粉的大嘴，發出無聲的怒吼！

「快逃吧！」阿飆在米粉之中邊跳邊跑，「這隻米粉怪的攻擊雖然不強，但牠最擅長的，就是靠數量將獵物淹沒，然後無數米粉爬入獵物的口鼻、內臟，破壞獵物全身上下，最後將獵物變成這炒米粉的佐料！」

「佐料？」琴想要起身，但她隨即發現，不過短短的數十秒，米粉已經爬上了她的膝蓋、手肘，而且還不斷的往上蔓延著。

「快逃吧！」阿飆速度好快，笑聲轉眼就已經在遙遠的走廊盡頭，「……人類。」

阿飆逃了，但琴的身軀卻慢慢被不斷升高的米粉之海給淹沒……淹沒……到後來，就這樣完全消失在米粉之海下了。

被淹沒到滅頂時，琴其實有點生氣。

會生氣，是因為她真的很討厭，討厭那毛茸茸的米粉，在臉上爬來爬去的感覺。

只是，琴的全身上下都陷在米粉海之中，手腳都被一圈一圈的米粉所纏繞，就算她想動，也動不了。

然後，琴真的生氣了，生氣的原因，則是……噁心！

「真的很噁心……」琴拚命搖頭，「臭米粉，不要亂爬啦！」

只是，米粉怎麼可能聽她的話，繼續在她臉上肌膚緩慢爬行，忽然，一根米粉蔓延到了琴的耳朵，一點點慢慢滑了進去。

「噁心！」琴閉上了眼，忽然，她感覺到全身一種奇妙的電能，從她的雙掌開始流竄，而她的雙掌，也在此刻，綳斷了第一圈米粉，但後面還有足足三圈。

米粉繼續往她耳內鑽去，這次已經不止一根，三五根米粉兵分數路，滑過了琴的外耳，往內耳鑽入。

「噁心！」琴因為討厭而緊咬著牙，她可是愛乾淨的女生，怎麼能忍受這些毛手毛腳的東西！

她咬著牙，電能彷彿感受到她的憤怒，在手腕處陡然暴漲，第二圈米粉，綳的一聲，而後碎斷。

越來越多的米粉鑽入琴的耳中，而且不只右耳，連左耳也淪陷。

「噁心！」琴生氣的要尖叫，但手上還有兩圈米粉，而且米粉怪似乎也察覺到琴的憤怒，不斷補充新的米粉去強化剩餘兩圈。

只是，琴太憤怒了，電能再次爆衝，狂亂的電流在米粉上不斷竄動，嘶的一聲，第二圈米粉終於也承受不住，焦黑，然後繃彈而斷。

而在琴臉上的米粉動作開始加速，如繁殖過剩的野草，這次不只是雙耳，連鼻孔也鑽了進去。

連鼻孔都給我進來？這真的激怒了琴，百分之百激怒了琴。

「噁心啊！」琴再吼，她猛力將所有的電能，猛燒那最後一圈米粉，只是這圈米粉同時也接受了米粉怪最強大的能量灌注，雙方力量，在不斷湧入的米粉與不斷衝入的電能之間，僵持。

雙方力量，開始僵持！

只是，這僵持到了第三分鐘，先衰弱的，竟然是琴。

琴赫然發現，她的電能竟然效應減弱了。

她的雙掌也許可以剎那燒焦手掌附近的米粉，但米粉實在太多，不斷從米粉怪的身軀中爬出，一層一層宛如海浪，又在下一刻，補充了最後一圈燒焦的米粉。

怎麼辦？

滿臉都是米粉的她，鼻孔內塞滿一束一束宛如鼻毛的米粉，耳朵爆出宛如花朵般的米粉，此刻的琴，不只生命垂危，重點是她還醜到想自殺。

可惡，她想哭，而且越是落魄狼狽，她就不禁想起一個會令她更加狼狽的討厭鬼。

莫言。

如果這傢伙在旁邊，肯定又是那張臭嘴說：「笨蛋，妳以為把鼻孔和耳朵塞入米粉，就可以讓自己變可口一點嗎？別傻了，女人像水果，過期了就是過期了，就算水蜜桃過期以後也是一顆吃了會拉肚子的爛水蜜桃嘿。」

可惡。

琴尖叫，怎麼會在這時候想起莫言那張臭嘴呢？莫言為什麼不出現？說什麼自我磨練？這個自以為是的小偷！我不是沒靠你，就打敗風象！

風象可是將全身的風穿在身上當盔甲的動物，連牠我都可以打敗了，不准你取笑我！

等等……

把風穿在身上當盔甲？

琴在這一剎那，忽然想到了一種可能性。

如果風可以，那電為什麼不行？

「噁心！」琴大吼，「就是噁心啊！你這隻臭米粉怪！你這個臭莫言！」

很遠的地方，甚至遠到並非颱風處，一個戴著墨鏡，沒有頭髮的帥氣男子，正潛伏在一座高聳的中國古樓之外，忽然，他打了一個噴嚏。

「怎麼了？」這男人揉了揉鼻子，「感冒了嗎？不可能，那怎麼會突然鼻子癢呢？真是奇怪。」

說完，這男人抬起頭，注視著眼前這棟深紅色，古色古香的中國式高樓，裡面隱隱有著人影來回巡邏著，忽然，男人露出古怪的笑。

「還是，某個笨蛋想起了我？」莫言嘴角隱隱揚起，「那個笨蛋，沒有了我，不會那麼容易就死掉吧？」

這裡，就真的是颱風內部。

剛剛「吵」了米粉，而且趁機溜走的搗蛋鬼阿飆，忽然停步，然後驚訝回頭。

因為他聽到了，確實聽到了一聲怒吼。

那聲怒吼，竟讓他全身泛起雞皮疙瘩，甚至不只，他甚至感覺到他的五臟六腑因為這聲怒吼而微微晃動，這怒吼中，難不成隱含了潛力驚人的道行嗎？

那聲怒吼，吼的正是……

「噁心！」

米粉怪，長年生存在有純淨風的環境，牠見過不少美麗的畫面與風景，但此刻的美景，卻讓沒有太高智能的牠，感到無比迷戀。

因為，那是一個全身散發白色光芒，高雅而輕盈的身影。

那身影從米粉堆中輕輕躍出，沒有任何一絲米粉能傷得了她，沒有一絲米粉能困得住她，然後，這白色身影的雙掌輕輕一擦。

一道電光，就這樣從那身影的雙掌中劈出，擊中了米粉怪的腦袋。

嗡的一聲，米粉怪暈了過去，在牠暈倒之前，卻讓米粉怪不甚大的腦袋，想起了一件事。

牠，曾經見過這樣的身影。

那是在好多年好多年以前，曾有這樣的一個身影，來過這座移動風城，而那白色身影的對面，正是另一個同樣令人著迷的身影，只是這第二個身影，是紅色的。

全身縈繞著風，紅色的身影。

而白色身影，更是狠狠地，將這紅色身影擊倒在地，奇怪的是紅色身影，卻沒有還手。

彷彿心懷愧疚似的，完全沒有還手。

白色身影落地，然後全身的白色電光緩緩的消失，露出了原本的面目，琴。

果然是琴。

她看著雙手，看著全身，露出又是驚訝，又是餘悸猶存的神情。

「原來，電的技能可以這樣用？」琴喃喃自語著，「透過冥想，將電能包覆全身，就宛如一件鎧甲，這就是莫言曾說過的……『心體技』中的『心』嗎？透過心的想像力，能讓技無限延伸？這就是陰界力量的奧秘？」

然後，琴抬頭，她看見了前方那個引起米粉怪抓狂的元兇，阿飆。

阿飆甩著小馬尾，臉上是歉意的笑容。

「你！你！剛剛幹嘛要搗蛋？！」琴對小朋友，就是無法真正的發脾氣，她跺腳，打算好好數落阿飆一頓，但阿飆卻話也不說，立刻轉身，開始在這座風堡中，拚命跑了起來。

「喂！」琴見狀，不自覺的也加快了腳步，追了上去。「我在對你說話，你停下來！」

但見阿飆左彎右拐，似乎對風堡的地形頗熟，速度卻不快不慢，維持剛好是琴追不上，又追之不到的距離。

琴越是跑，越感到不安。

終於，她停下了腳步，在一個黑暗且寬闊的風穴停下了腳步。

而眼前，阿飆卻也同時停止了奔跑。

「阿飆，老實說，你到底是誰？」琴聲音嚴肅，全身道行升起，全神戒備。「你是哪一個幫派的？或是哪一路的寶物獵人？你要我跟著你，又是什麼目的？」

「這問題，我可以等一下再回答妳嗎？」阿飆轉身，抓著後腦，露出小孩模樣的純真。

「為什麼？」

「我想等妳……」阿飆又是那個歉意的笑。「活過這一次再說。」
活過這一次？
琴赫然發現，她被一大群「嗡嗡聲」給包圍了。
這些嗡嗡聲並不特別大聲，但卻有著一種奇異的共鳴，而且聲音從遠到近都有，可見數目繁多，散佈在整個風穴凹凹凸凸的牆壁上。
「這是什麼？」琴昂頭，聽著這些高低共鳴的嗡嗡聲，一股戰慄感，從琴脊椎往上涼了上來，直涼到了後腦勺。
「這叫做竹蜻蜓。」阿飆慢慢的說著。「性喜群居，危險等級B，也有人說牠們該是A，總之，牠們很可怕。」
「危險？」琴慢慢的把道行送到了掌心，然後輕輕一擦，電光燃起，照亮了半個風穴。
就在這短短的電光閃爍，琴則因為眼中所見之物，而深深的吸了一口氣。
因為她看到了，這所謂的「性喜群居」以及「牠們很可怕」究竟是怎麼回事了？
數以千計，宛如哆啦A夢道具的竹蜻蜓，正在風穴牆上，不斷旋轉著牠們的螺旋槳。
而牆壁上，盡是被牠們螺旋槳刮過的深痕，這些深痕正訴說著，牠們的螺旋槳可以輕易的割破牆壁，以及切開人類的內臟。
這麼多的竹蜻蜓，這麼多的螺旋槳……琴苦笑，這次，她可能真的，非常非常危險了啊。
「哼，等我活下去，我不只要你給我答案！」琴咬牙，雙手摩擦，電光閃爍。「我還要狠狠地打你的屁股！臭小鬼！臭阿飆！」

事實上，正當琴深陷黑暗風穴，遭受數萬竹蜻蜓包圍之時，約一公里遠處，一群男人已然聚集。

這群男人，有的手持黑刀，有的雙手握著雙斧，更有的提著大鍋，還有一個手裡邊玩邊甩著一個麵團。

不用說，他們就是琴的夥伴，小才、小傑、小耗與大耗。

在他們面前的，是一具重傷的巨大動物軀體，這動物宛如陽世海象，只是尾巴上多了一個風車。

這動也不動的動物軀體上，有著一條清楚的刀痕，雙斧的砍痕，以及被類似鍋子之類物體砸過的痕跡。

「風象。」小才開口，向來話最多的一個人。「B級陰獸，全身都是風的盔甲，不過，在我們面前……也就這樣而已啦！」

「以風為甲，的確是厲害，只是牠還不到位，接不住我們的技。」這時，小耗蹲下，檢查著風象的軀體，忽然，他沉吟了。「等等，牠尾巴的風車，被破壞過了？」

「被破壞過？」大耗湊上去問。

「此傷口像是被瞬間的高能量所烤焦，只有一種物理能量能造成這樣的傷口，所以這是……」小耗眼睛閃爍精光。「電？」

「電？啊！」小才訝異。「是琴姐嗎？琴姐在我們之前，曾經擊敗這隻風象？」

「由此推論，琴姐應該是打敗這隻風象之後，繼續往颱風深處前進了。」小耗抬頭，注視著颱風深處。

「哪不合理？」

「不合理。」這時，小傑開口了。

「琴姐，該知颱風危險。」小傑極少開口，一開口，通常都是精確到位。「她，不會自己走。」

「對，我剛也想到了，這裡不合理。」小耗抓了抓頭，「琴姐知道危險，又膽小，應該會等我們。」

「所以她一定遇到了什麼？」小才雙手扠腰，「小傑，那我們該怎麼辦？」

「……」小傑沒有回答，但卻用最直接的行動，回答了這個問題。

他邁開腳步，往前大步走去。

而這動作一出來，所有人都懂了。

「對啊，無論怎麼推論都比不上直接去找武曲姊姊，哈哈，只要我們在，都只是小鬼遇城隍啦！」小才冷笑，「誰敢動我的武曲，都準備吃我的雙斧吧！」

只是，當所有人都往前邁進，走在最後的小耗卻忍不住再回頭，凝視著眼前這座巨大而且壯觀的颱風建築。

這，哪裡是一襲颱風？這根本就是……一座乘著風的巨大碉堡啊！

為什麼會有這樣的風堡？又是誰有能耐依著層層的風，建造了這座城堡？在這個戰亂將至的時刻，這個風堡自海面降臨，將帶來什麼樣巨大的影響呢？

最後，聰穎多智的小耗又想起了最後一件納悶的事……

除了琴，事實上，還有一個人沒有出現。

那個在飛機上的神秘男子，小天，他明明和所有人一起進入颱風，為何他也消失了蹤跡？

想到了小天，小耗忽然感到眼前的景物，像是被水暈開一般扭曲，但隨即又恢復了正常。

「剛剛？」小耗正感到疑惑，就聽到大耗的聲音。

「別發呆啦。」大耗用力揮手。「我們要落後了，他們不會等我們的。」

「喔好。」小耗急忙追了上去，暫時放下那一瞬間奇妙的扭曲感，現在重要的是，趕快和琴姐會合，這才是重要的事。

前方，風穴的牆壁上，琴藉著微弱的電光，看清楚了數以千計憤怒的竹蜻蜓。

竹蜻蜓高速轉著牠們引以為傲的螺旋槳，槳面切過空氣，發出颼颼冷光，然後，就在這時第一隻竹蜻蜓撲了過來。

緊接著，是數以千計，宛如空中長河的竹蜻蜓，一起猛撲而來！

「啊啊。」琴雙手用力一擦，電光從她的雙掌中竄出，然後包覆了她的雙手手臂，順著手臂往上，更進一步包了她的上半身、下半身，不用一秒，琴全身就在白色的電光之下。

這是電的鎧甲，與風象的風之盔甲，有異曲同工之妙，而琴不久前，就是靠著這副電之甲，破開層層的米粉之海，逆轉了米粉怪。

如今，她再次啟動這個她剛領悟的絕招，想要對決這群利牙之獸，竹蜻蜓。

只是，琴才剛接觸到第一隻竹蜻蜓，就知道不妙了。

因為，電甲竟然被劃破了。

螺旋槳太過鋒利，竟然輕易割開琴的電甲，然後嘶的一聲，一道鮮血從琴的肩膀迸了出來。

「啊。」琴一咬牙。但她還來不及思考對策，第二隻竹蜻蜓，第三隻竹蜻蜓，緊接著飛來。

嘶嘶嘶嘶，鋒利螺旋槳輕巧的切過琴的手臂與大腿，又是兩條血泉，噴出。

「大姊姊，妳的盔甲，好像不太行喔。」遠處，阿飆露出笑容。「怎麼辦呢？」

琴瞄了一眼阿飆，一個疑問瞬間浮現，為什麼竹蜻蜓不攻擊阿飆？就像米粉怪也沒有用米粉淹沒阿飆？為什麼？只是情況太過危急，琴已經無暇再繼續思考下去，她再次擦動手掌。

新的電能再次啟動。

只是，琴卻猶豫了，再次啟動電能又如何呢？她要如何擊敗這些瘋狂的竹蜻蜓呢？

電甲保護不了自己，如果一隻一隻打，可能打不了十隻，琴就會被切成一條一條的生魚片了。

所以，要打敗牠們，速度是重點！

換句話說，只能有一次機會，琴雙手電光縈繞，她默唸著，只能有一次機會。

因為電甲保護不了自己，所以，要殺這數千隻竹蜻蜓，只能用一次攻擊。

但，該怎麼做？才能一次就殺退所有的竹蜻蜓。

她的思考時間，只剩下一秒，甚至更短，在她全身噴血而亡之前……

「這是米粉怪啊！」距離琴與竹蜻蜓廝殺的一公里處，那群以小傑為首的隊伍，遭遇了和琴一樣的怪物。

全身被美麗的金色米粉所包裹，宛如雪人般的陰獸，米粉怪。

剛從昏迷中驚醒的米粉怪張牙舞爪，將全身的米粉化成綿延的海浪，試圖吞噬眼前這群男人。

但，米粉怪搞錯了一件事。

琴需要仰仗靈機一動的創意，才能擊敗米粉怪，但這群男人，完全不用。

因為，他們在陰界住的時間夠久，他們身上的星格夠硬，他們早就已經是政府榜上有名的強者了。

所以，不用一分鐘，當黑刀隨斬，雙斧亂劖，大鍋亂甩，以及麵團亂飛過去之後……所有的米粉就被盡數斬碎，而且不只是在地上如海浪的米粉，連米粉怪身上的米粉也被全數削斷，留下幾乎裸體的牠。

牠表情愁苦，身體不斷發抖，看著這群男人。

「要殺嗎？」小才左右手的雙斧，旋轉出兩個鋒利的圓。

「別殺別殺，」小耗急忙伸手，阻止了小才，「理由有二，一是米粉怪身體上的皮毛，堪稱美食界的寶物，加上牠只生存在純淨風的環境，所以非常稀少！」

「為了美食啊，那第二個理由呢？」小才旋轉斧頭的速度減慢了。

「我想，琴姐應該不希望我們再殺生吧？」小耗輕聲說。

「哼。」小才哼的一聲，眼望他的兄弟，小傑。

小傑也搖了搖頭，似乎也贊同了第二個理由。

「那就不殺。」小才收斧，然後蹲了下來，看著米粉怪，「米粉怪，你算是比較有智慧的陰獸，我問你，你看過一個人類的長髮女子走過這裡嗎？」

「嘎。」米粉怪點了點頭。

「喔?她用的技是電，對吧？」

「嘎嘎。」米粉怪頭點得更大力了。

「果然是琴姐，那她現在人呢？」小才再追問。

「嘎嘎。」米粉怪眼睛望向颱風內部，那蜿蜒的走廊後頭，無光的更深處。

「繼續往前？」小才皺眉，所有人也都一起皺眉。

琴姐怎麼敢一個人不斷往前推進?她怎麼了?

「那人類女子身邊,有其他人類嗎?」忽然,小耗追問。他想的是,是否小天就在她身邊,導致琴姐如此大膽?

「嘎……」米粉怪似乎在想『其他人類』的意思,想了一會後,才堅定的搖了搖頭。

「沒有人在她身邊,她只有一個人?」小耗鍥而不捨的又確認了一次。

「嘎。」米粉怪堅定的搖了搖頭。

「琴姐只有一人,卻一路不顧死活的往前推進,其中必定有問題,」小才語氣嚴肅,「我們得快點,她的狀況,恐怕比我們想像的更危險。」

「我也是這樣想。」小耗點頭,「那我們再加緊趕路吧!」

「嗯!」

只是,現場所有人都沒有辦法,也沒有能力去聯想到,米粉怪為何對「一個人」的答案感到猶豫,琴真的只有一人嗎?如果她真的只有一人,那麼,那個一直闖禍,帶著琴往前衝的阿飆,又是誰呢?

約莫一公里處,此刻的阿飆,眼睛陡然睜大。

因為他發現,身處在千隻不斷飛舞竹蜻蜓中的那個人類女子,此刻,竟然發生了變化。

那名為琴的女子，眼睛閉起，彷彿在感受著什麼，然後雙手舉起，用力拍了一下。

而當她雙掌分離時，掌心已經出現了一條宛如白蛇般的電光。

電光之蛇何等美麗，竟順著琴的手臂爬行，爬過了腹部，然後爬過了肩膀，更爬過了她的長髮。

阿颯看呆了，因為他從來沒見過有一個人能將電光用得這樣美，也許，電量仍不充足，也許技巧還不夠流暢，但，那種美，獨一無二的美，彷彿與電溫柔對話的美，阿颯從未看過。

彷彿，電是她的朋友，是她的生活，甚至是，她的愛情觀。

然後電光溫馴的爬過了此女子全身之後，到了一個地方就停了下來，就是那女子的右手手臂。

手臂上，那奇異的弓形刺青上。

接著，在千隻滿天飛舞的竹蜻蜓之中，那女子露出溫柔的笑，右手朝前，左手往後一拉，擺出了一個拉弓的姿態。

不，那不只是一個拉弓的動作，因為那女子的雙臂之間，電光竟然開始匯聚，匯聚出一柄弓，而弦越是往後拉，一柄電光之箭，就越來越清楚……

當弓被拉滿，電光之箭形態也完全成形。

鋒利、飽滿，充滿了一種令阿颯又膽顫，卻又無法自拔迷戀的能量之箭。

然後，始終閉著眼的長髮女孩，終於睜開了眼睛。

同時間，所有的竹蜻蜓彷彿感受到了什麼，微微停止了螺旋槳運轉，然後夾著一種驚恐的氣勢，嗡的一聲同時衝向了那長髮女孩。

長髮女孩吸了一口氣，表情雖難掩緊張，但嘴角卻隱約閃過一抹微笑。

彷彿，在這份生死交界的緊湊之中，找到了自我突破的興奮，還有，絕不放棄的戰鬥意志。

然後，女孩的手指鬆了。

那柄吸飽了強大電能的箭，也隨之離弦，如一匹卸下了硬韁的烈馬，撕裂空氣的呼嘯聲過後，箭衝入那群竹蜻蜓中。

「喔？」這秒鐘，阿飆眼睛睜得更大了。

他驚嘆，這就是技嗎？這就是人類的技嗎？這就是能夠一擊敗盡所有竹蜻蜓的技嗎？

當琴的箭離弦，剛剛打噴嚏的男人，忽然笑了。

「哎喔。」那男人笑，「看吧，女孩如果笨，就是要認真一點，看吧，有認真有差吧？我莫言，說得一定沒錯嘿。」

說完，那男人收斂心神，他已經進入了他目標的大樓中了。

這次他要偷的，是一枚戒指。

編號第七號的冠軍戒指。

事實上，這已經是這男人這幾天偷過的第五件物品了，其中包含「缺角的十一號聖杯」、「3M的第一管膠水」、「愛因斯坦科學家的左腦腦葉」、「貫穿林肯的子彈」，還有「某D姓作者的第一本書，雙胞胎」。

前五項已經幫莫言賺進了超過一億元，但最後一項委託，莫言事實上沒有偷，他是在某大學生宿舍某個麻將桌腳下面找到了，顯然是為了讓打麻將更舒適，這本書才終於派上了用場。

但是這冠軍戒指所在位置，的確讓莫言躊躇了一下。

因為這冠軍戒，上頭刻著的，是黑暗巴別塔。

而黑暗巴別塔辦了這麼多年的比賽，冠軍一直都只有一個人，換言之，莫言這次要偷的，是真正的強者。

火星，鬥王。

「鬥王啊，當年黑幫十傑，也是老朋友了。」莫言笑，「偷一個七號戒指，他應該不會太在意吧？」

說完，莫言輕巧的身影，已經閃過了黑暗巴別塔的重重警衛，然後站在鬥王的房間外。

莫言抬頭，笑。

「很久沒見你啦，老友。」

但莫言卻不知道，門的對面，一隻大手，正慢慢的拿起了放在小圓桌上的酒杯。

然後那隻大手的主人，露出與莫言幾乎相同的笑，連說的話也有雷同。

「等你很久啦，老友。」

場景，拉回颱風之中。

「心體技，」琴默唸著，「技，就是體與心的合一，心，就是想像力，要一口氣擊敗這些竹蜻蜓，需要想像力！用想像力操縱自己的技！那我就讓我的箭……貫穿這些竹蜻蜓吧！」

想到這裡，琴手指一鬆，緲到極致的力量頓時釋放，弓上的箭，夾著飽滿之力，離弦。

箭離弦，化成一隻雪白之鷹，衝入大群瘋狂衝來的竹蜻蜓群中。

然後，屠殺，開始！

這支箭，這隻雪白之鷹，開始在竹蜻蜓中縱橫。

當雷箭衝過第一隻竹蜻蜓，第一隻竹蜻蜓的螺旋槳頓時斷裂，搖晃墜地，然後箭微微轉彎，再擊中第二隻，第二隻是柄部碎裂，失去平衡撞擊下一隻竹蜻蜓，然後緊接著，箭擊中了第三隻……

箭，竟然一隻接著一隻的擊殺，彷彿能量消耗不盡，彷彿自動追蹤的飛彈，以驚人的光電之速，在這個風穴中，以「ㄣ」的形狀，高速的來回穿梭。

穿梭一次，就是數十隻竹蜻蜓應聲墜落。

數十次縱橫交錯的穿梭，數十次耀眼迷人的閃爍，時間卻花了僅僅零點一秒，當箭終於消失，所有的竹蜻蜓，已經像是殘破的灰燼，墜落滿地。

而在這滿地竹蜻蜓殘骸上，唯一站著的人，正是箭的發射者，更是雷電之主，琴。

她手上電能之弓，瞬間縮回她的右手手臂，然後，她低著頭，用力吸了一口氣。

然後，她慢慢抬起頭，美麗的臉蛋，就算生氣也難掩可愛，她看向風穴的前方。

「好啦，」琴語氣憤怒，嘴角卻微揚。「剛剛那隻阿飆，接下來，該我們算帳啦！」

「別……別生氣嘛。」阿飆嘻嘻一笑，腳悄悄的往後縮了好幾步。

「什麼別生氣！」琴大叫，手再次一搓，就要讓她左右手的陰陽電能給這個搗蛋鬼一個徹底的教訓。

而眼前的阿飆已經急忙轉身，開始逃跑。

但琴雙手一搓，卻訝異了，因為她赫然發現，一陣無奈的空虛感過後，她手上出現了一個她完全沒有預料過的情況……

沒有電？

她轉搓為拍，雙手用力一震，果然，電能沒有出來！

「因為……剛剛打敗風象，與米粉怪僵持，又用電箭擊敗上千隻竹蜻蜓……把我的道行用盡了嗎？」琴苦笑，看著自己的雙手，回憶著剛剛瞬間的空虛虛弱感，「剛剛真的太勉強了。」

而眼前的阿飆已經不知道跑到哪裡去了。

「呼。」琴雙腳一軟，跌坐在地上，剛剛與千隻竹蜻蜓對峙的緊繃感，一鬆懈下來，頓時感到無力起來。「這樣也好，這隻阿飆不知道是哪來的寶物獵人，如果真打起來，搞不好會輸，他逃了也好。」

「接下來，就等小傑小才，小耗大耗他們過來就好了。」琴坐在地上，背部靠在風穴的牆上，耗盡道行的疲倦，讓她只想待在這裡。

只是，就在這時，琴看到了一隻小小的竹蜻蜓，從風穴的某個角落，搖搖晃晃的飛出，飛到了琴的面前。

這隻竹蜻蜓的尺寸比其他的竹蜻蜓更小，就像是一隻小孩。

「啊，你要替你爸媽報仇嗎？」琴淡淡一笑，「可是我剛剛沒殺你爸媽喔，牠們不過受傷而已……」

那小竹蜻蜓搖搖晃晃，似乎沒有要攻擊琴的意思。

而琴彷彿感覺到了什麼，攤開了手掌，在小竹蜻蜓的面前。

「要來嗎？」

小竹蜻蜓晃動了兩下，像是下了決心般，慢慢的飛到了琴的手掌上，然後像是寵物般，停止了螺旋槳，倚靠在琴的手掌心。

「好可愛。」琴微笑，「不管你們鋒利的螺旋槳，你們其實長得很可愛。」

小竹蜻蜓動了幾下，像是聽懂了琴的話語，回應著琴的稱讚。

而就在此時，忽然，琴發現了小竹蜻蜓的柄部，竟然有些異樣。

琴仔細看去，這柄上，竟然有字。

那是用很細的筆，很娟秀的字跡，從字跡的紋路來看，似乎有些時日了，上面寫著：

「三日後，我會再來，請給我你的答案。」

琴訝異，為什麼有字？這是誰寫的？又是寫給誰的？

然後琴手掌一動，將竹蜻蜓翻到了背面，這一面只有兩個字，似乎，就是剛才那行字的署名。

而一看到這署名，琴只感覺到背部一震，一股說不上來的奇妙感覺，竄流全身。

因為，那署名竟然就是……武曲。

「武曲？」琴訝異無比，由於太過訝異，她甚至沒有聽到她懷中的風鈴，輕輕的噹了一聲。

「武曲曾經來過這裡？在多久以前？她為何來到這移動風堡？這表示這颱風二十九年以前就有了？不對啊，颱風不是每年自然產生的嗎？」琴感到頭腦一片混亂，「還是這竹蜻蜓從別處飛來？不，哪會這麼巧？」

「而且武曲說過三日後會再回來？她為何來了又走？她要找誰沒找到？這是她的留言

嗎？她留給誰？」琴身軀微微顫抖著。「她又如何肯定那個人一定會回來這裡？除非，那個人就是這座風堡的主人？」

「武曲要的答案是什麼？什麼答案讓威震天下的武曲這麼執著，要回到這裡？」

琴越是想，越感到一陣莫名熟悉感，這也是第一次，是的第一次，直接接觸到武曲留下的痕跡。

以往的琴，總是從莫言，從小才小傑的口中拼湊出武曲的樣子，在琴的腦海中，武曲應該是一個又強，內心又溫柔的亂世女武者。

如今，這個又強又溫柔的女子，為什麼透過竹蜻蜓留言？這與她選擇怒風高麗菜當作食材有關嗎？

想到這裡，琴不自覺的抬起頭，注視著風堡的深處，「這些問題的答案，是否……都在這裡？」

然後，就在琴發愣之際，前方忽然傳來一聲尖銳慘叫，慘叫伴隨哀號，竟是阿飆的聲音。

「阿飆？」琴起身，就要往前奔去。「他幹嘛尖叫得那麼緊急？遇到什麼危險嗎？」

但隨即，琴躊躇了。

「阿飆這一路害我，這尖叫會不會又是陷阱？」琴握著拳，天人交戰，但她的猶豫卻只遲疑了兩秒，她就邁開腳步，朝尖叫方向狂奔而去。

就算是陷阱，也不能見死不救。

這就是琴。

這一直都是琴的風格，也許任性，但又讓人忍不住親近的，琴。

當琴順著尖叫的聲音，繞過兩個彎角，映入她眼簾的畫面，卻讓她對自己的衝動……感到後悔。

雖然，在琴眼前的，並不是如同風象、米粉怪、竹蜻蜓般的陰獸，卻是三個穿著中國棉襖，戴著瓜皮帽的三個肥胖寶物獵人。

三賴之，賴財、賴名，以及賴命。

只是奇怪的是，這三個寶物獵人，卻完全沒有看到，正躲在他們背後，發出尖叫的阿飆。

而阿飆一看到琴的出現，立刻停止尖叫，對琴扮了一個大鬼臉，很明顯的是在告訴琴一件事。

「笨笨。」阿飆咯咯的笑著，「又被騙囉，妳這個笨笨人類。」

琴見狀，吸了一口氣，想要轉身，但那三個寶物獵人，卻已經同時抬起頭，發現了琴。

然後，這三個獵人的眼中，同時發出猙獰的殺氣。

這殺氣，精準的傳遞出一個訊息，他們似乎想要延續飛機上的廝殺，而且，此刻琴的身邊，沒有拿黑刀的小傑、握雙斧的小才，還有玩麵團甩大鍋的小耗大耗。

只有一個人，應該很好殺。

「這些年來我們搶了這麼多寶物，發現了一個秘訣。」大賴獰笑著。

「那秘訣其實很簡單。」二賴也開口。

「那就是，越少人搶寶物，」小賴也開口。「就能夠搶到越多的寶物。」

琴退了一步，這一秒鐘，她好恨自己，恨自己明明在陰界經歷了那麼多場戰鬥，看過了多少扭曲的人性，卻怎麼還是學不乖？

這裡的人，就算是小孩也可能是老狐狸，這裡的人，向來不把人命當作一回事，這裡的人，為了達到目的，就算出賣了兄弟朋友都在所不惜。

她，為什麼聽到阿飆的慘叫，還是奔來這裡？為什麼？

「可能我真的是笨蛋吧。」琴嘆了一口氣，擺出了架式，因為眼前的大賴，已經攻來。

一雙肥滋滋的大手，散發詭異的七彩光芒，朝著琴猛撲而來。

琴的生存之戰，即將展開。

遠處，竹蜻蜓所在的風穴，來了新的造訪者。

小傑等人，他們看著倒了滿地的竹蜻蜓，同時露出詫異神情。

「這是竹蜻蜓啊？」小才仰頭，「雖被歸類在B級陰獸，但危險性已達A級，牠們總是群體出現，圍殺敵人，敵人的死狀通常都極慘，彷彿被千刀萬剮……」

「不過就我所知，」小耗接口，「竹蜻蜓最多是百來隻群聚，這裡……也太多了吧？」

眼前倒地的，可是上千的數目，但問題是，誰有如此能耐，擊敗這千餘隻的竹蜻蜓？

「地上的竹蜻蜓身體焦黑，傷口與米粉怪和風象類似，更重要的是，每一隻都……」小才沉吟。

「只傷不死？」小耗接口。

「撇開電傷口不談，這個只傷不死的壞習慣，就只有一個人。」小才說到這，微微一頓，而就在下一秒，所有人同時說出了答案。

「琴。」

是琴姐嗎？她已經進步到可以單槍匹馬擊敗千餘隻竹蜻蜓了嗎？

「如果真是這樣？」小耗語氣興奮，「那琴姐的進步好驚人啊！」

「是很驚人，但我擔心，」小傑低下身子，拿起一隻竹蜻蜓，沉吟。「這一擊，怕，耗盡武曲全部道行了。」

「啊，道行耗盡？」小才說，「小傑，你的意思是……」

「道行耗盡，此刻才是真正危險。」小傑點頭。

「那我們還等……」小耗想要說話，忽然，前方的颱風，傳來一聲又急又怒的尖叫。這尖叫聲是標準的女子聲線，高亢中帶著些許柔細，其中充滿了急促恐慌的情緒，所有人都面面相覷，因為他們已經認出了這聲音的主人是誰了？

「走！」小耗右手一抖，麵團在他掌心翻滾，一馬當先，朝著風壁內部衝了過去。

「嗯。」第二個跟上的，是小傑，他抽出背後黑刀，以更高的道行，後來居上。

「走。」然後是雙斧的小才。

「走吼！」與扛著大鍋的大耗。

四個人各拿武器，朝著那聲尖叫的來源，狂奔而去。

只是，當他們狂奔之時，小耗那奇怪的感覺又來了，周圍的空氣彷彿水波紋般，晃了一下，隨即又恢復了正常。

第四章・破軍

深潛，深潛，不斷的深潛著。

閉氣，讓道行包裹著全身，避免自己因為呼吸不足與水壓而當場喪命，這是柏此刻唯一能做之事。

而柏之所以會不斷的往下深潛，則是因為一個男人，一個讓柏氣到牙癢癢的男人。

「橫財！你這混蛋！」柏擔憂著他同伴們的安危。「到了颱風內部，我絕對不會放過你的！」

「不放過我？又怎麼樣？」橫財嗤之以鼻。「你現在有什麼力量？除了偶爾跑出來，讓人分不出真假的破軍力量之外，你以為你是我的對手嗎？告訴你，你的夥伴進不來颱風的，你唯一的利用價值，就是你手上的紅絲帶，因為那會是找到破軍之矛的關鍵。」

「哼！」柏摸了摸自己手臂上的紅絲帶，這是鈴親手繫上的，除了寄望柏找回破軍的霸氣之外，還順便在絲帶上撒了些毒，讓那些心懷不軌的偷盜者自食其果。

「等到我們到了颱風最深的風眼區，拿到了寶物嚕，」橫財露出了滿嘴黃牙，「我就……」

「你就？」

「給你一個好死，怎麼樣？」深海中，橫財咯咯的笑聲，讓人聽起來格外刺耳。「我好歹也有一些道行，我讓你無痛無苦的解脫，怎麼樣？」

「哼！」柏怒吼，手上五指旋緊成拳，拳中注滿道行，朝著橫財方向，直轟了過去。

「笑話，」橫財冷笑，「你沒想過，我們在水中，為什麼你不會被水溺斃？那我現在馬上就讓你知道！」

「啊？」柏還沒領悟到橫財話中的含意，忽然，他感到面前的景色一濁，然後帶著強烈鹹味的海水，猛然灌入了柏的口鼻之中。

海水一來，登時斷了柏的呼吸系統，他咳嗽，掙扎，完全無法呼吸。

「嗚……嗚……」柏抓著自己的脖子，整張臉漲紅，眼看就要在這深海中被溺斃。

「懂了吧？」橫財手一揮，柏感到眼前的景色再次清澈起來，然後水停止灌入，慢慢從口鼻中流了出來。「你為什麼不會溺死，都是因為我的技。」

「技……」柏看著橫財的手，忽然懂了。「你用你的門，把水打開？」

「你這小子鹵莽歸鹵莽，倒是沒很笨嚕。」橫財冷笑。「是的，我在你的口鼻處，開了一個門，所以水流不進你的口鼻之中，加上一些剛跳進海裡時，預備的空氣，你才能活到現在，懂嗎？」

「嗯。」柏咬著牙，剛剛被水灌入口鼻的窒息感，還讓他餘悸猶存，他明白了一件事。

此時此刻，他活在橫財的地盤上，對方不只是實力強橫而已，更重要的是，他掌握了自己的生死，所以，柏不能衝動。

以往在陽世黑道打滾的經驗告訴柏，逞一時之勇也許很過癮，也許有機會成為兄弟們喝酒閒聊時被人緬懷的話題，但，死了就是死了，死人沒辦法大吃大喝，沒辦法去聽小靜唱歌，更沒有辦法在某個晚上溜回阿媽家，把一些錢塞在阿媽的櫃子裡。

死人，啥事都不能做，所以要成就大事，就是一個字：忍。

他痛恨橫財的跋扈，他要掌握大局，他要替夥伴報仇，就必須忍。

等待時機，破壞橫財地盤，奪取破軍之矛，見到嘯風犬，都要忍。

想到這，柏沉默了。

「幹嘛，不掙扎了？乖嚕？」橫財冷笑。

「哼。」

「別哼，你只要乖乖的陪老子拿到那柄矛，甚至是那件衣服，」橫財冷笑，「在你死前這趟旅程，我會好好待你，別忘了，我橫財可是很溫柔的。」

「哼。」

「繼續哼……」橫財說到這，忽然頓住。「啊？」

而柏也同時抬頭，他雙眼失明，看不到任何物體，但失去了視覺，卻只會讓他的「風感能力」變得更敏銳。

有東西，就在他們的正前方。

那東西，不是人類，不是魂魄，而是一團高密度的能量集合體。

是陰獸？

而且等級絕對不低的陰獸！

然後，柏聽到了橫財的笑聲。

「連負責守門的陰獸，竟有這樣的水準啊？」橫財語氣上揚，不但感受不到半絲驚恐，反而透露著嗜血的興奮。「那這座颱風裡面藏的，肯定就是當年『他』的總部，咯咯，那柄矛，那件衣服，肯定就在這裡啊！」

海面上，阿歲和忍耐人被橫財摔了出去，還在「雲趁」上的只剩下小曦一人。

見到夥伴在海上辛苦浮沉，小曦急忙低下身子，對雲趁說了幾句話，而雲趁接收到了命令，頓時改變排列，變成如紙飛機般的三角形，然後乘風破浪朝阿歲兩人狂游而去。

「使蚊子的大叔，你道行比較高，不會怪我先救忍耐人吧？他的技是鐵，鐵會沉入水中，所以很危險哩。」小曦替自己的私心默禱，腳下的雲趁破浪而行，宛如一艘引擎全開的小艇。

但，當小曦到了忍耐人落海的位置，她眼睛陡然大睜，十分訝異。

因為她沒有看到預期中，那在大海中浮沉，伸出雙手拚命求救的忍耐人。

她眼中的忍耐人，正蹲在海上。

不是沉在海裡，不是吞吐著滿嘴的海水，不是陷入死前的走馬燈，不是，都不是，他正穩穩的「蹲在海上」。

而小曦眼睛往下移，更看到忍耐人的腳下，竟然有一大片，長寬超過三十公尺的巨型超薄鐵板。

「只要讓鐵板變薄，增加面積，就算是鐵，也能浮在水上……」忍耐人看著小曦，露出緊張的笑容。「只是我操縱鐵的能力還不夠，所以要把鐵弄薄卻不破，實在很吃力，還好，妳……」

這句話忍耐人還沒說完，鐵板終於承受不住，啪的一聲應聲而破。

眼看忍耐人就要墜入海中，小曦抬腳往下一蹬，腳底的雲趁魚群立刻分出了一大群，在水中高速優游潛泳，不偏不倚的……接住了忍耐人！

「謝謝。」以苦瓜醜臉著稱的忍耐人，這時雖然仍沒有笑，卻對小曦微微鞠躬。「女鬼卒，謝謝。」

「還叫我女鬼卒，你是不知道我的名字嗎？」小曦雙手扠腰，看著忍耐人。

「對不起，叫，叫習慣了……」忍耐人抓了抓頭，「從妳在黑暗巴別塔當我的經紀人開始，我就，就習慣了。」

「算了，你以後記得喔，要叫我小曦。」

「嗯。」

「叫叫看啊。」小曦看著忍耐人。「別老是嗯嗯嗯的。」

「嗯。」

「欸！」

「嗯。」

「木頭！」

「嗯。」

「笨蛋！」

「嗯。」

「蠢蛋蠢蛋蠢蛋！」小曦跺腳，轉過身去，「叫一個名字都不會，怎麼會有這麼笨的人啊！」

只是，就在小曦又氣又急，別過頭不想再看忍耐人之時，忽然，她耳畔傳來一個虛弱的聲音。

「小……曦……」

「你終於肯叫了？」小曦轉過頭，卻見到忍耐人還是閉著嘴，聳肩。「咦？剛剛的聲音不是你的嗎？」

忍耐人搖了搖頭，伸出食指，比了比小曦的身後。

「我後面？」小曦回頭，立刻退了兩步。「啊？誰這麼慘？你不是阿歲嗎？怎麼全身又溼，頭髮又亂，你怎麼了嗎？」

「我為什麼慘？」阿歲苦笑，「因為我的蚊子翅膀怕水，所以就算想用蚊子把我的身體拖離水面，也拖不起來，所以我就這樣一直在海裡面喝水……」

「是嗎？」小曦看著阿歲，眼露同情。「真可憐啊。」

「可憐嗎？只是我好不容易從水裡爬出來，卻看見原本可以來救我的人，在和另一個人吵架，吵架的內容，竟然就只是……叫不叫名字這種蠢事？」阿歲眼睛大睜，熊熊烈火在他眼中燃燒。「看到這件事，真的真的，真的讓我心涼啊！」

「是嗎？」小曦看著阿歲眼中的怒火，她笑了一下，慢慢的往後退，「阿歲大叔，你道行這麼深，不會和我計較吧？」

「計較？當然不……才怪！」阿歲怪笑了一下，忽然手一動，鋒利絕倫的一蚊指透過食指指尖，直接按住了小曦的額頭。

「啊。」小曦緊閉上眼，但卻發現額頭沒有傳來應有的劇痛，她微睜開眼，只見阿歲表情轉柔，嘆了一口長氣，「哎啊，我這輩子啊，唯一沒辦法的，就是女人，當年的周娘，現在周娘的女徒弟又來一次，沒辦法啊沒辦法。」

「謝謝大叔。」

「我不是大叔。」阿歲拿下帽子，倒出裡面的水，還有甩出裡面的一隻螃蟹。「叫我哥哥，我會開心一點。」

「哥哥大叔？」

「不是。」

「大叔哥哥？」

「唉。」阿歲決定不再討論，因為他發現再討論下去，真的會被這女孩活活氣死，看著海，「小曦，忍耐人，橫財強行擄走柏，我想我們接下來只有一個辦法。」

「什麼辦法？」

「辦法就是，我們也跟著進去。」阿歲目光炯炯，就算他全身又溼又髒，狼狽得要命，仍掩不住他眼中的氣勢。「然後……」

「然後？」

「把柏搶回來！」阿歲吸了一口氣。「不管如何，都要把他平安帶回來！」

「為什麼你對柏這樣執著？這可是要冒生命危險的啊。」小曦看著阿歲，提出了這些日子以來的困惑。「為什麼？只因為他是你的搖錢樹？」

「是。」阿歲笑了，「但卻不是『我的』搖錢樹。」

「不是你的？」

「他，是整個陰界黑幫的搖錢樹。」阿歲字字堅定。

「整個陰界黑幫……」

「而且，這株搖錢樹搖下來的，還不是錢……」阿歲目光堅定，「而是命運。」

「命運？」小曦和忍耐人感受到阿歲的意志，收起之前嘻笑的心情，兩人屏氣凝神，仔細聆聽。

「一個顛覆政府獨大，找回黑幫熱情的『命運』。」阿歲字字鏗鏘。「柏，肯定就是這樣一株改變整個黑幫命運的，搖錢樹啊！」

柏的世界，是一片黑暗，但在這片黑暗中，他卻清楚感受到了風的變化。

那一條一條細長的風，不是透過眼睛，而是透過他的呼吸，透過他的感覺，清楚的傳達到他的腦海中。

這些風，有的柔軟，有的剛強，有的則是盤桓迴旋如同一幅美麗的畫。

所以，柏就算沒有了視覺，仍能清楚感受到那團高密度的能量體，以驚人的高速，夾著赤紅色憤怒，朝著他與橫財衝來。

「小心！」柏低喊。

「哼。」橫財低哼。

顯然，橫財與這隻陰獸交上了手。

也在這一剎那，柏發現他不只是感受到這陰獸的能量密度，他竟然「看」到了這陰獸的形體。

那是體型巨大宛如船艇，長著一對薄翅，宛如海中魟類的陰獸。

「風魟。」橫財喃喃自語，「危險等級A，雖然排不進百大陰獸，不算厲害，但卻是少數能同時生存於海與風環境的陰獸，這樣的陰獸，竟然只是把守這個颱風的秘密入口，這不就是在告訴我……」

風魟在空中轉了一大圈，朝著橫財飛撲而來。

「這裡，有著珍貴無比的寶物嗎？哈哈哈！」橫財大笑，道行在雙手間繞成兩團恐怖而強悍的能量球，就要與風魟正面決戰。

然後，柏透過了風感，「親眼目睹」了這場戰役的結果。

風魟的絕技，相當厲害，只要牠一拍動寬闊的魚鰭，就會在水內產生一股震波，震波所經之處，不只魚群開腸破肚，連岩石都會應聲被切碎。

而當陰魂碰上了這震波，可想而知的是，五臟六腑與腦漿會像是經歷了果汁機的洗禮，一起絞成稀巴爛。

但牠震波的驚人威力，在橫財面前，卻完全失去了效果。

因為，橫財只用了一顆拳頭，就這樣將震波抵消。

「嘎。」風魟發出水中高頻的尖吼，在水中一個盤桓轉身，一口氣射出七八道震波。

「觀念錯誤嚕！」橫財冷笑，「你以為人多好辦事嗎？」

說完，柏感受到橫財雙腳一頓，全身的道行陡然提升，包覆了全身，彷彿在身體周圍穿上一件包附性比水還完美，但硬度卻遠勝鋼鐵的道行之甲，將他身體緊緊護住。

「在陰界要生存，除了善攻，還要能守。」橫財張開雙手，迎向了這群震波。「我的守，就是這件道行甲冑，我取名為……盜賊斗篷。」

然後，震波撞上了橫財這件盜賊斗篷。

登登登登。

柏聽到一連串清脆悅耳的撞擊聲，威力絕猛的震波，竟然完全傷不了橫財，半點都傷不了橫財的情況下，四下彈飛。

那些傷不了橫財的震波，在海底亂彈，有的撞上地面，刨出了一條數十公尺的小海溝，有的撞上了珊瑚礁群，轟的一聲，一大片堅硬的珊瑚礁全部碎裂，有的更直衝上了海面。讓原本就在海面載浮載沉的阿葳小曦等人，驚呼連連，全仗著小曦傲人的操縱能力，才避免了雲趁被震波全部殲滅。

風魟的震波之強，就是這樣的等級，只可惜，這樣的等級在橫財面前，還是不值一哂。

「黑幫十傑？」柏感受著橫財那縱橫海底的氣勢，不由得內心激動震盪。「這樣的怪物，還有九個嗎？更何況還在十傑上的那十四個主星？」

震波傷不了橫財，風魟突然尖吼一聲，在水中急繞了一圈，忽然雙翅一震，竟然朝著橫財與柏直衝而來。

這一下，倒是讓橫財訝異了。

「呃，我記得我聽過我那個心軟鬼莫言說過，風魟是一隻遠距離型的陰獸，」橫財皺眉。「牠怎麼選擇直衝而來？還有絕招嗎？」

風魟翅膀不斷震動，但卻沒有發出任何的震波，速度卻絲毫不減，甚至越來越快，朝著橫財暴衝而來……

「還有絕招嗎？還有絕招嗎？」橫財難得露出戒慎表情，「有什麼事情是那個心軟鬼不知道的嗎？」

風魟越衝越快，轉眼，就到了橫財面前。

「哼！」而橫財更將道行灌注了全身，他已經準備好了，任何突發的絕招，他都可以用十倍以上的破壞力，回敬給對手！

風虹轉瞬已到，就要與橫財直接接觸了！

而就在此刻，忽然，柏開口了。

「橫財別出手！」柏大吼，「這隻陰獸，牠想自殺！」

自殺？

也就在這一瞬間，橫財猛然一個轉身，肥碩身材卻擁有超乎常人的靈活，竟然避開了風虹猛撞，一人一獸，就這樣驚險萬分的擦肩而過。

「自殺？」橫財瞪著那隻陰獸，那瘋狂的風虹獸在海中擺盪了兩下，又繞了回來。「好像真有那麼回事？可是，陰獸不過就是能量集合體，沒血沒肉，怎麼可能會自殺？又不是S級陰獸！」

眼見那隻虹再次轉身，再次加速，似乎是知道自己終究守不住這個秘密入口，於是決定一死了之。

「你這隻笨陰獸，別逼我！」向來霸氣自信的橫財，卻意外亂了套，「雖然那隻心軟鬼叫我別亂殺陰獸，但……老子的容忍可是有限度的嚕！」

風虹完全不理橫財，再次振翅，瘋狂衝來。

橫財一個急轉身，驚險又避開了風虹的自殺式撞擊。

但更讓橫財心煩的是，風虹又轉身了，牠還要自殺？

「老子決定了，」橫財雙手注滿道行，咬牙切齒。「你下次再來，老子就真的殺了你！」

風虹，當然不會理橫財的警告，再次震動了翅膀，再來了。

但也在這時，突然，柏一個側身，站到了橫財的面前。「我來。」

「什麼你來？這隻笨陰獸雖然要自殺，但被牠身軀直接撞上，你也會重傷的！」橫財咬牙。

「嗯。」柏卻動也不動，看著這隻狂衝而來的風魟，專注的看著。

風魟，這隻擁有一身完美流線的陰獸，雖然選擇了瘋狂的自殺，但動作卻依然優雅，身體上那灰色的柔線，與水流的藍線交錯盤桓，美得有如一件藝術品。

但如今這藝術品，卻因為守不住這個門，而選擇了自殺？

陰獸為何如此有情？甚至凌駕陰魂之上？

「算嚕，不管你們了！一個想死，一個想被撞死，隨你們嚕！」橫財怒，他的世界中向來只有殺戮與酷刑，實在搞不懂柏與這隻陰獸。

柏沒有閃躲，一點都沒有閃躲的意思。

因為他從風中，沒有感受到半點來自風魟的殺氣，有的，只是一種意志。

一種承諾要守護這座門，若守護不住，寧可用生命交換的一種堅強意志。

「你承諾了誰呢？」柏伸出了手掌，對著風魟，「是誰讓你願意等他這麼多年，讓你以生命堅持承諾？」

風魟越衝越近，越衝，越近！

「是誰？」柏，一字一字，慢慢的說著，「那個人，我認識對不對？」

風魟已經就在柏的眼前！

「那個人，是誰？」

下一瞬，真的只是一瞬，風魟碰到了柏的手掌。而就在柏全身灌注，準備迎接來自手掌上毀滅性衝擊，甚至打算犧牲一隻手臂來阻擋風魟時……

下一個瞬間，風魟擺動了尾巴，身軀緊急往上拉高，展現了超乎想像的泳技，滑過了柏的手掌，進而也游離了柏。

然後，風魟搖晃了兩下，竟然緩緩的游離了這裡，除了一個隱約的回頭之外，牠越游越遠，搖擺著細長的尾巴，慢慢消失在這個颱風下方的海洋中了。

見到這奇特的景象，橫財皺眉了。

「為什麼牠不撞你？」

「為什麼啊？」柏的手掌仍往前伸著，久久沒有出聲。

「為什麼？」

柏沒有說話，因為他仍對剛剛感到震撼，那一個與風魟面對短暫到不足零點一秒的瞬間，他竟然聽到了風魟的聲音。

不，不是聲音，是風的聲音。

是「風」把風魟的心意，傳達給了他。

而那心意共有兩句話，是這樣說的……

「我守護這裡，為了兩個我最喜歡的人，一個是破軍，另一個武曲。」

柏訝異，但卻無法掩飾內心湧現的熟悉，這兩個名字，好熟悉。

但，第二句話更讓柏感到無比震撼。

「真好，回來了。」風紅的風，是這樣說的。「你們，都回來了。」

你們，都回來了？

你，們？

柏訝異，久久無法言語，破軍若與自己淵源深厚，那武曲呢？為什麼自己對這個名字，也同樣充滿了強烈的熟悉與無法解釋的……內疚感呢？

海面上，阿歲、小曦，與忍耐人，還在思考怎麼進入海中。

「我們得想辦法下去。」阿歲說。「你們有什麼辦法嗎？我的蚊子翅膀怕水，在這裡真的是一籌莫展。」

「讓我來。」忍耐人站了出來，注視著底下波濤洶湧的海浪。

「你怎麼來？」阿歲皺眉，「你的技是鐵欽，我的蚊子碰到水只是飛不起來，你更慘，你是會直接沉下去！」

「是。」忍耐人的臉上，佈滿了鐵水燙過的傷痕，那是一張醜陋卻堅定的臉孔。「你說得沒錯。」

「所以你來？你來個屁啦！」阿歲揮了揮手。

「鐵不一定會沉，如果能減少重量增加面積，鐵就能浮。」忍耐人注視著海面，身上隱隱透出注入道行產生的淡淡光芒。「但這一次，我卻要相反的結果，我要讓鐵沉下去。」

「嗯？」阿歲與小曦同時嗯的一聲，他們看見忍耐人身體周圍的道行光芒，顏色開始轉深，然後，那些道行一塊一塊的凝固，凝固成了深灰色，那是曾經創造陽世人們工業革命的關鍵金屬，鐵。

鐵越來越多，重量也跟著越來越重，腳底下的雲趁開始支撐不住，拚命震動牠們的魚鰭，但仍不斷的往下沉。

「你要幹嘛啦！」小曦忍不住大叫。「再下去，雲趁會撐不下去的！」

「就是要撐不下去。」

「啊？」

「我數到三，可以將我們腳底下的雲趁驅散嗎？」忍耐人身上的鐵越聚越多，重量也不斷提升。

「啊？一驅散，我們怎麼辦？」

「抓住我。」忍耐人看著小曦。「你們一起抓住我。」

「一起沉下去？」

「當然，」忍耐人破碎的臉，揚起一個幾乎看不見的微笑。「狂風下海浪力量這麼大，開口開關速度這麼快，唯有提升下沉速度，並創造不被海浪影響的重量，才有機會在短時間內穿過入口，不是嗎？」

「啊？」這一剎那，小曦懂了。

忍耐人身上的鐵，其實是錨。

當船到了港，就會下錨，因為錨能提供穩定的力量，讓船隻不怕風浪。

「什麼？聽不懂，幹嘛要抓住你？」這時，阿歲還在碎碎唸，「鐵很重，會沉下去……」

「一，二，三！」忍耐人全身已經完全被鐵塊包圍，同時放聲大吼。「解散雲趁！小曦！」

解散雲趁……小曦？

小曦嘴忽然揚起一個甜蜜的微笑，對雲趁低語：「隱匿在無光黑暗中寂寞的野獸，容許你思考並應承我的約定，我允諾你們……自由！」

也在這一刻，雲趁們身軀扭動，宛如藍色夜空中的煙火四散，從所有人的腳底散開，而失去支撐的忍耐人也開始以驚人的速度下沉。

「等等，小朋友，你們不知道海的可怕……」阿歲還在哇哇大叫。

阿歲一邊哇哇叫，一邊抓住了忍耐人，也開始急速下沉，還順便喝了一大口水。

而小曦也隨之抓住忍耐人，只是在她沉入海中時，她的甜蜜微笑卻依然保持著。

因為，她剛剛確確實實的聽到了忍耐人喊出了那兩個字。

小曦。

你終於不叫我女鬼卒了，願意叫我……小曦了嗎？

另一頭，風魟游開，柏與橫財終於來到了秘密入口。

此刻的柏，就算失去了視覺，依然可以感覺到，這份大自然的驚人力量。

這秘密入口，就在空中颱風的尾端與大海的接口處。

在北半球，颱風是一個順時針旋轉的風體，所有的風以同方向旋轉，自然會出現一個中心點，那個中心點就是所謂的颱風眼。

而颱風眼乃是一個柱狀體，這柱狀體與海面存在一個接口處，也就是這個接口，不斷把海底的水往上吸，風與水，就在這接口，暴力而平衡的共存著。

那螺旋巨大而壯觀，由海底由下往上望去，宛如一道從深海直接往上盤旋的龍捲風，伴隨著不斷被捲入的各種物質。

「小子，真可惜，你眼睛看不到，不然看到你眼前的畫面，包準你嚇死！」橫財冷哼。「不要被嚇到尿褲子啊，小子。」

「嚇到？」柏下意識的挺了挺背脊，「我怎麼可能被嚇到，倒是你，第一次看到這景色，一定怕到哭吧？」

「哼，老子當年就膽大包天，第一次看到只覺得稀鬆平常，」橫財哼的一聲。「不過那個心軟鬼莫言，倒是怕得牙齒打顫。」

「對了，常聽你說起……莫言，」柏問。「那是誰？」

「他？不過就是一個心軟鬼！」橫財似乎察覺到自己話有些多，決定打住。「小子，我們該進去啦。」

「怎麼進去？」柏吸了一口氣。

就算看不到眼前的景色，光從水流的速度與力量，柏就知道眼前是一個多可怕的環境。

「聽你的聲音，就知道你很怕，哈哈哈。」橫財大笑，雙腳一踢，身體快速在水中游動。「怎麼進去？當然就是直接衝進去！」

「直接衝進去？」柏被橫財拉著，也被迫往前，朝著龍捲風移動。

越是靠近，柏越能感受到水流的強度，越來越激烈，越來越暴力，幾乎要把他的身體扯碎。

「廢話，」橫財笑，整個身體開始被水流急速帶動，然後捲了起來。「不過要記住，把道行包覆全身，不然……」

「不然？」

「就等到能進到颱風裡面！就會變成好幾塊啦！哈哈哈！」

眼前的水流越來越快，失去視覺的柏，就算擁有自傲的風感能力，卻已經完全派不上用場，只剩下上下顛倒的暈眩感，和一份堅持要活下去的執著，讓他在這片漩渦中，奮力前進。

時間不知道過了多久，不知道被水流甩了多少次，不知道失去意識多少回，當柏終於醒來。

他發現，他臉上是不斷與地板摩擦的火辣感，偶爾還會感到背部撞到石頭時，傳來的疼痛，忽然柏懂了。

他被人拖著，他的腳被人抓著，正毫不客氣的往前拖著。

他微微抬頭，感受到拖行自己的那個巨大背影。

橫財。

橫財哼著歌，一手拖著自己的手，在地上拖行著。

然後，柏聽到了橫財說話，似乎在自言自語著。

「果然是這裡嚕，這些高級陰獸，這結構複雜的道路和建築，」橫財獰笑著，「那兩樣東西，一定在這裡的最深處，等拿到了貨，再把這小子宰掉……」

柏眼睛瞇起，忍受著被拖行的疼痛，假裝沒有聽到這些話。

但在此刻，柏已經下定了決心。

對於橫財這樣翻臉絕情的角色，要活命的機會，只有一個。

就是比他強。

而且，時間絕對不多，就只有從現在起到拿到寶物，這短短一段路的時間而已！

而就在柏下定決心之際，忽然，他察覺到了風的異樣。

他抬起頭，透過風，他看清楚了異樣的來源。

那是一個方形扁平的物體，背後綁著一條細線，左右竄動，速度極快，朝著橫財直切而來。

「風箏獸？」橫財冷笑一聲，「請搞清楚你對手的身分。」

說完，橫財動也不動，這形態宛如風箏的陰獸，切中了橫財，但很不開心的是，風箏獸彎折，就像是風箏最重要的骨架彎了，失去了飛行能力，跌落在一旁。

緊接著是第二隻、第三隻、第四隻，轉眼間超過二十隻風箏獸從這條通道的底端，迂迴竄出，以驚人的高速，上下左右不同的角度，切向橫財。

但，他是橫財。

實在是，因為他是橫財。

只是一秒，所有的風箏獸都骨架彎折跌落在地，這些風箏表面的圖形都不盡相同，有的規則繽紛，有的則像是被孩童塗鴉，但無論表面多有特色，最後都被橫財一一踩過。

「記住嚕，你們這些C級陰獸。」橫財搖頭，繼續將柏拖在地上，大步走著。「怎麼會是我盜賊斗篷的對手？」

柏躺在地上，他更明白了一件事。

要擊敗橫財，要活命，第一件事，就是要破橫財練出來的護體術「盜賊斗篷」。

這盜賊斗篷，絕非等閒，因為連周娘的針穴、阿歲的母蚊，還有風魟的震波，都無法攻破。

柏想到這，開始集中心神觀察橫財，因為沒有比直接觀察對方戰鬥，更能清楚察覺對方的弱點與優點。

而且，數十隻風箏獸落地之後，彷彿是啟動了這颱風中的某種警鈴，第二種類的陰獸很快就現身了。

那是一隻巨大宛如海象的陰獸，牠發出尖銳的獸吼，尾巴的風車轉動之下，身體騰空而起，朝橫財猛飛而來。

「風象，B級陰獸。」橫財冷笑著。「沒啥戰鬥力，就靠那一身盔甲而已，對吧？」

這一隻風象越飛越近，忽然影子一晃，背後竟然同時飛出另外兩隻風象，三隻風象將整個通道擠得是水泄不通，一起朝著橫財撞來。

他們是打算用自己最驕傲的風之盔甲，把橫財擠死嗎？

「要拚誰的皮硬嗎？」橫財怒笑，竟然大步踏著，持續往前走去。「那就試試看吧。」

橫財雖然在陰魂中身軀高大，在三隻風象面前，還是宛如嬰兒般的尺寸。

轟的一聲，這嬰兒尺寸的橫財，就完全被三隻風象完全埋住。

風之盔甲，這個琴的電用盡全力只能取巧獲勝的對手，對上了橫財的盜賊斗篷，硬碰硬，強撼強，鋼甲猛撞堅殼，到底誰會獲勝呢？

另一邊，忍耐人、小曦和阿葳三人一起跳入了海中，並且靠著忍耐人鐵的重量，成功抵抗住驚人的海流，精準的朝著目的地下沉。

「等一下。」忽然，小曦拉住了忍耐人，「我們先等一下。」

「為什麼？」

「前方有戰鬥。」小曦低語。

「戰鬥？」忍耐人才說完，忽然就懂了，這片海底，果然出現了異常的波動，這些波動相當混亂，一陣接著一陣，而且夾著強烈能量，忍耐人等人甚至要啟動道行，才不會因此受傷。

「對，這不是一般海流，應該有陰獸或魂魄在戰鬥。」

「會是橫財和柏嗎？」忍耐人問。

「不太像，啊，戰鬥就在前方……」阿歲手往前一比，果然，戰鬥現場就在眼前而已。

眼前，是一隻外型美麗的巨大生物，宛如海底的魟，正和一隻大型烏賊拚命纏鬥著。

巨大烏賊有二十餘隻觸腳，纏住了這隻魟，只是魟也非池中物，不斷拍動牠宛如翅膀的雙鰭，每震動一次，烏賊的腳就被震斷一根。

轉眼間，烏賊的二十餘隻觸腳已經被震得七零八落，剩下兩三隻腳，眼看，這隻美麗的魟就要脫困了。

「風魟，加油啊。」小曦低聲說。

「妳知道那陰獸的名字？」阿歲訝異，「還有，為什麼要替那隻魟加油？」

「因為我能和陰獸簡單的溝通，所以我知道這些陰獸戰鬥中，彼此在嘶吼著什麼？」小曦說。「那隻風魟負責守護這個神秘入口，牠是一隻很重信用的陰獸，但，對面那隻烏賊就不是了。」

「烏賊不是？」

「牠叫做鐵烏賊，其實是一隻被魂魄用生物科技調製出來的陰獸，牠只是一個魂魄的載具，就像是警界的鐵蝸牛。」小曦搖頭，「這樣的陰獸，沒有半點靈魂，是最悲哀的生物。」

「陰獸有靈魂？我以為陰獸只是能量的集合體……」這時，忍耐人開口了。

「哼，陰獸當然有靈魂，你以為我怎麼召喚牠們的？」小曦雙手扠腰，「那只是你們聽不到……或者說，不願意去聽牠們的聲音！」

「是嗎？」

「陰獸雖然沒有人類魂魄那麼複雜的七情六慾，但，至少牠們單純且執著，尤其是對……」小曦眼神注視著那隻風魟，語氣溫柔。「自己的主人，牠們很忠心，也很可愛！」

「嗯，放心，那魟顯然厲害很多倍，牠的震波好厲害，快要把鐵烏賊的腳都斬光了。」阿歲笑。

「不對。」小曦臉色驟變。

「不對？」

「快離開那裡！」小曦突然大叫，「風魟，快離開那裡！鐵烏賊裡面，有一隻陰獸！有一隻排行在百大陰獸的陰獸！」

百大陰獸？最接近S等級的陰獸？

只是，小曦等人實在距離戰場太遠了，這一聲大喊，尚未傳到風魟那方，驚人的異變，已經發生！

那隻幾乎殘廢的鐵烏賊內，突然竄出了一條墨黑色的鰻魚。

鰻魚張開了嘴，嘴裡面，層層疊疊，是數不盡的尖銳利齒，鰻魚速度好快，一下子就鑽到了風魟旁，然後咬住了風魟。

那數十排利齒，當然毫不客氣的，嵌入了風魟的體內！

風魟發出高頻的尖叫，想要掙脫，但這隻鰻魚咬得好緊，風魟拚命震動翅膀，試圖發出威力強大的震波，在鰻魚的牙齒下，卻意外越震越弱，越拍越無力。

「有毒。」小曦眼眶中，盡是淚水。「那條臭鰻魚的牙齒上，有劇毒。」

那毒好厲害，風魟不只力氣喪盡，還越來越枯瘦，像是全身的肌肉與能量，都被鰻魚的毒素溶解，然後快速吸入鰻魚的嘴裡。

最後，當風魟精力被吸盡，鰻魚終於放開了利嘴，那隻乾枯的風魟，就這樣緩慢的朝海底墜落。

鰻魚則像是吃飽了般，打了一個嗝，又縮回了鐵烏賊內。

而鐵烏賊少了風魟的阻擋，雖然只剩下三隻觸腳，仍快速的游入了入口，消失在颱風之中。

「那叫做飢餓鰻魚，百大陰獸之一。」小曦別過臉，眼眶中盡是淚水。「風魟不是對手，又缺乏防備，一下子就結束了。」

「嗯。」

小曦抓住忍耐人的衣袖，「忍耐人，我們去看一下那隻風魟好嗎？」

「嗯。」忍耐人點頭，他藉由調整身體鐵塊的比例和密度，去配合此刻的水流，然後朝著風魟墜落處，斜斜的沉了過去。

風魟，這隻曾經美麗與豪氣的生物，此刻光滑的皮膚已經盡數乾癟，豐潤的體型也變得只剩下一條一條瘦骨，垂死的躺在海底的白沙上。

在忍耐人的操縱下，所有人到了風魟的身邊，而小曦露出心疼的表情，伸出手，輕輕撫摸著風魟。

而風魟似乎也感受到小曦的撫摸與善意，微微顫動了一下，隨即又沉靜了下來。

「不疼。」小曦眼眶依然含著淚。「眼睛閉上，馬上就不疼了……不疼囉。」

風魟再次微微顫動，一陣震波，化成柔柔水流，滑過了小曦的耳畔。

「你說，你很開心了？」小曦歪著頭。「因為，你等的兩個人，都回來了？」

風魟再次微震乾枯雙鰭，白沙被掀起淺淺塵霧。

「一個從天空路徑進入颱風，另一個……你剛剛有碰到？」小曦摸著風魟。「和一個道行很高的魂魄在一起？啊，你說的，難道是柏與橫財？」

白沙再次浮起，因為風魟又震動了翅膀。

「你說，你等那兩個人好久了？因為，那是一段你最喜歡的歲月，那時候，那兩個人的感情很好，一起把移動風堡打造起來……只是後來，後來怎麼了？」小曦低聲問。

但這一次，白沙卻沒有揚起，風魟的翅膀，沒有震動。

「後來……」小曦又問了一次。

白沙依然沉靜，一如風魟，因為牠已經長眠了。

完完全全的，長眠了。

帶著終於見到心愛主人的心情，釋懷的長眠了。

「至少，你最後的時刻，見到了你等待三十餘年的兩個人。」小曦溫柔的撫摸著風魟，然後毅然起身。「忍耐人，我們走吧！」

「嗯。」忍耐人點頭。

「我們進入秘密入口吧。」小曦眼神堅定，「這颱風絕對不是簡單的颱風，或者說，是某個極為強大的風之建築，就建在這颱風之中，我們得趕快進去。」

「嗯。」

「在橫財對柏造成傷害之前！」小曦抓住了忍耐人。「在風堡內，這些陰獸遭受那些寶物獵人與飢餓鰻魚等混蛋大屠殺之前，我們要快一點！」

「嗯。」

看著小曦如此堅毅的表情，以及對陰獸的溫柔，忍耐人側著頭，想著，這似乎與他印象中那個聰明幹練，心思詭譎的女鬼卒有些不同。

原來，這才是真正的小曦嗎？

另一頭，柏與橫財所在之處，三隻海象一起朝著橫財壓了下去，原本預計將橫財壓成一片薄薄的人紙。

但，笑出來的，卻依然是橫財。

三隻海象最得意的厚皮，都沒有往下碰到地板。

因為在厚皮與地板之間，隔著兩公尺的距離，這個距離看似短近，對風象們，卻是一道無法跨越的鴻溝。

這個巨大鴻溝，就叫做盜賊斗篷。

「基本上，要破解你們的盔甲很簡單，只要弄壞你們的尾巴就好，但，」橫財獰笑，「我不屑做這件事，要擊敗你們，何必用小技巧？」

三隻風象的身軀微微抖動，分不出是被橫財的盜賊斗篷壓迫？還是感到害怕？

不過，答案已經不重要了，因為橫財已經出招了。

「盜賊斗篷！給我震嚕！」橫財雙手握拳，盤桓在身體外的道行猛力爆發。

道行宛如強震震波，三隻風象同時被彈開，這一彈，更將風象的風之盔甲硬生生的震破，強大的道行擠壓風象的五臟六腑，當風象分別撞向牆壁四周時，已經全部重傷不能動彈了。

只是，當橫財的這盜賊斗篷震完，縱使震得是威風八面，但他的表情，卻露出了一絲古怪與猙獰。

然後，橫財慢慢的轉過頭，看向自己的後腰處。

一個拳頭，正陷入他的後腰處。

「很勇敢嘛，你。」橫財獰笑，「柏。」

沒錯，就是柏，柏趁著橫財將自己的盜賊斗篷爆發，一口氣震開三隻風象，也是全身道行密度最稀薄時，一口氣找到橫財全身最弱之處。

那個位置就在橫財的後腰處，層層疊疊的肥肉中，那個風流最虛弱之處。

「黑丸。」柏低吼，風在手腕與手心中盤旋，越盤越快，快到極致之時，直接轟向橫財的後腰。

這一拳，不單是柏這些日子以來力量的結晶，更是他風感能力的極限發揮。

只是，橫財的表情，除了些許訝異以外，卻完全沒有半點痛苦。

「我不知道你怎麼找到我全身最弱之處，但，很抱歉的是，」橫財冷笑，「你的拳頭太弱，傷不了我！」

說完，橫財腳一抬，正中柏的下巴，暴力的力道將柏的身體踢到在空中轉了三圈，才重重落地。

「哼。」柏落地，他滿嘴是血，才想要起身，忽然發現，他的右手被橫財的雙手抓住。

「為了報答你偷襲之恩。」橫財獰笑，雙手同時一轉，啪啪啪啪一聲亂響，柏的右手，竟然像是毛巾一樣擰成好幾圈，裡頭的骨頭，因此碎成一團。「你的右手，我就收下啦！」

這一擰，痛得柏臉上滿是冷汗，但，他卻沒有叫。

因為這是他預料之內，偷襲橫財需要付出的代價，要不是因為柏還有利用價值，絕對不只這一隻右手。

「我會擊敗你。」柏雖然右手已廢，雙眼又盲，傲氣卻只是更強而已。「橫財，你給我記住。」

「我等你。」橫財身體微蹲，抓住了柏的左腳，用力一拉，柏又跌躺在地，繼續被拖行起來。「不過我比較擔心的是，當我折斷了你的左手、右手、左腳，與右腳之後，我還可以折哪裡？或者說，到時候我終於可以折脖子了？咯咯，咯咯咯咯。」

柏被拖行著，右手的劇痛仍讓他不斷流著冷汗，但他的意志卻一點都沒有改變。

要活命，真的只有擊敗橫財一途而已。

更何況，就在貫穿橫財盜賊斗篷的那一剎那，柏感受到一種奇妙的體悟，那是融合了風感能力、右手的黑丸，以及關鍵時機的一種組合。

柏知道，自己也在變強了。

柏知道，只是短短的一拳時間，他又領悟了一個更高的層次。

而他更期待的是，這趟颱風之旅，他可以領悟到哪一個層次？

不過，柏比誰都清楚，得再快一點，因為他的脖子……可能很快就會被橫財扭斷了！

陽世。

時間已經跨過了傍晚，風，持續增強。

這個時候，幾乎所有人都守在電視機前，他們都在等待，等待一個消息，那就是……「明天到底會不會放颱風假？」

新聞報導的跑馬燈，不斷跑著各種恐嚇的文字，「近十年最大颱風！」「美國CNN稱這颱風為魔鬼！不，修正了，不是魔鬼，是魔王！」「嚴防豪雨，開始撤離山區的居民！」「風勢入夜後會加強！預計在兩小時後登陸！」

預計，就在兩個小時後登陸！

風很狂，狂到所有的旗幟都被拉直，拉平，近海的樹一株一株開始折斷，海潮洶湧，許多海邊民宿的主人都開始打包行李，退離那張牙舞爪的大海。

而所有人都緊張的盯著電視。

第一個宣佈颱風假的縣市長，肯定會成為人民心中的英雄。

但也會成為其他縣市長排擠的對象。

這是兩難，每個縣市長內心的兩難。

政治前途與人民福祉之間的，向來是多數縣市長內心的兩難，只是，多數的縣市長會選擇等待，等待別人開了第一槍，然後再悄悄的跟進，別當出頭鳥。

只是，所有的陽世人們都緊張等待颱風逼近時，陰界的陰魂們，卻用另一種截然不同的緊張態度，面對著這個颱風。

颱風，是大自然的力量展現，而大自然帶來的能量，正是陰魂們引頸企盼的，宛如擺放了數百年的古物，或是充滿了歷史與故事的土地，那飽滿而純淨的能量。

因為，颱風會帶來寶物，寶物能讓陰魂活下去，甚至變得更強壯。

於是，有的魂魄選擇找地方躲藏，等待颱風過後自然環境改變，然後撿拾寶物。

有的陰魂則選擇了前進，他們帶著武器，帶著不怕死的決心，進入了颱風之中。

等待兩小時候，颱風登陸，一登陸，颱風形態將急遽改變。

那時候無論是颱風外部與……內部，都將會發生巨大的變化，而且會快到超乎想像。

第五章・武曲

陰界，颱風的天空入口。

這裡，是琴選擇的道路，而她因為相信了阿飆的求救，卻讓她陷入了更大的危機中。

因為，這裡等著她的，雖然不是陰獸，卻是比陰獸更危險的「寶物獵人」。

賴財、賴名、賴命，同樣穿著中國棉襖，身材矮胖如球，人稱三賴。

此三人是撐過飛機上以生命為賭注的淘汰賽，能夠乘著風，進入颱風的人物，所以肯定也是高手。

如今，這三個人發現了琴。

而基於所謂的「要拿第一名很簡單，只要殺掉其他參賽者」的理論，他們三個人決定當場就，殺掉琴。

第一個出手的，是老大，賴財。

他肥胖的身體一晃，手上呈現七彩光芒，就朝著琴的腦門，抓了過來。

琴苦笑，幸好這些日子以來，她的武術與道行已經有些基礎，只見她頭一側，穩穩避過。

「不錯，有些基礎。」大賴冷哼，手腕急轉，這次換成了雙手，一手攻上，一手攻下，上下夾擊，徹底封鎖琴的活路。

「別小看人，我也是經歷了不少生死關頭。」琴說完，雙手一擦，電光隱現。

「妳搓手幹嘛？妳是想對我的攻擊拍手呢？還是學蒼蠅搓搓手？」大賴見到琴的攻擊姿態，絲毫不以為意，冷笑，手上的大手持續朝琴的腦門抓來。

倒是一旁的小賴，眉頭皺起。「阿大，小心勒，那女人手上的能量突然增強了。」

「增強？不過就是花拳繡腿……」大賴冷笑之際，一手已經抓上了琴的腦門，一手也抓住了琴的腹部，但同樣的，琴的雙掌，也同時按住了大賴的胸口。

轟的一聲，雙方道行正面接觸。

只是，結果卻令人訝異，因為有人往後彈飛，而且彈飛的……不是琴！

發出慘叫的，竟然也不是琴，重傷跌倒的，竟然……真的不是琴！

而是一直自信滿滿的大賴。

只見大賴被琴的雙掌一轟，飛過了數百公尺，撞上了後面的牆壁，才勉強停住，當他從牆上滑落，嘴角還流出一絲鮮血。

「就說，不要瞧不起人嘛！」琴吸了一口氣。

只是琴的得意只有幾秒鐘，因為她赫然發現，眼前那個被自己雙掌轟飛，撞上牆壁的獵人，已經站起，而且全身上下正散發出前所未有的殺氣。

雙手合一的雷電，沒能真的重傷對手嗎？

這時，更聽到其他寶物獵人的嘲笑。

「阿大啊，」二賴賴名露出冷笑，「你行不行啊？如果不行要老實說勒，別在這裡丟人現眼，對方只是一個新魂而已啊。」

「阿大，速戰速決。」比起二賴，老三顯得冷靜。「還有，小心提防。」

「新魂？丟人現眼？小心提防？你們當我大賴是誰啊！」大賴全身殺氣不斷往外漲開，原本手上的七彩光芒變得更濃烈了，「當年那隻A級陰獸火陀螺，是誰給了牠致命一擊？當年碰到巡警二星『截路』的兵馬，是誰率先打開包圍網，殺出血路？是誰？是誰？是我，大賴啊！」

大賴發出怒吼，就在二賴依然不屑的表情，小賴皺眉的神情中，他衝了出去。

琴退了一步，看著眼前氣到幾乎抓狂的寶物獵人，琴竟然慌了。

雙手擦出的雷電無法重傷眼前的敵人？那她還有什麼絕招？對了，她剛剛是怎麼打敗竹蜻蜓的？弓？對了，她還有雷弦。

就在琴一拉袖子，露出手腕上雷弦刺青的同時，她突地感到身體一緊，陡然被往前猛拉。

被猛拉的原因，是大賴手上的七彩光芒。

那七彩光芒竟然宛如大賴手的延伸，就這樣抓住了琴，然後把琴用力扯了過去。

「這是我的技！七彩液態之手！」大賴吼著，「抓住任何陰獸，都可以不必直接用手摸，避免陰獸外表有毒，而且我必須老實說，這個技，對抓人也很有用啊！」

琴全身被那七彩光芒攫住猛拖，完全動彈不得，而等在她前方的，正是大賴的雙手，還有大賴猙獰的殺意。

「會死。」琴苦笑，而她在此刻，抬起頭，剛好看到風壁上，那個阿飆就坐在那裡，聳肩，臉上一個道歉微笑。

令人討厭的，道歉微笑。

「可惡。」琴拚命扭動身軀，此刻，她只能拚命回憶，過去曾經歷過的幾次生死交關，她曾經怎麼逃出險境？

突如其來的，她想起了莫言，而且就在莫言離開去進行偷竊修煉的那個下午……

時間，推回到莫言離開眾人，要進行獨自修煉的那個下午。

「這東西給妳嘿。」莫言從懷中掏出了三個透明的袋子，交給了琴。

「幹嘛給我塑膠袋？」

「呸！」莫言眼睛睜大，瞪了琴一眼，「這是什麼塑膠袋？妳摸摸看，這是有道行的，這是我的收納袋！」

「收納袋？」琴訝異，「你的收納袋可以給別人？」

「以前不行，但最近半年可以了嘿，可能與妳有關，算了這不是重點……」莫言冷笑，「重點是，若是老子我出品的收納袋，可不是凡物。」

「怎麼說？」

「它們等同我的道行結晶，換句話說，它們比塑膠更具韌性，比金屬更剛強，不怕火，不怕水，除非是強度十足的道行衝擊，不然它們絕不會破。」莫言拎著袋子，「而且重點是，它們強度夠，但卻聽妳的號令消失。」

「嘻嘻。」琴看著莫言，「先說好，我可沒錢付你。」

「我當然知道，認識妳也不是一天兩天了，妳有多窮妳以為我不知道嗎？」莫言哼的一聲。「這三個袋子就當送妳嘿。」

「這麼好？」

「我對笨蛋就是沒辦法，」莫言嘆氣。「還好妳很笨，笨到不會拿收納袋去亂搞，所以我還放心啦！」

「一直罵我笨，我真搞不懂你在幫我？還是在罵我哩？」琴嘆氣，「那我該怎麼使用呢？」

「建議妳，將妳覺得重要的物品裝入收納袋內。」莫言收起嘻笑怒罵的神情，「如果有一天，妳雙手受限，無法自己使用那些物品，這些能受妳意志控制的收納袋，將會成為妳的秘密武器。」

「嗯。」

「想好要裝什麼了嗎？」

「嗯。」琴點頭，瞇著眼微笑。「我想，我會裝怒風之蟲，因為我抓不住牠，還有……」

「還有什麼？」

「我想，」琴眼神靈光一閃，「裝一點陰界咖啡豆吧！」

時光回到現在，就在大賴已經把琴拉到了面前，要直接拍碎琴頭骨之時……一切，彷彿進入了慢動作狀態。

琴閉著眼睛，默唸著，「出來吧，快出來，要聽話喔，收納袋。」

果不其然，琴的胸口飄出了一個收納袋，收納袋正在慢慢旋轉，袋中的三粒咖啡色豆子，也隨之緩慢旋轉。

「打開吧！收納袋！」琴低吼，於是，收納袋消失，徒留在空中的，只剩下那三枚正在旋轉的咖啡豆。

然後琴吸了一口氣，她做了一件活在陽世絕對不會做的事，「呸！」的一聲，琴吐了口水。

幾滴口水朝著收納袋方向，飛了出去。

而大賴的手掌，也按住了琴的頭，眼看就要催動道行！

然後，小賴突然起身，放聲大吼，「阿大！退！快退！那是陰界咖啡豆啊！」

然後收納袋消失了，咖啡豆自由了，自由的第一件事，就是剛好被琴的口水給噴上了。

晶瑩如白色寶石的琴的口水，在空中飛騰間，在水珠飛濺間，與咖啡豆精準且完美的撞擊了。

然後，時間的速度，恢復了正常。

接下來發生的事，琴感到內疚，雖然她知道情況太危急，雖然她知道對方是真的有心要殺她，但過了許多年以後，她仍感到這一招用得太狠太殘忍了。

因為沾了水的咖啡豆，會在第一個碰到的物體上，扎根。

而那個物體，不偏不倚，就是得意洋洋，狂笑的大賴五官上。

「對不起。」琴別過頭，眼睛緊閉，輕輕的說：「一定很痛吧？」

當然，很痛。

因為咖啡豆的根，已經爬滿了大賴的臉，不斷亂竄，竄入了大賴的鼻孔、耳朵、眼睛，大賴的表情甚至停在最後的笑容上，被這些粗根硬是定形。

只是他的笑，變得好詭異，明明整個臉已經痛到神經都要斷裂，但卻只能笑，得意洋洋的笑。

幸好，這一切很快就解脫了。

咖啡豆長得很快，當它終於長出了粗莖，就這樣毫不客氣的，把大賴的笑臉，撐裂成好幾塊。

琴不忍心的閉上了眼，而咖啡豆繼續長大，長大到生出了豆莢，然後豆莢快速飽滿，一枚一枚如咖啡豆的子彈，就這樣射了出來。

「阿大，死了啊？」二賴咬牙，「看我的技，七彩固態！」

二賴，看見大賴當場陣亡，頓時收起嘻笑的表情，雙手同樣出現了七彩光芒，只是光芒顏色更濃，道行等級顯然更高。

大賴的七彩光芒只能隔空抓物，而二賴的七彩光芒，則可以凝聚成固體。

固體成盾，剛好擋住一波波的咖啡豆掃射。

在鼠窟裡面，琴已經知道，咖啡豆射擊速度雖快，攻擊範圍雖然廣，但就是威力不夠，殺殺陰獸小老鼠可以，但要殺有道行的寶物獵人，果然還差了一截。

而當二賴手上的盾擋光了所有的咖啡豆，同時那具盾的表面，一根又一根的刺，浮了出來。

接著，二賴的臉上，多了一個可怕的獰笑。「七彩刺！來吧！把眼前的這個新魂，扎成蜂窩吧。」

這句話剛說完，所有的刺，波波波波，紛紛從盾上彈出，其密度之高，宛如長河，夾著凶險殺意，朝著琴滾滾流來。

「完了。」琴慘叫之餘，腳本能的往下一踩。

波波波波，刺扎中物體的聲音，但奇怪的是，琴發現自己不會痛。

因為刺全部射中了牆壁，而琴卻在腳踩的瞬間，奇蹟的躲過了高速飛針的攻擊。

「怎麼回事？」琴訝異，那一瞬間，究竟發生了什麼事？

「可惡！怎麼這麼會躲？」二賴也是一愣，他似乎也沒搞懂，琴是怎麼躲過這些近距離七彩刺的。

於是，他再次用力拍了一下剛才的七彩盾，盾上，密密麻麻的尖刺又再次浮現。

「等等，」琴拚命想，想著剛才那一瞬，她是怎麼躲掉這些刺的？而且那神乎其技的片刻，她好像似曾相識。

曾經，在引群貓追入鼠窟時，當大耗就要被黑髫貓把頭顱叼掉那一刻，琴似乎也曾經奇蹟的追上了大耗，然後……救下了大耗！

這感覺好熟悉？難道，這也是雷電賦予的技之一嗎？

只是，琴尚未理解那奇蹟的一刻，破壞奇蹟的東西，又要來了。

這次的七彩刺，不只快而已，重要的是，範圍擴大了。

二賴終於展現尖酸刻薄以外的才能，他將戰術略做變化，將刺從原本的直線改成擴散形，以防堵琴的奇蹟能力。

而琴，睜著眼，看著如豪雨般的刺，映著七彩眩目的光芒，朝著自己而來。

能躲得掉嗎？奇蹟會重現嗎？那瞬間的奇蹟到底是什麼？

琴的拳頭，緊緊的握住了。

這次，她想到的，又是阿豚。

陽世，琴的記憶。

「妳不能一遇到問題，就想到我啊。」場景依然是阿豚正在打電動，畫面上充滿了火焰，因為電動內的魔王施展了火牆招數，讓整個螢幕包含了阿豚的臉，都變得紅通通的。

「是嗎？」琴歪著頭，笑。「偶爾找一下有什麼關係？」

「是嗎？舉凡電腦壞掉，錢包掉了，妳學妹小靜在市區迷路，或是營隊小朋友需要幫忙接送回家，妳都會找我。」阿豚搖頭。

「還好吧。」琴雙手扠腰，「要知道老娘可是不輕易找人幫忙的。」

「是是是。」阿豚一笑，他其實很了解琴，除了阿豚以外，琴極少找人幫忙，說不上來是一種奇怪的堅持，還是不想輸給男生的傲氣，琴每件事都可以自己處理，就算是處理不來，她依然堅持。

但這樣的堅持，在阿豚面前，似乎就完全無效。

阿豚知道，這是一種信任，純淨無瑕的信任。

而阿豚也就欣賞這樣的琴，也許這樣會被冠上「好人」的尊號，但，阿豚知道，琴不是這樣的人，當阿豚真正遇到困難時，第一個伸出援手的，一定也是琴。

「那你準備好要幫我了嗎？」琴坐在椅子上，看著在地板上打電動的阿豚，突然很想用腳踩他的背，然後提著阿豚的耳朵喊，別再打電動了快聽我說！

「嗯，說啊。」

「你覺得電很快嗎？」

「這是什麼鬼問題。」

「我好奇嘛。」

「電很快。」

「像光一樣快?」

「不,不一樣,」阿豚搖頭。「以傳輸速度來說,電不會輸給光,但以真正的速度而言,卻遠輸給光,坦白說,兩者不能這樣比啦,它們是完全不同的東西啦。」

「我當然知道它們是不同的東西,但我聽不懂,為什麼電速度遠輸給光,但傳輸速度不輸給光,速度與傳輸速度,有什麼不同?」琴看著阿豚,「你能用人類的語言說話嗎?拜託!」

「好好,我用人類的語言,明明就是妳問人,要懂得謙虛好嗎?假設一條電線,我想從高雄傳到台北,用光傳的話,等於要讓光粒子跑完高雄到台北的距離,對吧?」

「對。」

「電不用,因為電線裡面充滿了一排又一排的電,我要把訊息傳到台北,只要推動一個電子就好了,因為第一個電子會推第二個電子,第二個電子再去推第三個電子,每個電子都移動了一個電子之後,當訊息傳到了台北——」

「啊?我懂了!」琴這一秒鐘,突然眼睛睜大。「所以,是電子作弊?」

「咦?電子……作弊?」

「因為他用人海戰術。」琴認真的說。「所以他只移動一個電子距離,不是真的跑那麼遠。」

「人海……戰術?」阿豚的眼睛雖然還盯著螢幕,但隱約可見太陽穴的青筋,抽動了一下。

「是啊，不過這樣也很酷，原來速度不用真的很快，只要數目很多就好了。」琴點頭，「就算是作弊，也是聰明的作弊。」

「作弊？」阿豚只能嘆氣，小聲的自言自語，「幸好妳以前的物理老師不是我，不然肯定當了妳……」

「什麼？」

「沒事。」阿豚轉過頭，看著琴，笑了一下。「啊，妳剛說要我幫的事，就是這一件嗎？」

「對啊。」

「這算什麼忙？也太簡單了吧。」

「嗯，但，這可是幫了我一個大忙喔。」琴微笑，而下一秒，思慮再次跨越了數年時間，甚至跨越了陰陽兩界，穿越了千萬公尺高空中的層層雲朵，再次回到了陰界的颱風之中。

那個正在與二賴生死對決的琴的魂魄面前。

刺，已經來到琴的面前。

如此危急，如此驚險，琴卻只是選擇閉上眼，張開手，擺出了完全不抵抗的姿態。

「哈，放棄了嗎？終於要等死了嗎？」二賴再度回到原本尖酸刻薄的表情。

「阿二，請小心啊。」小賴依然皺著眉頭，「這女人看起來肉腳，其實深藏不露！」

「我七彩刺的攻擊範圍廣達附近十公尺，這樣的距離內發動攻擊，她又不是甲級星，怎麼可能躲得掉！」二賴右手握拳，他對自己的招數自信十足。「別把我和那個笨蛋大賴相比啦！」

但，真正讓二賴驚訝的，卻是在後面。

因為，針全部都刺中了。

但，卻都刺中了後面的牆壁。

「人呢？」二賴抓下了西瓜帽，發出瘋狂的嘶吼，「人呢？為什麼妳躲得掉？就算是乙級星，也不可能全部躲掉！至少……至少用什麼武器把刺打掉吧？」

只是，琴是躲掉了，但卻沒有想像中躲得遠，因為她只是平移了十公尺，這距離，剛好躲掉了二賴的七彩針。

琴睜開眼，然後用力一個深呼吸，笑了。

「真的有用欸！莫言說，技的強化要靠想像力，但還是要懂電子的運作，才能夠展現想像力。」琴表情驚喜，「將自己想像成一個又一個電子，不過不是光子的飛躍，而是簡單而樸實的平移，這就是電子，改變人類世界最偉大的科技！」

只是，琴的感動顯然沒有傳達到二賴心裡，因為二賴拔下了西瓜帽，猛力抓了抓已經稀疏的頭髮，發出咆哮！

「吼！七彩針！再次攻擊！」

說完，二賴盾上又長出了密密麻麻的七彩針，然後再次離盾而出，化成直徑十公尺的狂厲之圓，朝琴直撲而來。

琴則用力吸了一口氣，瞪著那片七彩針。

然後一瞬間，琴消失了，而七彩針又再次刺中了背後的牆。

接著，等到二賴的雙眼找到了琴，她又已經站在十公尺外，不偏不倚躲掉七彩針的位置。

「怎麼平移，都只能十公尺欸。」琴側著頭，「這是因為我道行太低了嗎？」

「這女人的能力，難道是傳說中的瞬間移動？」見到琴多次躲掉七彩針，二賴心中一抖，「這不是傳說中的技，只聽說一個甲級星的祿存有類似的能力，為什麼這女人也有？而且她每次只平移十公尺，是在玩弄我嗎？算準我的七彩針，只能擴大到十公尺？」

「到底要怎麼才能擴大距離呢？」琴繼續側著頭，但她卻完全沒有發現，眼前的敵人因為害怕，已經出現了歇斯底里的狀態，然後，二賴突然放聲大吼，舉起盾，朝著琴直劈而來。

「我不想再想了！」二賴終於抵抗不了心理壓力，決定亂拚一通。「既然針刺不到妳，那我就用盾直接把妳砸死！」

「別傻了，二賴！」一旁的小賴見狀，急忙跟著追了上來。「敵人如果會使用類似瞬間移動的技，怎麼可能會怕你的肉搏？你這樣是送死啊！」

「用盾把我砸死？」琴一愣，雙手急忙一擦，雷電在掌心形成，然後用力轟向了二賴。

這一轟，舉著盾的二賴微微一愣，因為，他感到痛，感到受傷，但同時也感覺到……這擊好弱啊！至少和她的瞬間移動等級有著極大的差異！

難怪大賴那個肉腳就算被轟飛，也只是嘴角流血，我二賴道行更高，又怎麼會受威脅？這女人到底是強還是弱？到底是怪物還是肉腳？二賴混亂了。

但是，二賴當機立斷，決定不管那雷電對身體造成的細微傷害，他繼續舉著盾奔跑著，像原始人般，哇啦啦的朝著琴砸去。

「糟了。」琴表情愁苦，「這樣說起來，肉搏戰剛好是我的弱項嗎？以前的武曲應該不是這樣吧？說到以前的武曲，對了，這次風鈴怎麼沒有響？」

是的，風鈴完全沒有響。

是因為武曲的記憶認為這三隻寶物獵人實在太弱了，連響都不屑響嗎？

只是風鈴雖然不屑，但二賴的攻擊卻是真實的，轉眼間，他已經奔到了琴的面前，然後把盾高高舉起，眼看就要砸到了腦袋上。

這場融合了七彩盾、七彩針、戰術變化，以及瞬間移動，看似高等級的攻防戰，最後要用這麼低級的方式收尾嗎？

「哇。」琴無奈，基於直覺，她又伸手入懷了。

「妳，還有咖啡豆？」二賴舉盾的動作微微停了。

「沒有。」琴垮著臉，她伸到懷中，只摸到三個東西，一個是驕傲的記憶風鈴，還有兩個收納袋。

「呼，那就好，乖乖被我砸死吧！」二賴笑，微微挪動腳步，找了一個最舒服的姿勢，準備要一口氣給令人困惑的女孩真正的了斷。「好啦，我準備好啦，受死吧！」

說完，二賴手一揮，以整個身體的力量，把盾從上而下，猛力朝著琴的頭顱砸了下去。

「不要！」琴尖叫，然後基於人類面臨死亡前的本能，她，再次把手上的袋子扔了出去。

「給我解開吧！收納袋。」

只是，這次扔出去的，不是陰界咖啡豆。

這次從收納袋中游竄出來的，不是植物，而是動物。

一隻體型細長，長著薄薄翅膀，宛如小蛇一般的動物。

這一剎那，收納袋在二賴的眼睛前解開，那如小蛇般的動物，也剛好停在二賴的鼻樑上。

「呼，不是咖啡豆，」二賴露出鬆了一口氣的表情，然後努力的移動眼珠，形成一個完美的鬥雞眼，想要看清楚他鼻樑上的生物，到底是啥？

只是，他尚未辨別出，他的弟弟，也就是三賴中的最後一賴，卻突然發出聲嘶力竭的大吼。

集合了震驚、畏懼、恐怖的大吼。

「該死！那是怒風之蟲！那是怒風之蟲！」小賴吼著，「那是生長在怒風高麗菜！也是居住在颱風核心的A級陰獸啊！」

琴尚未理解，怒風之蟲為何讓小賴這樣瘋狂時……她就懂了。

因為，風吹起來了。

以怒風之蟲為圓心，風吹起來了。

吹起的風，首當其衝的，就是二賴的鼻樑，雙眼，頭顱，舌頭，還有裡面滿滿的腦漿。

全部，都被風吹散了。

在怒風之蟲的微風中，彷彿這些東西原本都分開般，被風輕輕一吹，就散了。

散落在風中，散落在整個風穴之中。

「好恐怖。」琴看得是目瞪口呆，「怒風之蟲和陰界咖啡豆，原來都是這麼可怕的東西啊？是誰……是誰叫我隨身攜帶的？」

是誰？是誰叫我隨身攜帶的？

只是二賴的苦命還沒完，他頭的結構被風吹散，二賴的雙手彷彿少了支撐的力量，手一鬆，盾垂直落下，剛好把他的身軀整個砸爛。

於是，頭顱與身體都一起找到了歸途，那就是化成爛泥。

怒風之蟲輕易的以風斬殺了二賴的頭，翅膀震動了幾下，在這風穴中飛繞了幾圈，彷彿慶賀自己重獲自由之後，就飛離了這個洞穴。

「我的引路者……」琴無奈苦笑。剛看到怒風之蟲的實力，她也沒膽子去把牠抓回懷中。

不過觀察敏銳的她，隱約察覺到，那怒風之蟲飛走時，似乎有刻意在阿飆面前停住。

那短到幾乎無法察覺的停駐，彷彿是怒風之蟲在判斷著，阿飆究竟是敵人或是同類？但最後怒風之蟲選擇了離開。

選擇不發動攻擊的離開，又代表什麼意思呢？

只是，當琴還無法細想這諸多謎團，忽然背後傳來一聲嘆息。

「唉，妳，殺了我的大哥和二哥，」嘆息者，是小賴。「我該殺了妳，替他們報仇吧？」

「是嗎？」琴回過頭，她又看到了那個熟悉的七彩光芒，在小賴的手上，但形態上，卻又與大賴二賴完全不同。

大賴的七彩光芒，黏稠而富有彈性，宛如液體。

二賴的七彩光芒，堅硬而扎實，宛如固體。

而小賴手上的七彩光芒，飄忽而隱約，像是一團美麗迷幻的霧氣，這樣的狀態，似乎就是三態中的最後一態……

「人家總說，老三的實力最弱，但事實上，未必喔。」小賴語氣沒有兩個哥哥的狂妄，但卻充滿了讓人畏懼的自信，手上的七彩光芒開始慢慢擴大。

轉眼，其體積就超過一個人的大小，而且繼續往外擴散。

「老大是像水一樣的七彩光芒，老二是盾形態的七彩光芒，而你的，既薄且大，似霧似水，難道你們的技是三態，而你是第三態……」琴看著小賴，「氣態？」

「很聰明，可惜，聰明的人通常都活不久……」小賴雙手的七彩光忙越來越大，眼看已經瀰漫了整個風穴。

如此七彩迷霧，當然干擾了琴的視覺，在她的眼中，一切景物都變得扭曲而模糊，其中更包含了景物中最危險的，小賴。

「該怎麼辦？」琴不由得緊張起來，實戰經驗不足的缺點顯露了出來，她從沒遇過這樣的技，她該怎麼辦？

「該怎麼辦呢？咯咯，我氣體範圍很廣，會慢慢的深入妳的血肉，破壞妳的組織，將妳徹底腐蝕。」小賴的聲音，從這片七彩迷霧中傳了出來。「範圍這麼大，妳的瞬間移動不可能有效，妳的拍手雷電也會被我的力量壓制，還是，妳還有別的東西可以丟？」

「是還有啊。」琴苦笑，但咖啡豆是陰界植物，怒風之蟲是陰界動物，這兩者展現驚人威力，還說得過去，但第三樣東西呢？

琴伸手入懷，摸到了第三個收納袋，裡面放的，其實根本就不是什麼兇器，那是毛線球。是的，就是日本短尾貓給她的臨別贈禮，一個完全不知道用途的毛線球，而琴因為不想讓毛線球佔空間，於是用莫言的第三個收納袋給收了起來。

這毛線球，也很危險嗎？

如果是，這陰界也太危機四伏了吧？

「妳要丟咖啡豆，我的七彩迷霧不會讓妳有機會給它水的，妳要丟怒風之蟲，牠也未必找得到我，」小賴的聲音低沉而威嚴，充滿了壓迫力，此刻，琴真正明瞭，小賴的確該是最厲害的一賴。「那妳該怎麼辦？不斷創造奇蹟的女孩。」

「我，我還有一個收納袋。」琴抬起手上的收納袋，小小的聲音，一點氣勢都沒有。

「拿出來看看啊。」小賴的聲音依然保持著警戒。

「拿就拿，怕你喔。」琴下定決心，手往懷裡一掏，正是最後一個收納袋，透明的袋子裡面，一粒毛線球正輕輕的滾著。

「毛線球？」小賴看著琴手上那看起來毫無危險性的毛線球，眉頭再次皺了起來。

「那我，丟了喔。」琴吸了一口氣，她實在不抱任何希望，咖啡豆於鼠窟就發過威，而怒風之蟲好歹是一隻昂貴的陰獸，但這毛線球，除了沾過白鬍貓口水，實在不知道哪裡厲害……

不過，就在琴要解開收納袋的同時，忽然，她聽到了一個奇怪的聲音，「喀喀喀喀喀……」

「這是什麼聲音？」琴側著頭，「又有新絕招要出了嗎？」

小賴沒有回答，只是持續發出喀喀喀的聲音，然後琴忽然懂了，那是牙齒撞擊聲，而且是小賴的牙齒撞擊聲。

「幹嘛？撞牙齒？這和氣態攻擊有關嗎？」

「可……可惡……喀喀喀喀……我認出……那毛線球了……喀喀喀喀……」小賴聲音充滿戰慄，「身為寶物獵人……喀喀喀……一直以為這寶物……不該出現……喀喀喀……在人類手上……喀喀喀……」

「什麼？」琴完全聽不懂，「這是一隻貓……」

「是……喀喀喀……這就是貓群的寶物……喀喀喀……」小賴咬著牙，「妳到底是誰？扮豬吃老虎！我們……喀喀喀……有一天會再見面的！」

「咦？」琴還沒完全理解小賴的意思，忽然，七彩霧開始散了。

等到琴的眼睛完全能看清楚眼前的景物，小賴已然不在。

逃了？

那東西，短尾貓給的毛線，竟然讓一直自信的小賴如此驚恐，直接逃走？

「逃得好快，這毛線，當真有這麼可怕嗎？」琴仔細觀察袋中的毛線球，但，實在看不出它厲害之處，一堆散亂的細線糾纏在一起，實在很普通啊。

接著，她想起了現場另外一個可疑人物，阿飆。

霧散，阿飆仍在，但他正用不可思議的表情，看著琴。

「妳……」阿飆的眼睛其實是看著琴手上的收納袋，拚命吞口水。「和貓群是什麼關係？」

「你還敢問我？我還沒找你算帳！」琴雙手扠腰，「你剛剛幹嘛陷害我？害我差點被那三個獵人殺掉？」

「我，我，我，我不是故意，我不知道，妳，我真的不知道……」阿飆結巴了半天，陡然轉身，開始跑，瘋狂的朝著颱風內部跑著。

「等等我，我還沒找你算帳！」琴正要生氣跺腳，但阿飆這次真的跑得很快，一眨眼就跑離了琴的視線。

琴只能目送著阿飆的背影，然後嘆氣。

「累死了，這次我才不想追。」琴找了一個舒服的位置，坐了下來。「這次要等到小耗他們來才行。」

只是琴的屁股還沒坐暖，忽然，一聲淒厲尖叫，從阿飆跑去的方向，傳了過來。

「啊！！」

尖叫又急又慌，彷彿生死關頭就在眼前。

但，就算聽到這樣的尖叫，這次琴卻只是搖頭。

「又來了。被騙第一次是我太心軟，被騙第二次，可就是笨了，再被騙第三次，我可就不是笨，而是世界第一笨！」

只是，尖叫還在持續，而且一聲比一聲更急。

「啊！！！被看到了！為什麼，為什麼妳看得到我？」

琴眉頭微微一皺，不安的動了一下身子。「我絕對不會去幫忙的，我要在這裡等我的夥伴。」

「饒了我！！！啊啊！！不要殺我！」

尖叫，更淒厲了，懇求中帶有著對死亡的無奈。

琴閉著眼，想要假裝聽不到，但偏偏又是聽得一清二處

「啊！！」

這次，琴緊緊閉著眼，她打算用她最堅定的意志力，堅持不當超級大白癡。

堅持！不當大白癡！

場景，拉到數百公里的遠處，這裡的主角是莫言。

他手上拿著一枚冠軍戒指，戒指上被人用刀子看似粗魯但又充滿了藝術感的，刻了一個七。

他走得有點急，腳步有些踉蹌，似乎受了點傷。

他拿到了戒指，為何又受了傷？所以他和鬥王交過手了？

然後，莫言停下腳步，往回看去，看著那名為黑暗巴別塔，但卻裝飾得宛如大飯店的陰界第一鬥場。

「火星，這些年來，黑幫十傑第一強者的名號，果然還是非你莫屬。」莫言擦去嘴角的血跡，露出笑容。「不過有趣的是，原來你早就知道我會來拿這戒指？」

七號戒指，鬥王早就知道？

「你說，你只是暫時保管這戒指，該讓這戒指回到它本來主人的手上。」莫言笑。「你還說，那場是你輸了，而對方擊敗你之後，只交代你一件事，有天當有人來偷戒指……你要和偷兒說一件事。」

莫言深深吸了一口氣。

「那就是，『蛋』在道幫。」

莫言說到這，微微一頓，詭異的笑了起來。

「武曲，妳還真是一個瘋子，道幫欸。」莫言大笑，「道幫欸，那是三大幫派之一啊，武曲妳真他媽的是一個瘋子，妳打算叫剛回到陰界弱到什麼都不行的自己，去挑戰陰界第二大幫派嗎？哈哈哈。」

瘋子。

莫言笑了好久，好久。

可是，真是一個讓人捨不得的瘋子，不是嗎？

「哈啾。」琴突然打了一個噴嚏，「這種噴嚏法，不會是莫言在偷偷罵我吧？」

想到了莫言，琴想起了他嘲笑自己的嘴臉。

但，琴卻有一種感覺，如果是莫言，他會去救阿飆。

這傢伙自私自利，嘴巴超壞，但對自己可是自信十足，對莫言而言，逃避危險比當成笨蛋更讓他難以忍受。

「好啦，莫名其妙的噴嚏，我還是去啦。」琴起身，雙手握拳，「就當自己是白癡好了！我再被你騙一次！實在無法忍耐自己見死不救啊！」

說完，琴吸了一口氣，然後邁開大步，朝著尖叫來源處，狂奔而去。

就算被當笨蛋，也不會見死不救，是，這就是琴。

這就是無論是陽世或是陰界，總是充滿了溫暖吸引力，讓莫言仍深深懷念的琴。

就在琴奔離後的十分鐘左右，另一批人也到了。

「這裡，剛有激戰。」第一個走入風穴的，正是小傑，他握緊黑刀，語氣低沉。

「是啊，而且還死了兩個人。」第二個走入的是小才，他左顧右盼。「武曲姐，剛剛肯定經過這裡。」

「琴姐？為什麼知道是她？」大耗跟著走了進來，道行最低的他，只能抓了抓大頭，不解的問。

「因為這個，」小才低下身子，撿起了一顆雖然已經乾枯，但仍難掩濃郁咖啡香氣的豆子。「而且這東西，四處都有。」

仔細看，整個風穴中，從天花板、地板、牆壁上，到處都是被咖啡豆子彈掃射的痕跡。

「陰界咖啡豆？啊，對，這是琴姐隨身攜帶的東西。」大耗問時，小耗也跟著進來，向來有小鬼才之稱的他，也露出同樣犀利的目光，觀察著周圍。

「沒錯，不過很有趣，第一個屍體雖然死於陰界咖啡豆，但卻不是被子彈射死的。」小才比著地上的屍體，這屍體的頭顱顯然被某種巨大的力量從裡面炸裂。「事實上，應該是被咖啡豆直接種入腦袋中，然後爆腦而亡吧。」

「爆腦而亡？很難想像琴姐會用這麼殘忍的招數欸。」小耗說。

「對，而且很奇怪的是，對方如果不怕咖啡豆掃射，怎麼會有機會讓琴姐把咖啡豆，塞到他的腦袋中？」小才搖頭。「琴姐的道行有這麼高嗎？」

「嗯，對啊。」

「不過，第二具屍體更慘。」小才繼續發表高論。

「怎麼慘法？」

「第二具屍體整個頭顱被風吹碎，碎得是一乾二淨，多半是怒風之蟲的傑作。」小才說，「這個人道行也不低，身處在咖啡豆瘋狂掃射的風穴中，身體沒半點傷痕，這樣的高手，怎麼會讓怒風之蟲近到臉部附近，也讓人費解。」

「所以，這人也是琴姐殺的？」大耗又問。

「陰界咖啡豆，怒風之蟲，陰界這麼大，還有誰能湊齊這兩項物品？」小才搖頭。「只是完全無法想像，剛剛的戰鬥，到底發生了什麼事？」

就在這時，一個向來寡言的男子，小傑說話了。

「還有。」小傑語氣簡短。「死者，是三賴之二。」

「三賴之二？」這秒鐘，所有人短暫沉默了。「賴名、賴財、賴命的三賴？」

所有人沉默的這一秒鐘，想到的，都是同一件事。

三賴，強嗎？不強。

但所謂的不強，是對小傑小才這個級數的高手而言。

事實上，這三賴在寶物獵人界中小有名氣，他們的技蛻變於物質的三態，「液體，固體，氣體」，各自變化，曾抓過不少難纏的A級陰獸，拿過不少價值上千萬的寶物。

尤其是，在飛機上時，眾人才與這三賴交過手，這三賴能逃出飛機上的大亂鬥，表示有一定的實力，這樣的角色，竟然接連兩個都死在琴的手下？

「最有趣的一件事是……」小傑眼睛瞇起，「三賴死其二，那最後一個呢？」

三賴中，最厲害的一個小賴賴命呢？

「沒感覺到他的氣息，該是逃了。」小才開口。

「不管另外兩個人，小賴直接逃了？」小傑嘴角微揚。「肯定很害怕吧？」

「所以，琴姐真的有實力擊敗這三賴？」小才睜大眼，眼中滿是不可思議。「這三賴……道行各自至少有五十年，琴姐才進到陰界幾年？」

「……」小傑搖頭。

這搖頭，到底是說，琴姐真的不可能擊敗他們三個？還是，小傑也不懂？

不過，就在這短暫的沉默之後，一直沒有說話的小耗，忽然開口了，他說了四個字：

「是收納袋。」

「莫言的收納袋？」大耗又抓了抓頭，「和莫言的收納袋有什麼關係？難道莫言親自來了嗎？」

但，就在這一剎那，小才與小傑的表情卻同時微微改變了。

小傑嘴角再次揚起。「這樣說，倒是不無可能啊。」

而小才則是嘖嘖的幾聲。「是啊，如果是收納袋，的確有可能讓咖啡豆與怒風之蟲接近敵人，然後再發動攻擊。」

「但，琴姐有這麼工於心計嗎？」小才也笑了，「抑或者說，她只是不小心的？太晚解開收納袋？」

「或者是，不知收納袋內之物品如此危險？」小傑點頭。「如果這樣說，合理。」

「這樣，的確很像我們熟識的琴姐。」小才的眼睛瞇起，看著小耗。「你不錯啊，一語道破剛才的問題。」

「還好啦。」小耗感受到小才的目光，他不但沒感受到一絲嘉獎，反而背部微微發冷。

「這麼清楚的觀察力與思路，很多事情，嘿，一定都瞞不過你，對吧？」小才目光如刃，直逼向小耗。「是吧？」

「……」小耗微微退了一步，不再說話。

他不再說話的原因有很多，最主要的一個，就是忽然感受到來自小才眼神中的那股氣息。

令小耗全身打一個冷顫的氣息。

很多事情，一定都瞞不過你？那個「很多事情」指的，又是什麼呢？

第六章・破軍

「你的左手，我也接收了。」

橫財的雙手，再次緊抓著柏，然後用力擰斷。

其劇痛程度，更甚剛被擰斷的右手，但柏卻只是用鼻孔，微微哼出了一股氣。

這隻手會被廢，肇因於十分鐘前，柏的第二次偷襲。

柏雖然失去了雙眼，雙手皆廢，但他的嘴角卻微微上揚，因為他知道，橫財的臉，多了一道傷疤，而這道傷疤，還真的是自己製造出來的！

第二次偷襲，這讓柏多失去一隻手，讓橫財臉上受傷的第二次偷襲，到底是怎麼回事呢？

時間，回到十餘分鐘前。

當時，橫財一路拖著柏往前走，已經至少走了數百公尺，同時也擊敗了超過十種陰獸，這些陰獸，都與風有些相關。

像是形態如風箏的風箏獸、全身盔甲的風象、只生長在有純淨之風的米粉怪，還有數目繁多，攻擊力驚人的竹蜻蜓。

但這些，都沒有一隻能在橫財肥胖的身材上，刮出一個傷口，連一個淺淺的傷口，都刮不出來。

橫財，真的很厲害。

柏越是佩服，越是戒慎，因為他知道，如果橫財真的那麼厲害，那柏擊敗橫財的難度高得嚇人，代表柏活命的機會，也低得可怕。

更何況，橫財這人兇狠頑劣，講究以牙還牙，若柏的一次攻擊失手，代價就是一隻手，一隻腳，全身上下能有多少器官能廢？所以柏對於自己出手的時機，萬分謹慎。

直到，橫財遇到了那隻陰獸。

這隻陰獸的等級雖然只有B，傷害力也有限，但因為在這座巨大的颱風裡，卻意外的展現了驚人的力量。

這隻陰獸，名字叫做風母。

一開始，橫財走進這座小小的風穴，看見這隻長像類似陽世水母，正在風中漂浮的陰獸，還露出不屑的表情。

「這隻叫什麼名字？啊，莫言那個心軟鬼有說過，是不是叫做……風母？」橫財抓了抓肥滋滋的腦袋，「這傢伙的能量看起來一點都不強，怎麼會住在比竹蜻蜓更深的地方？」

只見那個緩慢漂浮的風母，不斷的藉由收縮自己的軀體，讓自己緩慢的前進，看起來實在一點威脅性都沒有。

「為什麼比竹蜻蜓還深的陰獸，就要比竹蜻蜓強？」一隻腳被橫財拉著，躺在地上被拖行的柏，忍不住問。

「小子，你是來陰界多久了？」橫財冷哼一聲，「所謂的藏寶地點，越接近核心，居住的陰獸等級越高，竹蜻蜓已經逼近了A級陰獸，後面怎麼會是這一隻看起來實在不怎麼樣的肉腳？」

小小的風穴內，那隻風母，觸鬚顫動，不斷的藉由收縮身體，來移動自己。

柏看著那隻風母，忽然，他覺得有些地方不太對勁。

風。

當然是風。

每次風母一用力收縮，這狹小風穴內一部分的風，被這隻風母給吸了進去，然後，奇怪的事情發生了……風，就沒有出來了。

只是，這些風的消失，細微且隱密，若非柏天生的「風感能力」，絕對察覺不出來，更別說是橫財了。

「你不阻止我嗎？那我就不殺你了。」橫財哼的一聲，拖著柏的腳，繼續往前，只是才走到風穴的出口，那隻風母卻飄了過來，不偏不倚的擋住了出口。

「沒用的東西，別擋路。」橫財往左跨了一步，打算繞過風母，風母卻再次擠壓身體，往左推進，剛好擋在橫財的面前。

「咯咯，」橫財先是一愣，隨即露出殺氣飽滿的冷笑。「看樣子，你是想和我拚啊？」

風母再次如同幫浦般擠壓身體，但卻沒有移動位置，擺出了擋住橫財的決心。

「這座颱風中的陰獸，真讓人搞不懂，陰獸不就是為了吞噬能量而活嗎？怎麼搞的你們每隻陰獸，都想阻止我進入內部？」橫財右手道行凝聚，一團渾濁的能量，圍繞掌心成形。「真討厭，我就是討厭你們這種有人性的陰獸！」

但，也在同一時間，柏觀察到了異樣。

橫財手上的道行，竟然比剛才弱了五成以上。

而且隨著風母擠壓身體，橫財手上的能量，就這樣順著一陣又一陣的風，被吸入了風母的肚子中，最後……消失不見！

「嗯？」橫財看著自己的掌心，表情訝異，原本威能十足的道行，為什麼減弱了？

而且，不只是掌心的道行而已……風母不斷偷取風穴風的同時，竟然連橫財的護體「盜賊斗篷」的能量，都一併給捲走了。

「好樣的，透過吸取風，來減弱老子的力量？」橫財冷笑，「難怪你要待在這麼小的風穴裡，因為吸起來才快？也難怪你的排名會低於竹蜻蜓，因為你算是『環境陰獸』？」

風母當然不會回答橫財，但擠壓身體的速度卻悄悄的提升了，牠似乎也感覺到決裂的時間逼近，牠必須快些奪走橫財的道行，只是……

「只是，你的對手可是老子，老子可是鬼盜橫財。」橫財表情猙獰，「我，怎麼可能坐以待斃？」

說完，橫財手如電，直接抓向風母。

而風母一個急速擠壓身體，瞬間從橫財的腋下竄逃，只是風母只逃了一次，橫財的第二抓又來了。

精準，快速，剛好攔在風母逃竄的前方。

風母再次擠壓身體，在催動身體移動的同時，又吸取了一部分橫財的道行，橫財道行減弱到原本的三成，但他絲毫不以為意，手第三次往前抓。

風母躲了兩次，這次，終於沒能躲掉橫財的大手。

啪的一聲，柔軟的身體，被橫財抓在掌心。

但隨即，咻的一聲，滑嫩無骨的風母，竟然滑出了橫財的掌心。

「哎啊哎啊。」橫財看著空空的掌心，冷笑。「沒有戰鬥力，所以特別會逃嗎？」

風母連逃三次，再次加速壓縮身體，牠很清楚，就快了，眼前這個高密度的魂魄，盜賊斗篷的力量正在衰減，只要再十幾次的吸收，只要……

啪，再一次，橫財抓住了風母。

風母將身體瞬間放鬆，想要再次展現驚人的滑溜功力，溜出橫財的掌心。

但……這一次，風母卻發現自己完全沒有滑動的現象，牠的身體，被橫財牢牢的抓住。

為什麼？橫財用了什麼方法，竟能穩穩抓住風母？

「雖然我覺得某個心軟鬼老愛和陰獸說話，實在有病，但這一次我忍不住想要和你說，也是對你的一種敬意吧，風母，咯咯。」橫財右手緊抓著風母，大臉湊了上去，露出滿嘴的黃牙，「這東西，叫做技。」

風母抖動了一下透明的身體，但完全無法動彈。

而無法動彈的原因，竟然是因為自己的身體上，莫名其妙的多了五個孔，這五個孔彷彿天生為了橫財的五根指頭設置，無論位置、大小，還有孔內彎折的角度。

只是，這五個孔，到底哪來的？

而且，為什麼風母身上明明被挖了五個洞，卻一點血，一點痛覺都沒有？

「這叫做技嚕，」橫財冷冷的說，「我的技，叫做開門，能在任何物體上開洞，我在你身上開了五個小洞，剛好讓我的手指頭抓，怎麼樣？很有趣吧？」

風母動彈不得，身體再也無法擠壓，當然，也無法再吸取橫財的半點道行。

這場不見血的戰鬥，就這樣結束了嗎？

「我想，你既然是環境型的陰獸，我只要離開這窄小風穴，風一流動，我的道行馬上就回來了吧，」橫財笑，「可惜，你的能力太奇怪，如果這裡還有一隻陰獸，也許還可以傷我，但，可想而知……那隻陰獸也會被你把風吸走，所以同樣會減弱戰鬥力，這就是你能力最大的致命傷吧？」

風母還在掙扎，牠很想再擠壓一次身體，想再吸取橫財的道行。

就算只是徒勞無功，牠仍固執的想要戰鬥下去。

「還掙扎？」橫財皺眉，「陰獸不就是屈服於比自己強的對手下嗎？你為什麼還想戰鬥？你不就只是一隻陰獸啊！這颱風中的陰獸，怎麼每一隻都這麼奇怪？」

風母還掙扎著，身體竟然慢慢轉黑，滲出了點點的黑血。

牠，已經用生命在掙扎了，就算是死，牠也想要把橫財擋在這裡嗎？

「別掙扎了！」橫財感受到風母的意志，越來越暴躁，「我並不想殺你，你給我安靜！這裡沒有別的陰獸！沒有別的人可以傷害我，你為什麼堅持要奪走我的道行？」

風母當然不會回答，但卻繼續擠壓身體，身體的黑血，也越來越多。

牠想戰鬥，就算只是一個能量集合體，牠也想戰鬥！

但，牠到底為誰而戰？

「給我安靜，不然我真的殺了……」橫財越來越怒，就在他怒到想要將所有的道行一口氣送到掌心，把風母震斃之際……

忽然，橫財表情變了。

那肥肉相擠的五官，先是因為驚訝而整個扭曲，然後隨即鬆開，似乎在笑，但眼中的殺氣，卻說著他是怒極而笑。

接著，他再次回頭，看著自己的後腰處。

一個拳頭，埋入了後腰肥肉中，然後幾絲的鮮血，從拳頭的腕部，慢慢滴下。

然後，橫財笑了，怒極而後狂笑。

「你，找，死，啊，」橫財笑，「柏！」

「是，我是在找……」柏的拳頭埋在橫財的後腰處，那裡，正是橫財盜賊斗篷最弱之處，加上風母的吸取道行，真的讓柏一口氣攻入了橫財的弱點。「在找……找不會被殺死的方法！」

找不會被殺死的方法！

「吼！」橫財轉身，沒抓風母的另外一隻手，朝著柏的腦門直插下去。「我會讓你後悔莫及啊！」

而柏抽出了左拳，急速後退，這是他第二次出手，在風母製造的最佳環境下，他選擇再次迎戰橫財。

雖然，他只剩下一隻左手。

但他仍會戰鬥，不只是因為他為了生存，而是為了一個柏搞不清楚的理由。

他有一種感覺，他知道風母是為了誰而拚命擠壓身體，讓五臟六腑化為黑色……風母死戰的理由，就是柏。

風母這隻陰獸，甚至是颱風中那些前仆後繼而來的陰獸，他們犧牲生命的理由，都是要為了柏。

「為什麼？」柏感到全身莫名的熱血澎湃，而他唯一能報答這些陰獸的方法，也只有那麼一個。

戰鬥。

就算剩下一隻左手，就算接下來還會犧牲更多的手、腳，甚至是魂魄，他也必須戰鬥。

這是一種回應，對每隻陰獸，極致尊崇的，回應。

只剩下左手的柏，面對著橫財，總共發出了四次攻擊。

第一次，是黑丸。

柏將所有的道行集中在左手，一次轟入橫財的盜賊斗篷內，然後沾了血才抽出了手。

橫財怒笑，反擊。

此刻的橫財，道行被風母吸掉了大半，所以他的反擊，都來自心體技中的「體」，而且橫財的右手抓著不斷瘋狂掙扎的風母，更讓橫財只剩下一隻左手。

左手對左手，橫財暫時消失的道行，對上的是，柏原本就少的道行。

兩人，情勢是史上最公平的一次。

也是風母用生命替柏製造出來的優勢。

而柏感受到了這份他無法理解的心意，決心展開戰鬥，先是一拳破了橫財的盜賊斗篷，然後第二拳，也是黑丸。

橫財也揮拳了，他的拳沒有包含半點道行，不知道是沒道行可用?還是一點都不把柏的拳頭放在心上。

零點零一秒的時間內，雙方的左拳同時逼近了對方的右臉。

然後，下一個零點零一秒，雙方的拳頭同時到了對方的右臉上。

「真沒用。」橫財的臉在黑丸下，竟然只是微微扭動了一下，依然獰笑。「沒了盜賊斗篷，給你好機會，你還傷不了我？」

沒說完，橫財的左拳也到了柏的右臉，這一次，卻不只是扭動一下而已，柏整個往後飛彈，伴隨著滿嘴的鮮血，背部撞入了風穴的牆壁裡面，伴隨著窸窸窣窣的灰塵掉落。

「盜賊斗篷之後，是經過千錘百鍊的體術嗎？」柏呸了一口滿嘴的血。「再來。」

說完，柏施展了第三次攻擊。

又是同樣的黑丸之拳。

橫財也揮左拳。

雙方的左拳，又是同一瞬間，找上了對方的右臉。

「沒用……」橫財才要再笑一次柏，忽然橫財發現自己的臉整個扭曲了，柏的拳頭威力，竟然比剛才強上十倍有餘！

這次，雙方同時往後猛彈，一起撞上風穴的牆壁。

「好樣的……」橫財一抹嘴角的血，「你的拳頭威力，為何增加如此多？」

「因為我發現，風的旋力，不一定只放在拳頭上。」柏又吐了一口血，「這一路上遇到各種風的陰獸，牠們告訴我，風這樣的技有各種可能，於是，我將風的旋力放在手臂，放在腰部，所有的旋力在一瞬間爆發，就能和你打成平手了。」

「哈哈哈，」橫財大笑，「不錯不錯，天資還算聰穎，但我最愛殺這種潛力十足的年輕人了，等我拿到了破軍之矛，我絕對，絕對會殺了你嚕！」

說完，橫財右腳往前一踩，左拳再次揮來。

「第三次了嗎？」柏的右腳也往前踩住，然後將黑丸獨一無二的旋力，集中到身體每個部位。

每個出拳需要扭動的部位。

從腳踝為起點，經過膝蓋、腰部、背肌，然後左手手臂、關節、手腕，最後，旋勁來到了拳頭。

此刻拳頭夾著驚人的高速，就像是大聯盟投手驚人的速球，朝著橫財的臉，直砸下去。

而橫財的這一拳，也蓄勢待發，縱然一身道行被風母偷掉了七八成，但，此刻橫財認真了，認真展現他的體術，透過無數的鍛鍊，累積而成的鋼鐵力量。

橫財之所以能成為名揚陰界的鬼盜，靠的除了驚人的道行潛質之外，那段少年時期與莫言一起，被訓練到快死的日子，也是他成功的關鍵。

而訓練他的人，總是愛稱他為肥仔……

橫財的拳頭，就要轟中了柏的臉，那個沾了泥沙，雙眼失明的臭臉，但，也就在即將轟中前的零點零一秒，橫財忽然感到自己的右臉有了異樣……

柏的拳頭先到？

而且感覺不一樣？

剛剛是一種臉皮被迴轉拉扯的扭曲感，但此刻……卻是一種皮膚被某種奇異的力量吸住後，然後撕扯割開的力量！

「這不是黑丸？」橫財這一瞬間領悟，然後低吼，「該死！該死！你打真空……」

「賓果！」柏笑，然後拳頭化成手刀，朝著橫財的臉，劈了下去。「正是真空斬！」

真空斬，這招將風瞬間吸取成真空，藉此將物質全部扯裂，宛如鐮刀般的招數，如今，在風母的環境下，威力更大了十倍有餘，直接劈中橫財的臉。

橫財嘶吼，臉上的鮮血飛濺，身體急退，想要藉由身體的急退，來減緩些許真空斬的傷害力。

終於，當橫財的背部頂上了風穴的牆壁，他，終於用雙手抓住了這道真空斬，然後啵的一聲，捏碎。

「可惡！」橫財的大手往臉上一抹，滿手掌的鮮血。「你這小兔崽子！」

「嘿。」柏笑了，沒有視覺的他，可以感覺到自己這招得手了，橫財……終於受傷了！

只是，柏沒料到，隨之而來的，是橫財真正的反擊。

「吼。」橫財怒，忽然，手往後一抓，抓住了風穴的牆壁。「給我開門！」

「啊？開門？」柏一愣。

而風母則忽然猛力抖動，但牠依然在橫財的右手上，完全發揮不了作用。

只見橫財後方的牆壁，突然出現了一個方形的空缺，空缺後面，則是風穴的外頭，以及，不斷瘋狂湧入的……風！

風來了！

換句話說，橫財的道行，也回來了！

「糟。」柏吼，往前狂奔，黑丸的力量貫穿，然後左手的真空斬已經起手！只是……

這次，柏的對手，不再是被減弱實力的橫財，而是完整，強悍，沒有被削減實力的，陀螺星，鬼盜！

只是一招，柏擊中了橫財，但卻完全傷不了橫財的盜賊斗篷，接著，橫財朝著柏的左手揍了下去。

折斷。

左手以扭曲的姿態，往外翻折，柏痛得低吼。

「結束了！」橫財抓起柏已經外折的左手，怒笑，「就讓我扭斷它吧！」

說完，柏再痛，他的左手如同右手般，變成了一條軟綿綿的爛毛巾。

柏雖然痛，但他的嘴角卻仍微揚，他知道，他又強了一些些了，運用風的能力，他又往上推升了一個領域。

只是他必須快，因為颱風的內部，已經快到了。

颱風的另外一處。

「颱風基本上分為幾個區域。」說話的，是阿歲。

此刻，他已經和小曦、忍耐人一起進入了颱風內部，靠的是忍耐人操縱鐵的能力，以及小曦與陰獸溝通的神奇力量。

「哪幾個區域？」

這時的阿歲，彷彿為了證明自己也能派上用場，刻意提高音量，說得是頭頭是道。「陰界對颱風，共分為三個區域，第一個區域稱為風環，也就是我們現在走進來的地方，這裡的風大概八到十級，面積最廣，但有八成以上的陰獸棲息於此。」

「風環。」小曦和忍耐人同時點頭，他們的陰壽沒有阿歲長，颱風的分類都是第一次聽到。

「第二層叫做風崖，風崖面積只有風環的十分之一，但這裡的風速會高達十級以上，厲害的颱風甚至可能超過十五級，這個颱風結構這麼完整，肯定會超過十五級以上，對陸地的人來說，這颱風肯定是一場巨大的災難！」

「那風崖有什麼特色？」

「風崖居住的是剩下兩成的陰獸，這裡的陰獸等級都很高，尤其像這樣大的颱風，盤據在風崖的傢伙肯定都是A級以上的怪物！當然，這裡若出現寶物，都會是價值千萬以上的稀世珍寶。」阿歲看著眼前這片陰暗，如迷宮般的風堡，露出了貪財的笑。「越往內走，風會越強……風在風崖與下一層的交界，會是整個颱風的風最強之處！」

「最強處，只在風崖？颱風中，不是有三區嗎？」

「絕大多數的寶物獵人都會在風崖前停住，因為更前面，就沒有風了。」

「沒有風？」

「是，整個颱風的核心，是第三個區域，風眼。」阿歲講到這，深吸了一口氣。「風眼是完全無風的，能夠居住在風眼的陰獸，等級都非常的高，曾進過風眼區的獵人，屈指可數……」

「那，風眼的面積大概多大？」忍耐人問。
「不一定。」
「不一定？」
「是，風速越強，結構越完整的颱風，其風崖與風眼交界處的風越強，但……風眼也越小！」
「越小？」
「通常風眼會有數公里……」阿崴說，「以往幾個造成陽世與陰界災難的超大颱風，聽說都是八九百公尺而已，但我也只是聽說，因為敢進去風眼的獵人很少，而活著出來的……又更少啊！」
「嗯，那鈴要柏去找的那柄矛，會在哪呢？」小曦問。
「那柄矛？如果真的是『破軍之矛』，那所在位置，真的只有一個。」阿崴嘴角再次揚起一個分不清是興奮還是恐懼的笑。「風眼，肯定是風眼。」
「你剛說，越裡面的陰獸等級越高，那風眼會棲息什麼樣的陰獸呢？」忍耐人也問。
「我不知道，真的不知道，不過，如果負責把守颱風入口的，會是像風魟這樣的陰獸，那……」阿崴苦笑，「居住在風眼的陰獸，其等級之高，恐怕驚世駭俗啊！」
「嗯……」
聽到驚世駭俗這四個字，眾人都沉默了，而小曦則歪著頭，具備與陰獸溝通能力的她，卻忍不住好奇，裡面難道會住著……S級的陰獸嗎？

像陪伴在太陰星月柔阿姨身邊的那種陰獸嗎？那種有智慧，讓小曦忍不住尊敬的陰獸嗎？

「先講到這裡就好，我們還要快點進入颱風內部，免得柏一個不小心，被壞脾氣的橫財給殺了，就不好了。」阿歲說完，邁開腳步，朝著颱風內部前進。

此刻沒有了水，阿歲的蚊子的翅膀不會被沾溼，總算恢復了正常，他終於有機會，找回自己的尊嚴了。

哼，阿歲想的是，我要讓你們知道，薑是老的辣，我還是很厲害的。

只是他們不知道的是，在未來的路程裡面，他所遭遇到的，卻是完全意想不到的慘烈景象。

就在小曦他們終於進入颱風時，在他們的前方，另一批人也正在快速前進。

他們拋下了原本的交通工具，開始在這巨大的颱風中徒步前進。

那交通工具原本有二十餘隻腳，後來卻被另外一隻陰獸震斷剩下三隻……這交通工具一進入颱風中，顫動了幾下，就當場斷氣。

「丟棄。」這群人的領導者，對這隻陰獸冷面無情。「沒用的東西，就不用再留了。」

於是，這隻盡忠職守的陰獸，就這樣帶著牠僅存的三隻腳，化成一堆能量，成為了其他風之陰獸的美食。

而那個領導者，其眼珠黑白顏色互換，身穿警察制服，背上盤據著一隻古怪鰻魚。

他就是巡警二星，截路。

「報告長官。」跟在這男人後面，沒有被風虹震死的警察，還有十餘人，能走過險關，顯示這些人道行都不低。「前方有不少受傷的陰獸，似乎剛剛有人闖過這條路了？」

「有人先闖過？」截路白色眼珠閃過一絲詫異，「這條路線極度隱密，靠的是我用半個手掌跟飢餓鰻魚換來的秘密，竟然還有人先知道？」

「嗯。」部屬們互望了一眼，他們跟截路也一段時間了，都知道飢餓鰻魚的可怕。一個願望，就要讓飢餓鰻魚啃下截路軀體的一部分。

願望越大，付出的軀體越大。

而且，被飢餓鰻魚寄宿的人體，再殘破的身軀都能長回來，但代價卻是痛，那軀體被一口一口咬下，那詭異的痛與恐懼。

這就是代價，與百大陰獸之一的飢餓鰻魚共存的可怕代價，這些年來截路與飢餓鰻魚互利共生，已經讓他變得人不像人，鬼不像鬼了。

「不管怎麼說，」截路臉上，露出猙獰的笑，那雙黑白互換的眼睛，透露著濃烈且詭異的殺氣。「我們都是為了追『某人』而來，飢餓鰻魚絕對不會錯，只要我們遇到那個人，唯一的行動指令就是……」

『殺！』所有的部屬同時露出相同猙獰的笑。

「很好，」截路繼續笑，「就是這樣，有人想要改寫陰界歷史？我們就讓歷史把那人徹底活埋吧！」

這裡是柏。

他依然被拖在地上走著，背部與頭部與地板摩擦時傳來的疼痛，讓他保持著清醒。

他還在思考著，每次與橫財的戰鬥，雖然結局都是少了一隻手，但的確讓他比以前更進步了。

但柏很清楚，這樣的進步速度一點都不夠，因為颱風很快就會走完，而且自己與橫財的差距，真的很大！

所以，要進化得更快才行！

不然以橫財心狠手辣的程度，柏知道，自己絕對活不成。

忽然，柏聽到了橫財說話的聲音，聲音中，竟隱含著一股興奮緊張的情緒。

「到了。」橫財說。

「哪裡到了？」

「這裡，就是颱風的第二區，」橫財慢慢的說著，「風崖。」

風崖？其實不用橫財說，柏也能感覺到，因為周圍的風，開始不同了。

猛烈，強硬，暴力，還有混雜在風中那濃烈且可怕的野獸氣味。

這裡，肯定棲息著更高等級的魔物吧。

「走了。」橫財右手一拉，柏的身軀再次被拖動，朝著那團飽含猛烈野獸氣息的風，走了進去。

只是，橫財才踏入了這個風崖，他就微微皺眉，記憶中，風崖的地形險峻，不適合魂魄行動，但這座颱風中的風崖，其險惡程度，卻遠超過橫財記憶所及。

風崖與風環地形截然不同，風環是一堆風穴結合而成的迷宮，但與其說是迷宮，不如說是一環一環盤根錯節的陰獸巢穴，風環通往風崖的道路不止一條，差別只在你路上會遇到什麼陰獸而已。

這些陰獸，有的是擁有暴力的風象、奇怪的風母，或是只吃乾淨風的米粉怪。

但風崖就不同了，風崖是一根又一根從底部往上延伸的柱子，這些柱子有大有小，有粗有細，寬闊的可以在上面建造足球場，狹窄的，風柱上卻只能勉強站兩個人。

而柱子底下是什麼？

是黑暗。

那是能聽到萬物被狂風撕裂的黑暗，若是不小心有東西掉落，往往數秒鐘後，就會被驚人的風壓捲成碎片。

風崖裡，當然也棲息著陰獸，牠們多半會飛，多半喜愛從空中直接飛下，然後把寶物獵人嚼一嚼，嚼得差不多後後再吐入下方的黑暗之中。

一進入黑暗，黑暗就會把那些骨頭等無法消化的東西絞碎，算是完成了一個相當環保的循環。

對柏而言，他看不到風崖下的黑暗，更看不到那立在黑暗中一條一條詭異的柱子，但他的風感能力，卻告訴他比視覺更強烈的壓迫感。

這裡，是風的堡壘。

雖然，柏始終無法解釋一種奇妙的熟悉感，當他一踏入這裡之後，不斷湧現的熟悉感，還有，陰獸們，似乎並沒有攻擊過他，反而……在保護著他！

等級越高的陰獸，越是明顯，就像是那隻風母。

風母以生命為代價，拚命奪去橫財的道行，不就是為了替柏製造反擊的時機嗎？為什麼？

那感覺告訴著柏，也許，那些他無法理解的秘密，答案就在這颱風裡面。

包含那隻胸口有著弦月圖形的狗，那柄矛，鈴對柏的態度，還有小鬼與獨飲的怒意，這一切問題，也許，這座颱風內，都有著答案。

「第一隻陰獸，這麼快就來啦，因為很久沒人來這裡了嗎？所以肚子餓了？」橫財的聲音傳入了柏的耳中。「可惜，你弄錯了一件事，我向來不當獵物的，我習慣的角色，一直是……獵人啊！」

橫財邊說著，邊慢慢的抬起了頭，他的頭頂上，十餘隻外型酷似翼龍的風之陰獸，正震動翅膀，發出尖銳的嘶吼，朝著橫財撲了下來。

橫財低喝了一聲，盜賊斗篷包圍了全身，然後與那幾隻空中的翼龍周旋了起來。

另一頭，正走在風環區，位在三組人馬最後一組，阿歲、小曦，與忍耐人。

「好多陰獸都重傷。」小曦蹲下身子，檢查著路邊每隻受傷的陰獸。「而且有件事很奇怪。」

「怎麼奇怪法？」忍耐人問。

「這些陰獸受傷的方式有兩種，」小曦說，「第一種，感覺受傷時間在前，傷得比較輕，對手雖擁有絕對的優勢，但在下手的時候卻留了情。」

「第一批的對手很強，但卻對陰獸手下留情？」忍耐人與阿歲互望了一眼。「那第二批呢？」

「第二批就比較糟糕了。」小曦皺起秀眉。「他們是真的壞人，對陰獸不只下手兇殘，有的更用了凌虐的手段，可惡！」

「按照妳這樣說，走在前頭的第一批……」阿歲說，「也許就是柏與橫財？」

「第二批，應該就是殺死風魟的那隻鰻魚？」忍耐人說。

「應該是。」小曦起身，表情緊張，「所以，我們要快一點了。」

「嗯？」

「因為，第二批有第一批人開路，移動速度較快，他們，可能就快要追上柏他們了啊！」

風，不斷的吹著。

這裡是柏與橫財，他們在風崖區中。

橫財依然單手抓著柏，只是這次不再用拖地的方式前進，而是像是拎著小雞般，在風柱區不斷飛騰縱躍著。

橫財剛剛解決了順風飛翔的翼龍，緊接著登場的是，不斷丟下風炸彈的炸彈椰子，還有體積微小，隨時找人類的毛細孔鑽入的風芽，這裡的陰獸等級果然比風環區還高，連橫財這樣的混世魔王，挺進速度都明顯下降了。

而且從這裡開始，沿路可見不少獵人的遺物，這些遺物不少都散發出強烈的氣息，唯獨不見屍骨，也許是被陰獸吸完靈魂的精髓後，屍骸就被下方的黑暗給吞噬了，這裡不愧是風崖區，險惡至少了十倍以上！

不過，就在橫財帶著柏走了約莫四五公里，忽然，橫財停步，仰頭，眼睛瞇起。

「哎啊啊，大傢伙來了。」橫財的聲音中，罕見的，出現了戒慎情緒。

然後，一大片陰影，籠罩住了橫財與柏。

而柏也仰頭，瞬間，他也訝異了，一方面因為對方能量強橫而感到震驚，一方面又因為對方的造型而感到有趣。

因為那隻陰獸，不是動物形態，不是植物形態，更不是什麼浮游生物與單細胞形態……這隻陰獸，外型上，竟然是一隻紙飛機！

紙飛機停在橫財與柏的正上方，不動，穩穩的不動。

「這是傳奇中的百大A級陰獸之一，穿風獸。」橫財的表情，可沒有柏那樣有趣。「三十年前政府與黑幫大戰中赫赫有名的穿風獸，原來藏在這裡？」

這隻宛如巨型紙飛機的穿風獸，緩緩的轉了半圈，宛如一架真正的戰鬥機，然後，陡然下降。

這一下降，速度之快，竟然快到超越了柏的風感能力，他只感到一大片風組成的世界中，被畫了一條筆直的白線。

接著，是橫財的冷哼。

因為，橫財的胸口破開，一道鮮血隨即噴出。

流血了？是的，所以這隻紙飛機產生的風，竟然割破了橫財的盜賊斗篷？

「這是真空斬啊？」柏喃喃自語，「利用極致的高速，產生的真空，然後切開了橫財的盜賊斗篷？原來，橫財的盜賊斗篷是可以破的，只要速度夠快，只要真空度夠高！」

「這麼厲害的陰獸，都只是在風崖區，」橫財大吼，丟下了柏，身體一縱，宛如一隻懷著殺氣的猛獸，撲向了紙飛機。「老子真是期待最後的風眼區啊！吼！吼！」

但紙飛機的速度太快了，只是眨眼，橫財竟然撲空了。

接著，橫財的背部，又是一條斜直線劃過，然後血，跟著噴濺出來。

「這樣的速度嚕！這樣的攻擊力嚕！」橫財撲空，順勢跳上了另一個風崖的柱子，他呸了一口口水，「要逼老子拿出真正的實力了嗎？」

那紙飛機再次移動，那快到如同閃電的移動方式，一瞬間，就切過了橫財的手臂，然後往上滑開，而鮮血，也跟著從橫財手臂上飛濺了出來。

「盜賊斗篷沒用，要抓也抓不到你！那就給我開門！」橫財雙手往前淩空一抓，同時大吼。「給我開門！」

開門？

柏完全不懂，橫財為何要開門？橫財的眼前明明就什麼東西都沒有啊？

然後，柏就懂了，就算什麼都沒有，其實還是存在著一個物質，那個物質，就是空氣。

是的，橫財開門的東西，竟然是空氣。

空氣被橫財打開了一道門，消失的空氣，產生巨大吸力，竟然吸住了紙飛機，紙飛機顯然措手不及，被硬是朝橫財扯近了十餘公尺。

但紙飛機好歹是一代百大陰獸，牠開始扭動身軀，與橫財的開門之技，兩兩抗衡了起來。

一拉一離，雙方在狂風颼颼的風崖區，彼此對峙著。

「真是夠悍啊，如果莫言那心軟鬼來了，不知道有多開心嚕？」橫財表情猙獰，「但你以為我只能開一個門嗎？第二道門，給我開！」

第二道門？

只見被門打開後，第一個門的正中心，又開了一個門，形狀宛如國字的「回」，第二個門面積比第一個門略小，但吸力卻更強，眨眼間，紙飛機又被扯近了十餘公尺……

紙飛機還在頑抗，牠在百大陰獸中排行第八十四，殺過的寶物獵人不計其數，更何況，牠是受了某人的命令，來把守這裡！

絕對，不能輸！

紙飛機靠著強大的力量再次抵抗住橫財的第二道門，但，在笑的，仍是橫財。

「咯咯，告訴你一個好消息，我還能開第三道……門！」橫財低吼，手上燦爛的藍光過去，原本第二道門的中央，又出現了一個更小的門。

門砰然打開，然後，更強更猛，更難以拒絕的力量，再次拉扯紙飛機。

紙飛機又被朝橫財拉近了數公尺，轉眼間，牠已經在橫財三公尺內了。

紙飛機全身顫抖，牠答應過那個人，要守住這裡，不要讓其他人進到風眼區的，牠答應過他，還有……她！

所以，牠要撐住，牠一定守住這裡！

在紙飛機搏命的意志力下，橫財赫然發現，連開三道門之後，紙飛機不但沒被抓住，還緩緩的，緩緩的飛離了橫財。

「混蛋！這裡怎麼每隻陰獸，都用命在拚嚕？」橫財咬牙，「那我就一口氣給你一個痛快吧！第四，第五，第六，第七，第八道門！全部給我，打開！」

四，五，六，七……以及，第八道門！全部給我，打開啊！

瞬間爆發出來的五重力量，門中有門，門門相扣的驚人力量，直接傳達到了紙飛機身上。

「咻。」紙飛機發出了一個幾乎不可聞的聲音，終於全面潰散，整個身體被第八道門吸住，皺成了一團，被橫財一手抓住。

「莫言那傢伙，最多能用二十個袋子，不，感覺上他最近又進步了，可能已經到了二十出頭個袋子了。」橫財呼呼的喘氣，一路上經歷了不少陰獸，就屬這隻最費力。「而八道門，已經接近我的極限了，這隻臭陰獸，是還滿厲害的嚕！」

這場擊敗紙飛機的戰役，看似快速簡單，事實上，橫財已經拿出百分之百的實力了。

「後面如果還有更強的陰獸，就麻煩了……」橫財才說完，忽然，他看到手上紙飛機似乎在鳴叫。「欸，你在幹嘛？」

接著，橫財發現眼前一片迷濛。

新的陰獸？不，這不是新的陰獸，這是剛剛才擊敗過的風芽。

風芽，這種微小到肉眼難辨，甚至可以鑽入人類毛細孔的陰獸，不知為何，開始匯集，正宛如一團霧浪般淹了過來。

「盜賊斗篷！」橫財急忙咬牙，道行包裹全身，硬是將一路鑽入的風芽逼在體外。

風芽攻不入橫財提升道行後的盜賊斗篷，但也不停，就這樣形成一整團的濃霧，將橫財包住。

「這是怎麼回事嚕？風芽怎麼突然出現？這些A級陰獸不是都有自己的地盤？怎麼會突

然出現在這裡？」只是橫財的訝異尚未結束，第二隻A級陰獸也來了。

橫財的眼前，是一枚一枚不斷從空中飄來的椰子，精準的朝橫財的方向飛來。

炸彈椰子？

數百枚的椰子像是氣球一樣從四面八方飄來，每個椰子的梗部，都冒著像是火花一樣的東西。

椰子一碰到橫財，立刻炸開。

一顆椰子當然傷不了橫財，但椰子實在很多，而且不是無差別攻擊，而是專挑橫財而來。

轟！轟轟！轟！轟轟轟！轟轟轟！轟！轟！轟轟轟！轟轟轟轟！轟轟！轟轟！轟轟轟轟！轟轟！轟轟轟！轟轟！轟轟轟！轟轟！轟！轟轟！轟轟轟轟轟！轟轟！

超過百枚的炸彈椰子狂轟亂轟，橫財感到自己的盜賊斗篷被越轟越薄，快要抵抗不住拚命往內鑽的風芽了。

「這是，這是怎麼回事？」橫財感到心驚，這些A級陰獸單打獨鬥都非橫財對手，但如果這樣合作攻擊……重點是，在橫財將近百年的陰壽中，從來沒有見過陰獸會合作，更何況是這樣戰術性的攻擊？

是誰？有人在背後指揮嗎？

然後，橫財頭頂一陣溼涼，彷彿一滴大水珠落在自己的頭上，於是，他抬起了頭。

他看見了天花板上，密密麻麻的，都是一種長著翅膀的長蟲。

「哎啊啊，怒風之蟲嚕？」橫財表情驟變，然後，所有的長蟲同時發出細小但尖銳的怒吼，然後以龍捲風的方式，盤旋而下。

這一刻，橫財承受著椰子的風炸彈，風芽的亂鑽，還有怒風之蟲的群體攻擊，這一刻，他只能拚命以盜賊斗篷抗住所有的攻擊！

撐住！撐住！這些陰獸再強，都會有極限！

只要撐過幾秒？十秒，對，就是十秒，椰子炸彈將會應接不及，風芽也會疲倦，怒風之蟲必須後退……九，八，七，六……

橫財不愧是橫財，不斷催動著全身的道行，與這些陰獸抗衡，而且，竟然隱隱的要回了優勢！

四，三，二……

橫財笑了，反擊的時刻到了，他要反擊了。

一……

但，就在橫財要掀起反擊的同時，他卻聽到了一個聲音，他原本該記得，卻該死的忘記的聲音。

「橫財，我是柏！」那聲音堅定而強悍，「抱歉，我要偷襲了……真空斬！」

真空斬？沒有雙手的柏，竟然靠著風躍起，身體轉了半圈，用腳掃出一個美麗而完美，威力遠勝以往的，半月形真空斬！

「真空斬？該死！」橫財低吼，眼睛放出怒光，這是身為甲級星的尊嚴！「可惡，你以為老子會怕嗎！吼！」

橫財胸膛微挺，竟然就這樣，要硬頂這威猛絕倫的真空斬！

但，一個更讓橫財出乎意料的情況發生了，因為，真空斬並沒有斬向橫財的弱點，而是在空中微微轉了一個角度，切向了橫財的手。

「手？」橫財轉頭看向自己的手，隨即，他懂了。

柏真空斬的目標，不是橫財的盜賊斗篷，而是另一個曾經屢次破開橫財盜賊斗篷的傢伙！那個真正可怕的大傢伙！

紙，飛，機！

真空斬這一劈，橫財痛到嘶吼，鬆開了五指，而紙飛機，立刻從原本皺褶回復了原本的模樣。

那鋒利，完美，堪稱童玩界的藝術品的……紙飛機！

然後，牠振翅！

數條熟悉而可怕的筆直光芒，陡然出現，全部落在橫財的全身上下！

「好樣啊！」橫財狂笑，不斷的狂笑，「你真是好樣的啊！柏！你真的和『他』一樣是個戰爭之鬼啊！」

說完，橫財全身的盜賊斗篷，被紙飛機割開成數塊，接著，一路被壓著打的陰獸，終於有機會一吐怨氣！

先到位的，是椰子的風炸彈，炸彈焚燒著橫財巨大的身軀，然後是風芽，擺動牠們微小的尾巴，硬鑽入橫財的身軀，接著是怒風之蟲，牠們旋轉著龍捲風般的風刃，盡情切割著橫財的肉體。

一瞬間，陰獸們淹沒了橫財。

橫財大吼著，終於往後仰倒，跌入了底下的黑暗，瘋狂憤怒的陰獸也紛紛追了上去，直到再也聽不見橫財的嘶吼，所有人與陰獸都消失在黑暗中為止……

「贏了。」柏跌坐在地，剛剛的真空斬威力已經突破了自我極限，不然也不能逼橫財鬆手。

然後，柏慢慢的吐了一口氣，開口了。

「可以出來了吧，」柏露出淡淡的笑容。「那個在背後操縱陰獸攻擊的人。」

那個操縱陰獸攻擊的人？

話才說完，一個長長的影子，就這樣站在柏面前的那條風崖石柱前。

而紙飛機竟然像是寵物遇到了主人，瞬間鑽到影子的背後，撒嬌般微微扭動著。

「你早就感覺到我了？」那影子露出冷冽的笑。「果然是你。」

「你說果然是誰？」

「一個言而無信，被天下唾棄的混蛋！」那影子眼睛透露著殺氣。「你不會想成為的一個人，他叫破軍。」

「是嗎？」柏苦笑了一下，那個叫做破軍的人，好像除了鈴對他有些情意之外，包含獨飲與小鬼，怎麼每個人都對他恨到咬牙切齒啊？「那你又是誰？你怎麼能對這些風的陰獸下命令？」

「我當然能對這些陰獸下命令，因為我就是這座移動風堡的留守者之一。」那影子笑了，「我和另一個人，共同守護這座風堡。」

「那你是？」

「就算我不說，哪一天你也會自己想起來吧。」那影子眼睛殺氣依舊。「我乃空亡，丙等星，乃是風系一族。」

「空亡……」

「另一個守護者在另外一邊，」空亡轉過頭，「那個人是個仁慈有餘的傻瓜，叫做長生。」

「你們為何守在這？」

「為何守在這？哈哈哈哈？你問這問題也太笨了吧！」空亡眼睛殺氣再現，「因為，這分明就是當年的你，下的命令！」

「啊？我？」

「是啊，難道你不覺得這座颱風很不尋常？一般的颱風怎麼可能有這麼完整的結構？這麼多的陰獸當守衛兵？」空亡冷笑，「因為這裡是當時，你的移動城堡啊！」

「我的，移動城堡？」柏心中一驚，當時的破軍，竟然有這樣驚人且奇妙的武力城堡？

「而且……」空亡正要繼續說，忽然，陡然打住。

「怎麼？」

「剛剛那個和你在一起的胖子，他，究竟，是誰？」

「他？你是說橫財？你為何這樣問？」

「因為，」空亡慢慢地轉頭，看著自己背後的腳，表情是殺氣與……無比的驚訝，「他竟然殺光了那些陰獸，從黑暗中爬回來了！」

是的，空亡的腳踝被一隻大手抓住了。

那隻大手，毋庸置疑，就是橫財的手。

然後，跟在大手後面的，是一張滿是傷痕的臉，還有令柏熟悉無比的猙獰笑容。

「記清楚了，」那笑容的主人露出比空亡殺氣更重的眼神。「我是甲級星陀螺，人稱鬼盜橫財！危險等級，六！」

說完，橫財手一扯，空亡整個身體，就這樣被橫財扯下了風崖的石柱，朝著深不可測的黑暗，直墜了下去！

「我記住了，橫財！」空亡不斷往下摔落，沒有半絲驚恐，只是冷冷的說。「我記住你了！陀螺星！」

直到，消失在那片黑暗中為止。

然後，那隻紙飛機，也隨之震動翅膀，朝著那片黑暗，往下直飛而去。

這次的代價，是右腳。

宛如毛巾般扭曲的右腳，因為柏當時就是用右腳，逼得橫財將紙飛機放開，也直接的讓橫財承受了瘋狂的陰獸攻擊。

柏沒有哼聲，失去了視覺，失去了左手、右手，以及右腳的他，悲慘到了極致，卻也讓他跨入前所未有的境界。

在進入颱風之前，柏知道，自己絕對沒辦法透過真空斬讓橫財放手，所以沒錯，他正在變強，現在，他只剩下一件事。

就是在橫財將自己殺死以前，變得比橫財更強。

變得更強。

這是柏唯一的想法，生存，是他唯一的想法。

在橫財與柏挺進的後方，來自政府的警察截路，正率領他的手下不斷前進。

事實上，原本截路共帶著二十餘名的手下，如今，只剩下四個。

其他，都死了。

兇手，當然是陰獸們，前仆後繼，不斷湧來的陰獸們。

「前方的陰獸，在騷動。」截路摸著肩膀上，與他骨肉相連的飢餓鰻魚。「鰻魚告訴我的，前方，也有一隻百大陰獸。」

「喔？」四個部屬們，表情都微微改變。

他們既然能活到現在，表示道行都夠高，自然也知道百大陰獸出現的背後含意，那就是……

第一區風環區，已經接近尾聲，終於要到更危險，更多強大陰獸盤據的，風崖區了。

「老大，您可放心，」這時，五個部屬中，一個身體寫著「東」字的男子，開口說道。「飢餓鰻魚在百大陰獸中，好歹也是排行六十九，如果扣除那些消失了上百年，不知道是生是死的陰獸，也許早已進入前三十名了。」

「是啊，前面有百大陰獸，剛好拿來替飢餓鰻魚補充養分。」另一個部屬，是名女子，她胸口寫的是「西」字。

「嗯。」胸口有著「南」字的，外型憨厚，只有他沉默不語。

「風崖區要到了，果然只剩下我們四個夠力，其他都不行，」第四個人也是男子，他的胸口，理所當然的有著「北」字。「就算有百大陰獸，咱們四個聯手加上截路老大，肯定直接煮來吃了吧！」

「可別把話說太滿了，我們這次的目的只有一個。」截路邁開步伐往前走著。「那就是……如果那個人出來了，那我們就讓他『回去』吧！屍骨無存的，回去吧！」

當一行五人繼續往前之時，少話的『南』，眼睛瞇起，似乎在思考著什麼，令人擔心的是當他思考時，那嘴角陰冷的笑……

這條路線的最尾端，也是一路擊敗陰獸而前進的三個人，阿歲等人。

只是他們一路走來，遇到的阻礙卻沒有前方兩組來得大，原因許多，一個原因當然是橫財等人已經將等級高，速度快先趕來的陰獸擊敗了，而另一個貢獻良多的原因，是阿歲，他像是為了找回剛剛在海裡失掉的面子般，阿歲不斷用各種帥氣的姿勢施展他的技。

雖然真正的原因其實是另外一個……因為，小曦能和陰獸溝通。

她透過語言，手勢，表情，甚至是溫和的笑容，讓許多擁有智慧的陰獸決定自動退卻。

「看到妳，真的讓人想起女獸皇欽。」阿歲看著小曦的樣子，「妳又能學會周娘的星穴，又會女獸皇的溝通，更會使用天相星黑洞，妳的技，到底是什麼啊？」

「不知道，」小曦苦笑，「我的技，是不是就是沒有技啊？」

「不過我覺得這樣很令人羨慕，妳等於全部都會了。」

「是嗎？」小曦搖了搖頭，顯然並不認同。

「我不這樣覺得。」這時，向來寡言的忍耐人卻開口了。「這樣並不好。」

「怎麼說？」阿歲與小曦同時轉頭，看向忍耐人。

「因為妳會有危險，因為妳會成為有心人士的獵物。」忍耐人殘破的臉上，看不出明顯的表情，但語氣卻有著親人般的關心。「未來，妳要小心。」

「嗯，我知道。」小曦感到心裡一絲暖流，溫柔的笑了。

「好啦，別肉麻了啦。」阿歲搔了搔手臂，做出抓雞皮疙瘩的動作。「我們得快一點，就怕颱風登陸啊。」

「登陸？會怎樣嗎？」小曦和忍耐人同時問。

「風的結構會被陸地破壞，一破壞，颱風就會從外部開始崩塌。」

「崩……崩塌？」小曦猛力吞了一下口水，「那會怎樣？」

「妳看過陽世的電影嗎？就是那種動作片的經典橋段，主角拚命跑，後面的橋不斷塌下，然後身在颱風最外圍的我們，就是那個主角啦，只不過我們不一定有電影主角的幸運，畢竟他可是用了很多錢請來的，總不能演到一半去領便當了吧？哈哈哈。」

阿歲才笑完，忽然整個颱風猛然一震。

震到小曦與忍耐人都差點站不住，整個颱風中，更不斷傳出陰獸們此起彼落，奇特的嚎叫聲。

「真的快登陸了？」阿歲說到這，猛然回頭，沒錯，颱風外面的牆壁上，出現了一條清楚的裂痕。

那裂痕速度好快，朝著阿歲，忍耐人，小曦的方向，不斷崩裂而來。

「阿歲！」小曦睜著美麗的大眼，怒氣沖沖的看著阿歲，「有沒有人說過你……」

「我怎樣？」

「你實在，很，烏，鴉，嘴欸！」

話剛說完，所有人只能開始跑。

因為，颱風的確快登陸了，最外圍接觸到陸地的部分，也開始破碎，崩壞，以驚人的高速，如海嘯般直崩入了颱風內部。

而進入颱風時間最晚的小曦等人，的確是最危險的，因為，他們的立足之地，正在瘋狂的消失著！

「跑啊！」阿歲大喊，所有人開始跑，在颱風外圍消失之前，他們至少要跑到風崖區才行啊！

第七章・武曲

這裡是陽世。

「哇，全部都停止上班上課！連外島也是！」蓉蓉看著電視，忍不住低呼，「真是史上最強的颱風！」

「嗯，那什麼時候登陸呢？」小靜側過頭，也看向電視。

「今晚九點，咦，再五分鐘。」蓉蓉看了一下時鐘。「不過我對登陸沒有特別的感覺，反正還沒登陸的時候，風雨就很大了。」

「是嗎？」小靜歪著頭，她沒有說出口的是，她對這次颱風的登陸，有一種奇怪的感覺。

彷彿當颱風完成了登陸，某個計時器就會開始啟動。

當計時器倒數結束，將會有一個結果，而那個結果，可能很……悲傷。

小靜默默拿起了剛剛吃過泡麵的碗，放進了洗手槽，然後眼睛卻依然離不開外面的風雨。

「怎麼老覺得，我該出去？」小靜苦笑，「好像某件重要無比的事，我非去不可？」

此刻，風雨一陣接著一陣，猛力拍打著窗戶，窗戶的玻璃倒影裡，除了小靜，還有一對綠色小眼珠，同樣盯著窗外。

那是貓眼，小虎的貓眼。

牠在想什麼？目視著這史上最大的颱風，這雙銳利而神祕的貓眼，究竟在想著什麼呢？是否牠已經懂了，小靜的預感是什麼？

事實上，從第一個魂魄躍入颱風開始，已經過了約莫八個小時的時間，這八小時裡面，所有的寶物獵人們，都體驗了前所未有的生命極限，同時也產生了完全不同的命運下場。

一開始，想透過陸海空三條路線進入颱風的寶物獵人，人數相當龐大，超過兩千人，但這兩千人卻在颱風外圍，就去了大半，一千五百名有野心但無實力的魂魄，不是掉入海裡被陰獸吃掉，就是在高空中被風捲到了再也沒有人知道的地方。

只是，雖然少了一千五百人，但仍有五百餘人進入了颱風，這在陰界中可是破紀錄的，表示這次的颱風能量夠強，吸引了足夠數量的高手。

這五百人分別從不同的地方進入颱風，但一進入颱風，卻立刻陣亡了一半，剩下兩百餘人，為什麼？當然是因為陰獸。

這有史以來最大的颱風之一，同時擁有有史以來最豪華的陰獸陣容。

許多只在陰獸綱目上才出現的風系陰獸，都在這裡紛紛露臉，不只露臉，還順便飽餐了一頓，吃的正是原本要來打獵的獵人。

兩百餘人有的單打獨鬥，有的成群結隊，開始在風環區中挺進，但越挺進，越是心驚。因為這座颱風結構扎實，陰獸不只橫行，更有組織，互相支援，於是，不到半小時，這兩百餘人又去了一半。

二十分鐘後，繼續剩下一半，一百餘人。

再二十分鐘後，又是一半，五十餘人。

再二十分鐘後，也只剩下一半了，二十餘人。

幾個小時內，兩千名有道行的魂魄，只剩下百分之一，但可以肯定的是，能撐到最後的，卻都是道行高卓的佼佼者，或者是……運氣還算不錯的！

這二十餘人之中，琴，也許算是運氣還不錯的那個！

是的，還有琴，就算她老是被騙，老是太相信別人，但她卻依然活了下來，靠的是難以想像的隨身物品，會射出機關槍的咖啡豆，會斬人頭顱的怒風之蟲，還有，實在看不出危險性的毛線球。

總而言之，琴還是活下來了，但她仍然選擇了相信阿飆這個騙子，選擇去拯救發出尖叫的阿飆，只是，琴不知道的是，這次拯救任務，將會是她進入颱風以來，最慘烈的戰役之一！

「救我！救我！請救我！」阿飆的聲音淒厲，琴下定決心，邁開腳步尋聲而來。

只是，當琴終於奔到了阿飆喊救命之處，一股強烈的直覺，宛如一堵高牆，竟讓她腳步急停，甚至退了半步。

這個微小而毫無道理的半步，竟然，就這樣救了琴的一命。

因為這半步的距離，剛好讓一枚子彈，驚險略過了琴的鼻樑，然後噗的一聲，射入了風環區的牆壁中。

「哎啊，沒中。」一個沙啞宛如菸酒重症的男子聲音，跟著傳出。「好可惜。」

琴躲開了這枚子彈，同時看清楚了眼前的畫面，這畫面，讓她眉頭不禁皺了起來。

這個面積約莫一間國小教室大小的風穴中，共有五個人。

而這五個人，琴在飛機上，都曾經看過。

穿著深紅色旗袍，雙眼深邃，胸部大到讓琴都讚嘆的美麗熟女，雙瞳。

穿著獵人背心，一男一女，來自飢餓遊戲裡面的不飢與不餓。

還有，剛剛發射了子彈，還連說可惜的老男人，牛仔。

以及，正躺在地上，被牛仔踩在腳下的那個小壞蛋，阿飆。

以及，多到連琴都不忍目睹的屍體，陰獸屍體，那些一路上展現奇怪技能，想要攔殺琴的陰獸們，被宛如小山般的堆在這裡，有些陰獸屍體四肢更出現奇怪的彎折，似乎受過不少折磨而死。

陰獸屍體山之旁，還有另外一座山，那是寶物之山。

風環區的寶物，被這些獵人取得之後，放置在一起，那寶物中，有被沉在海底多年的老錢幣，三萬英尺才有的雲霧水珠，必須透過風凝聚而成的狂風麵包，還有一本書，上面寫著鑄劍師，不過這本書被壓在寶物的最下面，顯然是拿來充場面的寶物。

「令人吃驚，那個新魂女孩也活到這裡？」男獵人的名字是不飢，他開口。「一個人來到這裡？她的夥伴沒和她一起？」

「真想不到，」女獵人的名字是不餓，綁著馬尾，帥氣中有獨特的嬌豔魅力。「再前面可就是風崖區了呢。」

「不過，」牛仔再次舉起了手槍，對準了琴。「這裡可就是她的終點了。」

「……」琴屏氣凝神，她看著被牛仔踩在腳下的阿飆，同時思考著自己勝算。

勝算，沒有。

真的一點都沒有。

眼前這四個人都能通過米粉怪，竹蜻蜓，風象那些陰獸，實力肯定強得可怕，更何況，他們還有四個人。

只是，用腳把阿飆的臉踩在地上，然後將陰獸以虐待的方式殺害，實在讓琴難以忍受，所以，琴還是開口了，還是像雞婆的大姊姊一樣，開口教訓了。

「放手，你們四個大人，欺負一個小孩，像話嗎？」琴比著牛仔，努力讓自己的聲音聽起來厲害一點！

「欺負小孩？」牛仔看著琴，露出奇怪的表情，然後又轉頭看向其他三個獵人，忽然，除了雙瞳以外，其他三人都同時笑了出來。

「幹嘛笑？」琴臉紅了，「說你們欺負小孩很奇怪嗎？還是陰界欺負小孩是習慣？不對不對，我記得在鼠窟時小才說過，老靈魂也可能會有小孩軀體，所以阿飆其實是老人？」

「老人？」聽到這兩個字，三個人又笑了，這次，連雙瞳也露出了淺淺的微笑。

「你們在笑什麼啊？」琴跺腳。

「笑，」牛仔再度舉起了槍，對準了琴。「笑妳搞不清楚狀況，竟然還能活到這裡啊！」

說完，牛仔就舉起槍，就要扣下扳機！

但就在琴想閃躲的時候，牛仔卻突然將手臂往下轉了九十度，朝著他腳下的阿飆，開了一槍。

子彈貫入阿飆瘦小的右腳，雖不致命，但卻噴出了一大片鮮血，鮮血激飛中，更可聽見阿飆那接近哭泣的哀號。

「你，你在幹嘛？」看見血，琴眼睛眨了一下，就算看多了陰界的殘忍好殺，她還是討厭血啊。

這剎那，她突然想到，當年武曲是不是也討厭血，所以練成了打敗人最不見血的絕招，雷電？

「我在回答妳的問題啊，」牛仔說完，又往下開了一槍，這槍命中阿飆的左腳，又是大片血與阿飆的哭泣與低嚎。「妳不是問我，幹嘛笑嗎？我正在回答妳啊！」

「這是什麼回答？」琴咬牙，「不要，不要再虐待人了，好嗎？」

「虐待人？看樣子，妳還不懂我的回答，沒辦法……」牛仔再次冷笑，又是一枚子彈射出，這子彈貫穿阿飆的左手，噴了滿地的血，「我只好再回答一次了！」

「放手！」琴看著咬牙切齒，同時間拳頭也不自覺的捏緊了。「請你尊重生命！」

「尊重？我很尊重妳啊，不然怎麼一直在回答妳的問題呢？」牛仔邊說，旁邊伴隨著不飢與不餓的竊笑，又是一槍，貫穿了阿飆的右手，阿飆痛得打滾。

這個一路陷害琴的小壞蛋，如今身中四槍，模樣實在可憐，可憐到琴快要按捺不住。

「住，住，住手……」琴心情越來越激動。

「住手？」牛仔笑著搖頭，這次直接把槍管對準了阿飆的腦袋，「妳一直搞不懂，我怎麼住手？咯咯咯咯。」

說完，牛仔的子彈，就要射出，這次瞄準的，可不是手腳而已！而是腦袋！會死人的腦袋啊！

見到阿飆可能有生命危險，琴忍不住尖叫。「給我，住手！」

給我，住手啊！

忽然這一剎那，牛仔發現了一些不對勁，為什麼……為什麼只剩下聲音？只剩下那聲如同尖叫的「給我住手！」人呢？

那個笨蛋新魂呢？

然後，牛仔低下頭，他發現了笨蛋新魂，嚴格說起來，是笨蛋新魂的手掌，正按在自己的胸口。

「妳！」牛仔驚駭，但他才要舉起槍，胸口一陣奇異的麻痹竄過，巨大的能量，就這樣在他的胸口，猛然炸開！

是的，琴出掌了，夾著高能雷電，直接拍向牛仔胸膛。

「給我滾！」琴吼。

「滾？」牛仔瞬間臉上露出猙獰表情，「請搞清楚我是誰？」說完，牛仔竟然在千鈞一髮之際，舉起了自己的手槍，剛好擋在自己的胸口之前，不偏不倚擋住了琴的雷電。

轟的一聲，牛仔連退了五步，那拿槍的手，表皮更因此而焦黑。

見到琴打出這一掌，不只是牛仔訝異，周圍的獵人表情也變了。

獵人不飢與不餓，同時收起輕敵眼神，下意識抓緊了自己的武器。

而雙瞳呢？她依然雙手抱胸，態度冷然，但一剎那，她的眼球快速轉動了一下，那快到不到零點一秒的時間，可見她的眼球竟然出現了兩個瞳孔，但，隨即又恢復了原本的模樣。

而琴，一掌逼退了牛仔之後，急忙蹲下，扶住了阿飆，只見這個一路上陷害琴，滿身是血的小孩，睜開了眼，卻問了一句讓琴完全不懂的話。

「姊姊，如果我不是人類，受到欺凌，妳一樣會這樣救我嗎？」

「啊？什麼不是人類？你不是人類嗎？」琴還沒完全理解阿飆這句話的意思，忽然，她感應到了危險。

這種奇妙的感覺，和她剛剛踏入這風穴前一模一樣，與其說是直覺，更像她擁有了第二隻眼睛，這隻眼睛可以看見來自前方的危險。

那眼睛，似乎和雷電有關？

但琴依然無暇細想，急抱起阿飆，然後往後一跳！

這一跳，跳得是巧妙異常，剛好讓三枚來勢洶洶的子彈，從琴的左邊臉頰、右手下方，還有腳底膝蓋邊，滑了過去。

「全部避開？」牛仔吸了一口涼氣，包括不飢與不餓都互望了一眼，他們似乎都訝異於琴的身手。

唯獨那個深紅旗袍的雙瞳露出古怪笑容，「牛仔啊牛仔，你如果要殺這女孩，建議動作要快一點。」

「哼？」

「因為，她越來越強啦，」罕有表情的雙瞳，笑了，似乎在嘲笑著牛仔。「你快要殺不死她，不，快要被她殺死啦。」

「閉嘴！」牛仔眼泛血絲，再次舉起手槍，再次猛扣扳機。「妳以為我是誰？我可是牛仔！我可是曾經殺死劍齒狼的獵人啊！」

說完，琴看見了，牛仔的手槍，幾乎同時的，噴出了六道火焰。

每道火焰中，都包裹著一枚旋轉激射而來的燙紅子彈。

「西部六連發！」雙瞳慢慢的說著，「哎啊，牛仔，看樣子你終於認真了。」

西部六連發，正是牛仔的絕招。

這六枚子彈，事實上並非靈體，而是西部陰獸「劍齒狼」的牙齒，當年西部的山區突然出現了這群陰獸，牠們成群結隊，主動攻擊魂魄，最厲害的武器就是牠們宛如長劍的利齒。

這利齒讓不少獵人吃盡了苦頭，因為多數的護體術都經不起劍齒的這一劃，只要被劍齒劃過，不只腹部的護體術破了，連裡面的內臟，也都會垮拉的流出來。

而當年最後將這群劍齒狼殲滅的獵人隊伍中，牛仔就是其中一個，也從此讓牛仔一戰成名。

只是後來牛仔拔下了劍齒狼的劍齒，製造成了六枚子彈，配合牛仔快速的拔槍術，能在一秒內連發六槍。

這六槍，不只是速度、威力，還有角度，都配合得完美無缺，牛仔就靠著這一招，殺死不少成名的大魂魄，與A級陰獸。

如今，牛仔被琴驚人的成長一逼，竟然毫不客氣的，打出了這個專殺大咖的絕招，「西部六連發」！

而琴呢？她抬起頭，目睹著這六枚子彈，在火焰的包裹中，射到了自己的面前。

她想動。

但她卻發現，自己不知道該怎麼動？

若往左去，她會被其中兩枚射中右手臂與右邊臉頰。

若往右去，她會被三枚射中眉心、左腳腳踝，以及腰際。

若往上竄，她的下盤會吃上兩枚子彈。

那蹲下呢？更慘，所有接子彈的，都會是她的五官。

所以不動嗎？不，不動會破掉的部分，不偏不倚就是琴的心臟和兩個肺葉。

所以，這六枚子彈的角度，力度，先後的微妙速度差異，都堪稱完美，完美到宛如一個六人陣法，誓言要將敵人擊殺於當場。

「躲不開了。」琴大大吸了一口氣，然後雙手一擦，電光閃爍。「那就全部擊落好了。」

「擊落？」牛仔冷笑，「每個躲不掉的人，都曾經這樣想，但他們都死了，妳知道為什麼？」

「為什麼？」

「因為，這是劍齒狼的牙齒啊。」

但，琴已經沒有其他選擇了，她雙手分開，左右掌心拉出一條華麗而燦白的電光。

然後琴想起了小耗玩麵團時的酷樣，開始甩弄手上的那條電光，電光順著琴的雙手盤桓，一會繞住了琴的雙手，一會又抖開展現驚人豔麗，最後，琴雙手一攤。

電光，頓時化成六道利箭。

迎向了六枚被火焰包裹，擁有劍齒狼堅硬靈魂的子彈。

兩股力量交集，電光只讓子彈微微停住，但隨即，子彈又繼續往前逼近，直逼向了琴。

「就說，」牛仔冷笑，「這是劍齒狼了，就算是妳是乙等星的高手，要在短時間內破壞這六枚子彈，根本不可能啊！」

是的，琴的電失效了。

她雖然一路上展現了無比驚人的才能，不斷的驚人的進步，但畢竟敵不過眼前這個身經百戰的牛仔。

而就在此刻，琴卻又聽到了懷中那阿飆的聲音，他聲音細細弱弱的，彷彿在呢喃低語。

「姊姊，我剛剛的問題，妳還沒有回答我，如果是陰獸，妳會這樣救牠們嗎？」

琴看著這六枚子彈已經到了自己面前，生死已經沒啥選擇了，忽然，她笑了。

「會吧？」琴一笑，因為她腦海中，忽然浮現了一隻小雞，很小很嬌弱，從蛋中出生的模樣，她似乎也曾經擁有過陰獸，而且非常愛牠。「陰獸，也是一種生命，不是嗎？」

「嗯。」阿飆聽到了琴這樣說，像是鬆了一口氣，「真好。」

「真好？」

「真好，」阿飆笑了，「因為如果是這樣，我救妳，就不會救錯人了。」

救我？救錯人？

忽然，琴發現她懷中的那個阿飆，陡然放大了，越放越大，像是數十個打氣筒一起注入澎湃的氣體，在一眨眼的速度，就龐大到宛如一隻巨型狐狸。

「阿飆？」琴訝異，然後，所有的子彈都沒有射中琴！

因為，六枚子彈，全部射入了這隻大狐狸的體內，當然，包含了子彈本身驚人的威力、火焰，以及傷害力，也都毫不保留的，灌入了這隻狐狸體內。

狐狸張開嘴，發出淒厲哀號，原本就傷痕累累的身體，多了六道巨大傷痕。

牠轟然倒地，倒地之時，眼睛還看著琴。

「阿飆，你……」琴看著躺在地上的那隻大狐狸，原本就受傷的牠，再添上這六枚子彈，恐怕已經……凶多吉少了。

「因為，妳來救我了，」這隻狐狸，露出瀕死的微笑，「所以我相信，妳剛剛說，妳不會捨棄陰獸的諾言，不會說謊。」

「阿飆……」

「這人很壞，」狐狸伸出爪子，摳出了一枚身體內的染血子彈，「這是劍齒狼的牙齒，牠們的牙不是用來殺人的，他們的牙是為了叼幼狼而演化出來的，牠們已經死了，牙齒卻被鋸斷成為殺害其他陰獸的兇器，劍齒狼都在哭泣了，可是牠們沒辦法……」

「嗯。」琴看著狐狸，只是看著，忽然她懂了，為什麼牛仔會說她笨，因為她把阿飆當成了人，但，就算把陰獸當成人又怎麼樣？何謂人？有手腳腦袋的就叫人嗎？

不，有意識，有良知，有生命，不就該當成人一樣尊重嗎？

「所以我請妳，」狐狸氣弱游絲，「請妳，一定，幫，劍齒狼們報仇，別讓牠們的牙，再被……再被……利用……」

「阿飆……」琴看著這隻狐狸，慢慢的閉上了眼，然後停止了死前的顫抖。

安靜了。

一路上欺騙自己，玩弄自己，卻在最後一刻用生命相信自己的這隻陰獸，就這樣死在自己的面前。

是誰說陰獸只是能量的集合體？是誰說陰獸沒有靈魂？是誰說要拯救這個逐漸變異的世界，要殺光陰獸，而不是學習與牠們共存？

是誰……………琴慢慢的起身，然後雙手握拳，宛如一尊出征前的女戰士雕像，凝視著，專注的凝視著，她眼前的敵人。

「是誰？」琴沒有動，但她身體外的電能，卻不斷的匯聚，她沒有雙手擊掌，正負電荷沒有交流，電能竟然就自己開始膨脹。「把母狼用來叼住小狼的牙齒，變成屠殺自己同類的武器？」

見到琴的樣子，牛仔發現，自己竟然不自覺的退了三步，不，雙腳一邊抖著，竟然無法控制的，繼續往後退。

這女孩是誰？

她，究竟是誰？

「是誰！」琴大吼，全身的電光，猛力閃爍，然後她的身影消失了。

只剩下殘影，高速運作下，所有人眼睛都無法精準捕捉琴的位置，只剩下殘影，威力駭人的殘影，殘影尚未消失，琴的實體已經在牛仔的面前。

「是，誰？」

說完，電能爆量，灌滿整個風穴，餘下未盡的電流，更從風穴湧出，湧向了附近的每個風穴！

「前面。」小傑抬頭，他腳邊正躺著一隻剛被黑刀剖半的巨大陰獸。

「對，就是前面。」小才也抬頭，順手將插在一隻陰獸頭顱上的斧頭，給拔了下來。

「琴姐，雖然強得不像她，但的確是……」小耗語氣興奮。「是琴姐的電能。」

「快！」大耗一甩鐵鍋，發足狂奔。

四個人，加速了斬殺陰獸的速度，朝剛電能爆發的地方而去。

琴的電能瞬間爆發，在牛仔的胸口處，整個炸開。

牛仔依然不愧是牛仔，畢竟多次在獵捕陰獸過程中經歷生死，竟然還來得及把槍從腰際拔出，然後試圖擋住琴的電。

只是，這次，強弱實在差了太多。

沒有了劍齒狼的牙齒，牛仔的子彈還沒射出槍管，就在琴的雷電轟擊下，在槍管內熔化，甚至引爆，也就是俗稱的，膛炸。

牛仔手槍膛炸，將他的手掌連手腕，一起炸成肉泥，

「該死。」然後，牛仔看著自己空空的手腕，說出了他這場戰役的心得報告，兩個字：該死。

然後，琴的電能來了，將牛仔完全吞噬，電能過去之後，只剩一具全身焦黑的屍骸。

「呼，對不起，下手重了些。」但琴才吐出了一口長氣，回過頭，想要去看那隻阿飆，忽然，她發現自己的手腕被人抓住。

琴愕然回頭，卻看見抓住她手腕的，正是不餓。

「叢林生存術，肉搏。」不餓是女生，綁著馬尾，穿著背心，笑起來有股陽剛的豪氣。

「肉搏？」

說完，琴發現自己竟然瞬間頭下腳上，轉了一百八十度。

然後，砰然一聲，她摔落在地，痛到從頭頂到脊椎都快斷裂。

「近身肉搏！」不餓冷笑，一腳踩住琴的胸口，接著雙手拉住琴的手腕，用力一轉！

喀的一聲，琴大叫，她的手腕竟然就這樣被硬生生的轉斷了，

「好痛好痛好痛，」琴痛得大叫，她畢竟不是柏，沒有那種全身上下手腳都折斷，還能冷哼的霸氣，她痛得眼淚都流出來了。

劇痛之中，琴扭動身軀，試圖啟動擊敗牛仔的驚人高速，但她卻發現，她動不了。

因為，她移動身體的支點，都剛好被不餓給壓制。

不餓，如同一個受過無數訓練的摔角選手，巧妙的壓制了琴身體每一個支點，讓琴完全無法掙扎。

這就是所謂的叢林求生術嗎？這就是讓不飢與不餓，能在充滿野獸的叢林中，生存下來的可怕技能嗎？

「妳的速度太快，連我和不飢都看不清楚，但按照叢林法則，這種生物最怕近身肉搏，

因為肉搏戰中，速度沒用。」不餓臉上浮現嗜血的笑，「而且妳的成長速度太快，實在是一個危險的後患！」

不餓冷笑，然後快速的從後腰抽出了匕首，刃光一閃，朝著琴的脖子揮來。

「後患既然無窮，就讓從此再也沒有後患吧！」不餓冷笑，「森林求生術，斷首。」

琴扭動了兩下，但身體卻完全被不餓壓制，只能眼睜睜的看著匕首的刃光越來越近，朝著自己的脖子劃來。

「啊啊啊啊啊！」琴尖叫，尖叫之際，她感到電能再次充斥了全身。

可是，明明就無法高速移動，這些電能充斥全身，又有何用？不，是有用的，因為這次的電能，展現了速度以外，另一個特質。

那就是最根本，最基礎，最讓人無法抗拒的，力量。

電能灌注到了肌肉，讓肌肉快速縮緊，縮緊，縮到了如同鋼鐵，再毫無保留的……釋放！百分之百的釋放！

只見，不餓整個身體往上彈起，撞上了牆壁，當所有人終於看清楚她的樣子，都不禁瞠目結舌，因為她的胸口凹陷出一個拳印，那個拳印當然就是琴的傑作。

而這個拳印底下，是數十根折斷的肋骨。

不餓被擊退，琴才剛從地板上邊喘氣，邊爬起，她就看到了下一個敵人。

一把弓，還有弓中彈射出來的利箭。

「我這弓，專殺高手。」不飢拉滿弓，然後手指一彈，箭頓時射出，以驚人的高速加上刁鑽的角度，直接射向琴的胸口。「弓名，赤虎。」

「你們在開玩笑嗎？」琴大叫，藉由剛剛神奇的直覺，驚險躲掉了這一箭。「你知道我不久前，還只是一個普通的編輯欸！」

「編輯？那是什麼？好吃的食物嗎？」不飢冷笑，拉弓，射箭，再拉弓，再射箭。

一箭接著一箭，綿延不絕，速度竟然快過了剛才使槍的牛仔，這些箭不斷追擊著狼狽奔逃的琴，更一路將她逼到了這個風穴的角落。

「等一下，我沒路了。」琴的右腕剛剛被不餓折斷，只能伸出左手，「我投降了，好嗎？我們不要打了？」

「投降就不打？妳以為這裡是哪裡？」不飢獰笑，這一箭，他把弓拉得特別滿，「這裡可是陰界啊！」

拉滿了力量的弓，然後不飢拇指與食指一鬆，弓顫，箭離，百噸殺意化成一筆直線，穿向了琴。

琴在角落，無處可避。

電能的高速，無用。

肌肉的爆發力，無用。

收納袋呢，琴將手伸入懷中，想抓住了那僅存的毛線，但卻聽到了風鈴響起。

一路上始終維持無聲，似乎完全不將這些寶物獵人瞧在眼裡的風鈴，響了，似乎在提醒某件事。

奇妙的是，琴聽懂了是哪件事——敵人有弓與箭，我沒有嗎？

而且我的弓，可是十四主星的絕世武器，想到這，琴顫抖的抬起了被折斷的右手。

右手手背上，那宛如小龍般的弓形刺青，閃過一絲光芒。

那光芒彷彿在說著一件事，「等妳，好久了。」

「讓你久等了。」琴眼睛瞇起，像是禱告般虔誠輕語，凝視著眼前夾著百嚬殺意凝聚而成的不飢之箭。「雷弦！」

雷弦！

當年武曲威震天下的武器，就在這一剎那，與眼前不飢赤虎弓做出了一模一樣之事，那就是拉弓，放弦。

只是雷弦射出的箭，形態卻完全不同，那是一枚威猛絕倫，精緻華麗的雷箭，朝赤虎弓激射而去。

雷弦的箭，乃是純能量的雷電，與不飢的箭正面碰撞。

第一箭，雷箭被壓抑。

不飢帶著強烈殺意的箭，在與雷箭微微相抵之後，強力壓制雷箭，然後射向了琴。

但也因為雷箭一阻，讓琴有了足夠的時間與空間，躲開了這一箭。

「再來！」不飢怒吼，再次拉滿了弓，而箭彷彿從弦中吸了飽飽的能量，然後在放弦的瞬間，爆發成百嚬殺意，射向了琴。

而琴也展現霸氣，她挺胸昂頭，左手拉弓，一柄雷弓再次成形，而且這次的形態比剛剛更清楚，更明亮，而且不只如此，琴彷彿感受到來自雷弦的怒吼。

怒吼著，自己可是尊貴的主星兵器，怎麼可能輸給一個連星格都沒有的屁不飢箭？

這份怒意，透過了雷弦，傳達到了琴拉弓的另一隻手，化成更猛烈的雷之箭。

然後，雙方同時鬆手。

兩柄箭，精準無比的在空中碰撞。

這次，琴沒有輸，但也沒有贏，雙方漂亮的抵消。

「再來！再來！」」不飢狂吼，手上的弓不斷拉滿，不斷的射出，一支又一支吸飽了能量的箭，像是連續飛彈般，不斷從不飢的弓箭中射了出去。「再來！再來！再來！再來！再來再來再來再來！」

「那就再來！再來！再來！再來啊啊啊！」而琴手上的雷弦肯定也感受到對方戰意的奔騰，透過電能不斷催動琴的肌肉，讓琴也加快了射箭的速度，一箭一箭，快如閃電，那是琴連做夢都想不到的驚人速度。

雷弦的每一箭，都剛好擊中不飢的箭，然後都精采的抵消，從旁邊看去，彷彿看一場華麗的煙火秀，但這光芒的極致卻在碰撞的瞬間，極致之後，一起消失在黑暗中。

兩個人，兩柄弓，兩秒內，兩百箭的交會。

然後，就在兩百零一箭之時，終於，分出了高下。

這第兩百零一箭，不飢的箭竟然歪了，就歪了那一公分，讓琴的雷箭找到了不飢心臟的路。

噗。

雷箭，電光閃爍，就這樣貫入了不飢的胸膛，然後強烈的電流，就這樣化成了一柄不留情的利刃，貫入了不飢的心臟。

心臟陡然停住，不飢的生命，頓時宣告終結。

「啊。」這樣的結局，不只是不飢臉色驟變，連琴也嚇了一大跳。

原本勢均力敵的兩人，原本旗鼓相當的箭雨，為何突然崩潰？

然後，不飢慢慢的低下頭，看向自己的弓，弓上，多了一個不該出現的東西，一個不飢經歷了近百年的陰界歲月，從未想過會出現在這把弓的東西。

裂紋。

細細的，小小的，但卻清楚而真實的，小裂紋。

就是這道裂紋，讓兩百箭以內都與琴保持實力相當的「名弓．赤虎」，歪斜了一公分。

這一公分，也成為了弓的使用者，不飢的死亡證書。

但，不飢卻一點難過神情都沒有，反而異常溫柔的，慢慢的撫摸著赤虎弓上那條裂紋，像是對一個相交多年老友的疼惜，然後，不飢抬起了頭，看著琴。

「赤虎，取自百大陰獸之一的千年建木，再請巨門星手下第一弟子天哭，歷經三年搥打而成，能吸納使用者的靈力，幻化成十倍強度的冷箭，自出生以來，共轉三手，我乃第三手，使用時期最長，長達五十餘年，它伴我度過艱險的飢餓遊戲，伴我取下珍貴寶物，更伴我多次在生死關卡徘徊。」

不飢慢慢的說著，說著說著，嘴角一條豔紅血絲，緩緩流下，剛剛琴的雷箭完全沒有留力，不只穿入心臟，連同五臟六腑一起予以破壞了。

「而我們都知道，弓這種武器，與刀劍略有不同，刀劍若有了裂痕，可透過熔鑄修補，但弓取自老木，木頭有了裂紋，就等於宣告了死刑。」不飢將耳朵貼近了這把有了裂痕的戰弓，語氣溫柔。「赤虎老友啊，你最後想說什麼呢？」

赤虎老友啊，你最後想說什麼呢？

不飢點了點頭，然後抬起頭，看著琴。

「赤虎想知道，」不飢溫和的說，「與它對決者，是誰？是誰能在百箭後，將它擊潰？」

「是誰？」琴感到猶豫，她不會說「弓的語言」啊，但，一股直覺，還是讓琴舉起了手，手上那個弓形刺青，展現在不飢與赤虎的面前。

忽然，琴看到赤虎竟然顫動了兩下。

沒錯，那並不是不飢的手在動，而是赤虎弓自身的顫動，接著，赤虎從不飢手上翻落，插入了地板，而且不停搖晃。

看見這奇異的景象，琴不解，但卻看到不飢滿臉的訝異。

「這是萬兵朝聖的姿態！」不飢全身顫抖，「兵器間以能量與地位區分，存在著十名帝王，只有這十名帝王能享有萬兵朝聖的姿態，赤虎，難道……你認出你的對手是誰了嗎？」

赤虎的搖晃宛如對帝王的鞠躬，然後啪的一聲，裂紋擴大，最後，就這樣坍落，化成了一陣風吹就會散的木屑。

「了無遺憾了嗎？」不飢嘆氣，然後笑了，他的嘴角又湧出了一股鮮血，他的傷，其實一點都不比赤虎還要輕啊。「能與帝王神兵交手百箭，讓你了無遺憾了嗎？」

最後，不飢抬起頭，看著琴。

接著慢慢的單膝跪地。

「這個陰界中，能讓兵器十帝認可之人，也就那麼十四個。」不飢閉上眼，表情宛如赤虎般了無遺憾。「在下不飢，參見……主星！」

主星？

琴感到全身一震，不飢是在對武曲致敬嗎？

「然後，不餓。」不飢轉頭，「妳也過來拜見主星，陰界的未來，就掌握在他們……不餓？不餓？」

不飢轉頭發現，不餓動也不動，她歪著頭，看著琴，雙目含淚。

看到不餓這表情，琴懂了，「妳是在氣我，氣我讓妳男友重傷嗎？」

不餓沒有回答，但那依然怒氣的表情，卻回答了一切。

「不餓。」不飢認真的說，嘴角血絲不斷淌下。「妳聽我的話，我一定會死，但妳一定要保護主星，妳記得當年算命師父說的嗎？妳有星格，只是尚未開啟，而妳會遇到主星並且輔佐她，這是妳的宿命。」

「我不要！」不餓瞪著琴，表情任性。「我不要！我不要保護這個讓你……快要死掉的，臭女人！」

何。

琴無奈，剛剛的雙弓對決，雙方都拿出了真本事，真是一個疏忽就是一命，她也無可奈何。

「不餓，聽話。」

「不要！」

「不餓……」

「不要不要不要！」不餓大叫，忽然一個轉身，擁有傲人體術基礎的她，縱躍上了牆壁邊緣，然後跑了幾步，就跑離了風穴。

「唉，只能請主星您多多擔待，我們都嚮往那黑幫時期，那寬闊的自由……」不飢帶著那嚮往的笑，忽然就不動了。

不動了？

琴蹲下，她忍不住探了探不飢的鼻息，然後忍不住閉上了眼。

又一個，又一個魂魄喪命？這個陰界，究竟要戰鬥殺戮到幾時啊？這個陰界為了爭奪能量，為了能夠保存一息尚存，到底還要殺戮到何時啊？

不過，就在琴滿懷歉疚之時，忽然，她聽到了一個低沉的女音。

「呵呵，妳好像忘記了，」那女音語氣堅定，隱藏著比不飢不餓，與牛仔更令人心驚的自信。「這裡還有一個寶物獵人喔。」

「啊？」

「在下雙瞳。」那穿著美麗紅色旗袍的熟女，微笑。「請出招吧，主星。」

琴看著那雙瞳，忽然，她胸口的風鈴搖了一聲。

風鈴在搖？沒開打就搖了？

一路上完全不把陰獸與獵人放在眼裡的風鈴，竟然響了，它是在告訴琴，眼前這女人，是一個連武曲都會重視的對手嗎？

危險程度，甚至遠遠凌駕三賴、牛仔、不餓，與不飢及赤虎弓嗎？

「妳……」琴握住胸口的風鈴，沒錯，風鈴正在響動。

「在開打之前，我得先向妳承認一件事。」雙瞳微笑，奇異的暈眩感又出現在琴的腦海中。「妳的同伴的道行明明這麼高，為什麼始終沒追上妳，這件事我也有些功勞。」

「啊？」

「從一開始，你們就掉入我和另一個同伴的詭計中囉。」雙瞳笑，溫和而美麗的笑著。

從一開始，就掉進詭計？琴不解的看著雙瞳，這一切到底是怎麼回事？對啊，為什麼以小傑他們的能耐，始終沒追上自己呢？為什麼呢？

在琴的後方，四個夥伴正拚命奔跑著，但跑了約莫十分鐘，第一個停步的，是小傑。

他停步，然後轉頭看向背後，呆了數秒，才咬牙切齒的說：「可惡！原來如此！」

「什麼原來如此？」眾人同聲問。

「我說的，」小傑黑刀緊握。「是為什麼我們追不到琴姐？」

「啊？」第二個啊的一聲，是小才。「你說我們，中招了？」

「中招？」小耗停步，忽然間，他想起了多次感受到那奇怪的暈眩感。「你是說，我們陷入迷魂陣法之中嗎？」

「聽不懂啦！」始終不懂的，是大耗，他嚷著。「剛剛不是聽到琴姐有危險嗎？幹嘛停步，我們快追啊！」

「大耗，你先冷靜一下，你不覺得很奇怪嗎？」小耗沉吟，「這一路上我們拚命追趕琴姐，雖然我們也遇到了不少等級很高的陰獸，但我們畢竟道行更高，人數也多，為什麼……始終沒有追到琴姐？」

「嗯……啊，對啊，有點奇怪！」大耗抓了抓頭髮。「那是為什麼啊？是琴姐速度太快了嗎？」

「不，完全相反，是我們速度太慢了。」開口的，是小才。「我們從一開始，就掉進陣法裡面了！」

「掉進……陣法？」大耗張大了嘴，滿臉不解。「誰？又是什麼時候下的？」

「我不知道是誰？但我可以肯定，那是在進入颱風以前。」小耗說。「因為就是在那時候，我對周圍的環境，產生奇怪的感覺。」

在進入颱風之前？

這一剎那，所有人都靜默了，因為他們都在沉思，如果小耗的推論是正確的，早在進入颱風之前，『那個人』就對所有人施了法，那個人會是誰？又，怎麼施法的？

「對，沒錯。」小傑打破了這份靜默，臉上是一種在太歲頭上動土的怒笑。「飛機上，我們，的確有機會，被下陣法。」

「飛機上？可是飛機上有誰……不過就是幾個寶物獵人，還有我們？」小才眉頭緊皺，對方怎麼下陣法的，以他們的道行，怎麼可能完全沒感覺？

小傑繼續說著，「不是寶物獵人，也許寶物獵人之中有助手，但，主要的施法者，在我們之中。」

「我們之中？」

「是。」

「但我們就是琴姐，和我們四個，哪來其他人……」

「不是，我們之中還有一個人。」

「啊。」大才與小耗終於懂了，是啊，他們之中還有一個，臨時加入，但功力高絕，曾服侍十四主星中的天梁星，如果是他……

「但，他怎麼施法的？」小耗仍不懂。

「他怎麼施法的啊……」小傑笑了，然後陡然舉起黑刀，黑刀在這一剎那，竟然射出凜冽黑光。

在眾人尚未理解之際，黑光竟然散開，散成數十柄縮小版的小黑刀，小黑刀化成數十條筆直黑線，朝著眾人射來。

見到小黑刀來者不善，大耗出於直覺就要閃避，但他怎麼躲得掉小傑的黑刀，一聲慘叫後，他被第一個射中。

「小傑！你要做什麼？」小耗微驚，他雖然不認為小傑會突然出手害人，但基於安全性，他仍是喚出了麵團，白色麵團在小耗的掌心宛如流星鎚般甩動，啪啪啪，連打掉三把小黑刀。

「道行不錯，但就是沒搞清楚狀況。」小才一笑，身影晃動，就這樣出現在小耗的身後，還順手按住了小耗的肩膀。

這一按，竟宛如沉重鐵箍，壓得小耗雙手無法動彈，也就在這一瞬間，小黑刀精準的穿入了小耗的胸膛內。

「啊！」小耗想要慘叫，但緊接著卻發現，他的胸口一點都不痛，只是可以感覺到那把黑刀在體內流竄，似乎在找尋著什麼。

接著是小才，他挺起胸膛，毫不抵抗的接住了這柄小黑刀，小黑刀射入他胸膛時，小才還笑了。

「弟弟啊，你的道行又增加了？」

「什麼弟弟？」小傑搖了搖頭，最後一柄小黑刀，在空中劃了一個大弧度後，竟然穿入了小傑自己的腹部。「我明明就是哥哥，而且，你的道行何嘗不是增加了？」

「你可以感覺到？」小才笑。

「當然，我的小黑刀，在你體內受到的阻力最大。」小傑說，「你的道行果然提升了。」

「嗯。」小耗見到小傑自己也吃了小黑刀，更可以感覺到小黑刀在體內竄動，雖然感到不安，卻冷靜下來。

小傑肯定是想通對方是怎麼對眾人施法，所以才會打這招的吧？

「別催動道行抵抗這小黑刀。」小才笑，「這樣它找起東西，會比較快。」

這句話才說完，就聽到小傑臉上露出了帶著怒意的笑容。「果然是這東西，給我，出來！」

一剎那，只見大耗表情微變，大大的肚子突然凸出，然後小黑刀陡然射出。

而且小黑刀的刀尖上，還插著一個咖啡色，半透明，柔軟且有彈性的一個圓珠狀物體。

「珍珠？珍珠搖滾的珍珠？」小耗失聲喊出，也就在他張口大喊之際，小黑刀從他嘴裡順勢飛出，刀尖一樣插著一枚珍珠，只是這珍珠比大耗的大一些些。

「沒錯，就是珍珠，」第三柄小黑刀從小才的腹部鑽出，這刀尖插著的珍珠尺寸，不只更大，甚至連續疊了五顆。「這樣是誰在搞鬼，應該很清楚了吧？」

「是啊。」小傑握拳，然後再張開手，小黑刀已然躺在他的掌心，刀尖的珍珠尺寸與小才相同，數目卻多了一顆，「就是那個給我們喝珍珠搖滾的傢伙。」

「天使星！」小才咬牙，「武曲姐對他百分之百的信任，連我們也一起相信了他，沒想到他會暗算我們。」

只是小耗忍不住遲疑了半响，他內心有個疑問，對方真的要害琴姐嗎？如果真的有心，他已經延長了這麼長的時間，要殺琴姐還不容易？

這人到底是好是壞？目的又是什麼？讓小耗完全無法理解。

「令人擔心的是，」這時，小傑開口了，他剛收回了小黑刀，珍珠一接觸到空氣，立刻枯萎消失。「不過，就怕陣法一破，對方會加速他的計畫。」

「而且，這陣法雖然透過食物進入我們體內，是一個高超的陣法，但他一定有助手，我怕的是……」小才眉頭皺起，「琴姐恐怕已經遇到那個助手了！」

「啊？」小耗一愣，「所以我們的動作得快！」

「沒錯，這次沒了陣法搗蛋，我們一定追得到的！」小才也拎起了斧頭，往前衝去。

一定要追到啊，而琴呢？她對上了寶物獵人中最後一個「雙瞳」，一個記憶風鈴竟然主動響起的人物，她的命運與生死，又會如何發展呢？

「記憶風鈴？」雙瞳看著琴，忽然，露出了淺淺微笑。「沒想到，妳不記得我了，但記憶卻還記得？」

「記得妳？」琴訝異。「記憶風鈴記得妳？」

「當然，我與武曲也相識三十餘年了。」雙瞳淡淡的笑，「不然，怎麼會答應小天幫他設下這個陣法？」

「聽不懂，什麼陣法？認識小天？妳也認識小天？」琴聽得是一頭霧水。「這一切到底是怎麼回事？」

「呵呵，和現在的妳解釋實在太複雜了，不，也許就算和當年的武曲解釋，她也不一定聽得懂，她總是喜歡用自己的邏輯去了解事情，唉，不過她的邏輯往往簡單到令人生氣，也常讓人恍然大悟。」雙瞳語氣溫柔，慢慢的說著。

奇妙的是，從她的語氣，琴卻明顯的感受到一股情緒。

那就是懷念。

眼前這個雙瞳非常懷念武曲，非常懷念與自己相識三十餘年的武曲，這份懷念，坦白說，琴尚未在小傑與小才身上感受到，反而是莫言，給琴非常類似的感受。

「嗯。」琴看著雙瞳，「所以呢？」

「請往前吧，」雙瞳往旁退了一步，「前面就是風崖區，小天和另外一個人，正在等妳……」

「等我？」

「那個人將會解開我與小天，甚至是妳，心中最大的一個問題。」

「哪一個問題？」琴訝異。

「妳真的想聽？」

「嗯。」

「那就是……」雙瞳語氣溫和，「妳，究竟是不是武曲？」

我，究竟是不是武曲？

「啊？」這問題，的確從琴進入陰界以來，就多次在琴的心中盤桓，她究竟是不是武曲？

是不是當年三大黑幫中十字幫的大姊頭，武曲，究竟是不是讓莫言這樣的強者一邊碎碎唸，又忍不住依戀的武曲。

「去吧，」雙瞳對琴擺出了一個請的姿勢。「答案，正在前面等妳。」

「嗯。」琴吸了一口氣，就要往前踏出時，卻忽然像是想到什麼似的，停下腳步。「我問妳，妳剛剛說的陣法……」

「嗯？陣法？」

「是不是和小傑小耗他們追不上我有關？」琴歪著頭，這秒鐘，她的眼中有著看透秘密的明亮。

「啊？」雙瞳眼睛睜大，「妳猜到了？」

「沒有完全猜到，我只是一直覺得很奇怪，小傑他們道行這麼高，怎麼會一直跑在我後面？果然有問題，不過我想不透的是，如果妳不是敵人，為什麼要阻擋他們？」琴一笑，「但我想，我直接問妳，妳也不會說吧？」

「是。」雙瞳一笑，「妳啊，真的有點像哩。」

「像？」

「像那個明明任性得要命，又偶爾聰明得讓人不知所措的……武曲啊！」雙瞳微笑，「快去吧，妳的同伴們已經破了陣法，很快就會到了。」

「嗯。」

「而妳要知道答案，就只能自己去了。」雙瞳微笑。「他們不能跟來。」

「好。」

琴吸了一口氣，往前奔去，的確，她想知道答案。

她究竟是不是武曲？雖然每個人都說她像武曲，但她卻明顯感覺到某種說不上來的不對勁，就像是她明明得到了記憶風鈴，卻不被記憶風鈴完全認同，又或她拿到了雷弦，但卻無法完全控制它。

所以她也想知道那個答案。

她，是不是武曲？

而答案，就在前方而已。

走進了風崖區，琴小心翼翼的踏上了那宛如孤島的風柱，忽然，她看見了那個人。

天使星，小天。

他高挑帥氣的身影，對琴伸出了邀請之手。

「走吧。」

「嗯。」

「我帶妳見一個人。」小天微笑，「他是這個移動風堡的兩大守護者之一，長生星。」

「他能告訴我，我是不是武曲？」

「對。」

「為什麼？」

「因為那就是他的技，」小天語氣溫和。「他可以看出每個人的星格。」

「啊？」

「如果妳是武曲，無論妳轉了幾次世。」小天定定的看著琴，眼神溫柔。「他都會知道。」

「嗯。」琴伸出了手，讓小天拉住。

忽然，琴回想起了當時第一次遇到小天，小天帶他去找琴還在陽世的爸爸，還逼琴親手打掉爸爸身上的悲愴毛蟲，讓琴的爸爸得到了解脫。

要取得第一個傳說食材的時候，更是小天暗中幫忙，讓琴通過天梁星的層層考驗。

琴很喜歡小天，很信賴小天。

也因為如此，琴忍不住問了一個問題。

「如果，我是說如果，我不是武曲呢？」

「哈。」

「幹嘛笑？」琴跺腳，「我是不是武曲，重要嗎？」

「妳是不是武曲，對很多人來說非常重要，但對一些人來說，卻一點都不重要。」小天充滿了歲月歷練的眼睛，注視著琴。

「那對你而言呢？」

「……」小天笑了笑，卻不回答。

「也很重要？」琴說到這，微微沮喪了，她不喜歡這個答案，這一路上，所有人保護她，奉她為大姊，都是因為她是武曲，可是……如果她不是武曲呢？這些人還會在她的身邊嗎？

「這問題，」小天拉著琴，開始在這片驚險的風崖區奔跑起來，而奇怪的是，一路上雖然遇到了不少看起來很可怕的陰獸，有的長得像椰子樹，有的看起來宛如霧狀一大團，但牠們都退讓到一旁，沒有人攻擊琴與小天。

「這問題怎樣？」

「這問題的答案，等那個人判定之後……」小天看著前方，「我再和妳說。」

「嗯。」琴輕輕嗯了一聲，果然，所有人都因為她是武曲而靠近她，小天一定是這樣，莫言一定也是，小耗大概也是，小傑和小才更肯定是。

唉，我到底希望自己是不是武曲呢？

然後，就在小天飛奔與琴想著自己奇異心事的同時，風崖區前方的某根石柱上，出現了一個人影。

這人影正盤腿而坐，正專注的看著他眼前的石桌，石桌上擺著一個棋盤，棋盤上是尚未完成的棋局。

「我說天使星啊，難怪你這盤棋下到一半就急急忙忙的跑走，」那個人全身白衣，有著好長的白鬍子，頭髮也都是白的，柔軟的披在肩膀上。「原來是你說的人來了。」

「是啊，我的陣法剛被破，所以我急著先接她過來。」小天拉著琴，最後一躍，躍過了數十根巨大風柱，直接落在長生星的面前。「還有，別忘了我們的賭注啊，長生星。」

「當然記得啊，哼，老夫連輸你三盤。」長生星眼睛看著棋盤，搖頭。「第一盤的賭的是不讓陰獸攻擊你，我兌現了，第二盤是幫你看這人的星格，你把人帶來了，我也沒什麼話好說了，第三盤的賭注……」

「第三盤的賭注先別提了，」小天笑著打斷了長生星的話，帶著琴，躍到了長生星的面前，「請你先履行第二盤的諾言吧。」

「喔。」長生星聞聲，抬起頭，眯著眼，看著琴。

「請告訴我，這個女孩，是什麼星格吧？」小天表情依然淡定，但握住琴的手，卻不自覺的用力了。

請告訴我，這個女孩，是什麼星格吧？

「她啊……」長生星瞇著眼，瞧了好久好久，那靜默的時間中，彷彿探索，彷彿訝異，彷彿沉思，彷彿一切都沒有的空想。「她，原來是……」

她，原來是……

第八章・破軍

颱風，終於登陸了。

這次，風雨真的大，連趁颱風假去看電影，逛百貨公司的人都少了。

蓉蓉看著電視，雖然吃完了泡麵加菜加蛋，但仍忍不住拿出了甜點，用小湯匙一匙一匙慢慢的吃著。

會吃甜點，絕對不是因為蓉蓉餓了，而是這是颱風天的福利。

一點點放縱，一點點放鬆，這就是颱風夜。

一片不用腦子的DVD，然後不停歇的吃吃喝喝，這是屬於城市人，屬於過開心的年輕人的颱風天。

「小靜。」蓉蓉笑，「好好笑喔，妳看這片，怎麼那麼好笑……咦？小靜，妳在幹嘛？幹嘛穿外套？」

小靜穿上了那件可以防風的外套，正站在門邊。

「蓉，我要出去。」

「欸？」

「我要出去。」小靜語氣堅定。

「妳瘋了嗎，外面是史上最大的風雨，妳一個女孩子，幹嘛這時候跑出去？」

「我要出去。」小靜語氣堅定。

「為什麼?」

「因為我有感覺,」小靜表情帶著歉意。「我必須出去。」

「瘋了。」

「對不起。」

「算了。」蓉蓉也起身,然後拿起了掛在門後的外套。

「啊?蓉,妳要幹嘛?」

「誰叫我自願照顧一個笨蛋呢?」蓉蓉也穿上了外套,「走吧,我們去散步吧。」

「蓉……」

「說好,就走一圈,嗯,就走到巷口喔,然後如果回來,我要先洗澡。」蓉蓉伸出了小指頭,「打勾勾。」

「好,打勾勾。」小靜好感動,她用力鞠躬,然後就在她推門出去之際,她感到腳底一陣毛茸茸的觸感,一低頭,卻是小虎。「你也要去?」

「喵。」

「好吧,一個瘋子、一個笨蛋,還有一隻奇怪的貓。」蓉蓉一邊碎碎唸,一邊把外套穿好,「我們也算是一個奇妙的組合,這樣的組合,可能連史上最大的颱風都會怕吧?」

「呵呵。」

「走吧。」蓉蓉無奈的說。

「嗯。」小靜用力點頭。

小靜知道她要出去，因為她有一種堅定的預感，這風雨的夜晚，會有大事發生，而那件大事，也許和自己無關，但肯定和……她最在意的兩個人有關！

颱風登陸，強硬的陸地硬撼了剛冷的風，只是氣體的風開始潰散，原本結構緊密，宛如城堡的颱風，開始由外往內，轟隆隆的崩塌。

而所有寶物獵人中，最慢進入颱風的一群人，阿歲等人，則剛好遇到了這大片的颱風崩塌。

他們唯一可以做的，就是跑，拚命的跑！

「跑啊！」阿歲一邊跑著，一邊看到四周的風穴不斷湧出各種驚恐的陰獸，和他們一起跑著。

只是有些陰獸速度太慢，被崩塌的颱風追上，轟隆一聲，就從數百公里的高空墜落，墜落到這島嶼的某個鄉鎮，某個城市，某個角落，再也看不見了。

「掉下去會怎樣？」一旁的小曦不忍的看了看那墜下的陰獸，低聲說。

「有些會活，有些會死，大概就看會不會飛，以及耐不耐摔……」阿歲嘆了口氣。「如果是我們掉下去……」

「會怎樣？」

「重力加速度加上颱風的風速，我想就算我們會飛，大概也會摔死。」阿歲邊跑，邊苦笑。

「那怎麼辦？」小曦問。

「這時候，就要再次啟動我的技！」阿歲手一揮，嗡的一聲，數百隻蚊子從他掌心出現，環繞阿歲、小曦，以及忍耐人的周圍。「用飛的，比較快啦！」

話才說完，小曦等人只覺得身體一輕，懸空而起，在一大群蚊子的拉抬之下，他們真的飛了起來。

而且速度比剛快了至少三倍，一下子就將背後崩塌的颱風，給甩得遠遠的。

「怎樣？我的技很棒吧！」阿歲得意的笑著。「告訴妳，我的技就只有一個缺點，就是怕水，不然論攻擊，論功能，論偵察，論體貼美滿，都是最棒的，是吧？」

「是是是。」小曦忍不住翻了翻白眼，男人怎麼那麼愛面子啊。

只不過掉到海裡丟了點面子，就拚命要討回來？

「而且我的技還有……」就在阿歲要繼續炫耀自己的技有多麼完美之際，忽然，停住。

「怎麼？」

「糟！」阿歲大吼，「有人攔截我的技！糟！是敵人！」

說完，有的蚊子同時墜落，阿歲等人跟著摔了滿地，一抬頭，他們看見了兩個身影。

而背後颱風崩塌的聲音，也同時如憤怒的群鬼，從遠處轟隆隆的傳來！

「你們是……」

「我們隸屬政府警察部門，我是東，她是西。」那人影冷笑，「我現在要做的事，就是送你們一程，送你們去下面遼闊的大地！」

而另一頭，風崖區。

橫財剛剛擊敗了空亡和他的百大陰獸「紙飛機」，拖著斷了兩隻手和一隻腳的柏，正在一條又一條的石柱上跳躍。

隨著周圍風的強度越來越強，密度越來越高，柏知道，他們已經逼近了整個風的核心，風眼區了。

而自從紙飛機出現後，已經沒有其他陰獸出現了，也許是所有的陰獸都明白了一件事，就算牠們聯手，也不會是眼前這個胖壯男子的對手。

橫財，甲級陀螺星，政府通緝危險等級六，果然名不虛傳。

但柏可是還沒放棄希望，就算沒了雙眼，少了雙手與一隻腳，只要他還能操縱風，只要他還有風感能力，他就沒有放棄求生的意志。

更何況，柏可以感覺到，一直以來都擁有飽滿道行的橫財，在經歷這麼多場血戰之後，似乎也微微露出了疲態。

尤其是剛才被紙飛機與數十種A級陰獸連番攻擊，的確消耗了橫財一些體力。他累了。

就算依然強如鬼，但，橫財的確累了。

「就在前面了。」橫財停步，冷笑。「這裡的風密度已經高到不對勁，再往前，一定就是風眼區了，好啦，看不到東西的臭小子。」

「幹嘛？」

「你有什麼遺言嗎？」

「你要殺我了？」

「差不多啦。」橫財摩擦著雙手，「你真是太廢了，給你這麼多機會，還是殺不死我。」

「哼。」柏冷哼，舉起了手上的紅絲帶，「你現在殺我，能保證一定在風眼區拿到寶物？」

「是還不行，但是我要提醒你，這段路，是你人生最後一段旅程了。」橫財咯咯笑了兩聲，然後腳步邁開，忽然，橫財的腳停住。

「幹嘛停？因為後面有人嗎？」柏吸了一口氣，風感能力告訴他，他們背後，來了新的對手。

而且這對手，不是陰獸，是三個人，其中一個的風異常詭異，讓柏完全捉摸不定，更莫名的產生一種恐懼的感覺。

「你眼睛瞎了，猜東西的能力倒是變強了嚕。」橫財回過身子，看著眼前的三個人。

這三個人，居中的，是肩膀上盤據著一隻褐色鰻魚的男人。

左右各一個男子，胸口上寫了一個南字，和一個北字。

「飢餓鰻魚？不對勁的黑白眼睛？」橫財眼睛瞇起，睥睨著眼前的男人。「你是巡警二星，截路？」

只見飢餓鰻魚彎曲環繞到截路的耳邊，嘴巴動了動，似乎說了什麼。

「鬼盜橫財？」截路聽完，面露獰笑，「陀螺星，危險等級六，你看起來受過不少傷啊，咯咯，剛剛和百大陰獸對決的，就是你吧？」

「哼，就算傷到只剩下一根指頭，要殺你這個只有丙級星的肉腳，還是綽綽有餘的。」橫財雙手在胸口交叉，護體術盜賊斗篷隱隱發出藍色光芒。

「是嗎？」截路冷笑兩聲。「怎麼你還帶一個廢物？我記得以前的橫財，心狠手辣，殺人不眨眼，帶一個廢物，平白消耗自己的道行，還是現在你改行吃素？要殺吃素的橫財，我可能連一根指頭都用不到啊。」

「囉唆。」橫財眉毛倒豎，大手一張，強大的道行凝聚在手，就這樣化成驚人的壓力，朝著截路三人直接壓了下去。

這一壓，南北兩人同時退了兩步，連截路都微微晃了一下。

這一掌壓，的確宣告了一件事，橫財很強，就算受了不少創傷，他還是擁有甲級星的實力。

見到橫財這樣的氣勢，飢餓鰻魚再次蜿蜒自己的身體，然後在截路耳邊又低喃了幾句。

只見截路表情先是微微驚愕，隨即就笑了。

「原來如此啊。」截路那黑白互換的眼珠，露出邪氣十足的殺意。「如果是這樣，那就好辦了。」

「哼。」橫財拖著柏，大步往前，他想要速戰速決，因為他知道截路雖然是丙等星，但若是讓他與飢餓鰻魚聯手，其危險性可是一點都不低。

只是在橫財發動攻擊之前，截路已經露出詭異的笑，然後下達了作戰命令。

一個讓橫財與柏，都詫異的戰術。

「南，北，你們先上。」截路手一揮，「但不是要攻擊橫財，而是攻擊……那個手腳折斷的小子！」

「啊？」南北兩人先是一愣，但隨即知道截路的命令不可違抗，一個縱躍，在石柱間跳躍，然後撲向了柏。

「開什麼玩笑？」橫財怒笑，盜賊斗篷的道行猛然往外震開，像是一道透明但暴力的牆壁，以他身體為中心，撞向了南北兩人。

這堵牆，頓時震開了南與北兩人。

而就在這震開的瞬間，柏的表情卻突然改變，以又急又快的語氣說道：「不對！橫財，我的風感能力告訴我，這三個人之中，有一個很危險。」

「廢話嚕。」橫財皺眉，因為他震開南北的同時，眼前一個巨大的蛇形陰影籠罩，不用說，當然是三人中的司令，百大陰獸的飢餓鰻魚。「我當然知道這隻鰻魚和那個黑白眼珠的傢伙，很難對付！」

「不，橫財，我不是指……」柏想要繼續說，可是，戰鬥已經展開，已經讓橫財無暇聽柏說話了。

飢餓鰻魚加上截路，南北雙人夾擊柏，這一次，橫財真的有些亂了手腳。

他必須拿出真本事了。

必須，真正拿出橫財威震陰界黑幫的真本事了。

東與西，兩大高手，受命於截路，等在這裡，阻止阿歲等人繼續前進。

而阿歲的背後，則是不斷逼近的颱風崩塌，還有不斷被崩塌追上而摔落的陰獸嚎叫。

「只有五分鐘。」忍耐人回過頭，他冷靜的提出分析，「距離崩塌來到這裡，只剩下五分鐘。」

「換句話說，我們要在五分鐘內打敗這兩個傢伙？」阿歲吞了一下口水。「他們可是警察的人馬，沒有那麼好對付哩。」

「就算只有五分鐘。」忍耐人握拳，「不試怎麼知道？」

就在此時，東率先發動了攻擊。

只見他低吼一聲，手上出現一團亮黃色的金屬，金屬在他的拳頭外圍快速凝固，化成一個龐大重鎚，朝忍耐人直砸了下來。

「金屬?」忍耐人訝異,同時間,全身上下的鐵汁也開始匯集,匯集到了他的右拳。

雙方砰的一聲,金屬對上金屬,擦出燦爛火花之後,同時退了。

其中東退了一步,而忍耐人的道行明顯低了一截,則退了三步。

而且當忍耐人終於止住了腳步,卻見到他拳頭上的鐵,竟然出現了裂痕,裂痕下,是自己手指被震裂的血跡。

對方的金屬是什麼?竟然能將自己的鐵給撞出裂痕?

「沒想到,在這個颱風裡面,會遇到和自己相同金屬系的技啊。」東露出冷笑,他右拳上的金屬閃爍著冷硬黃光。「我的技,是銅。」

「銅?」忍耐人看著自己手上的鐵,鐵與銅,這兩大人類慣用的金屬,竟然會化成了技,以這種形式對決?

「你的技,是鐵吧?」東笑,「而且是不成熟的鐵,那……就讓我在這裡把你埋葬吧!」

說完,東用力躍起,手上的銅再次盤桓凝聚,重鎚重現,朝著忍耐人猛砸了下去!

轟隆一聲巨響,伴隨著地板的猛烈震動,地板被砸破一個蜘蛛網狀的凹痕,而忍耐人則在千鈞一髮之際,逃了開來。

但這個東一個翻身,動作好靈巧,手上的巨鎚轉直劈為橫掃,掃向了忍耐人。

忍耐人沒想到對方竟然如此輕鬆操縱這重物,已經無處可避,倉促之間,手上的鐵珠再次匯聚。

一個盾在他的手臂處成形,正好迎向了東的銅鎚。

轟。

忍耐人的鐵盾竟然整個碎裂，連帶的，忍耐人飛過了半邊風穴，撞上了風穴的牆壁，口裡隨即噴出鮮血。

「你的鐵太脆了，根本沒有我銅的韌性，」東冷笑，「這場銅與鐵的戰爭，肯定是我獲勝啦！」

忍耐人看著自己的手臂，是的，在金屬的世界裡面，鐵的確是剛性有餘但韌性不足，如果要和銅硬撼，勝算真的不高，如果真是如此……那他該怎麼辦？

忍耐人還在思考之際，東將銅鎚舉到頭頂，然後開始旋轉了起來，越轉越快，越快，強大的韌性加上瘋狂的旋勁，等會東的這一招，肯定會很危險！

「你的鐵擋不住我的銅，這是金屬的基本特性，你，就乖乖的……」東說完，整個人躍起，手上的大銅鎚也舉到了最高，「變成一堆鐵渣吧！」

忍耐人抬起頭，在他眼中，看著舉著銅鎚的東，越來越近，手上的銅鎚也越來越大……

忍耐人咬牙，是的，在金屬的世界裡面，銅的韌性高於鐵，但別忘了，在人類文明的對決中，鐵可是最後獲勝者，為什麼？鐵的特性是什麼？什麼特性是強韌的銅無法抗衡的？

另一頭，見到忍耐人陷入了苦戰，阿歲等人正要前去救援，忽然，他們聞到了一陣甜香。

然後眼前突然出現了一大片綺麗而繽紛的彩色，彩色紛呈，其色彩之美，香氣之濃烈，讓阿歲與小曦同時呆了。

「好美……這是蝴蝶？」小曦張大嘴巴。

是的，眼前出現了一大群蝴蝶，燕尾蝶、鳳蝶，各種美麗的蝴蝶翩翩飛舞，將這個冷硬陰森的風穴，襯托得溫暖而舒適。

「是，這是我的技。」眼前這個名為西的女子，露出嬌媚誘人的微笑。「我的技，就是蝴蝶。」

只見一隻蝴蝶，翩翩飛到了女子的指尖，然後微顫翅膀，停住。

「蝴蝶？」阿歲低下頭，看見自己的掌心，也是一隻昆蟲，只是模樣差了些，髒黑黑的，那是蚊子。

而且，就在阿歲低頭看著自己的蚊子，感嘆自己的技怎麼比別人醜時……忽然，他感到一陣暈眩。

「啊，」阿歲抬頭，「蝶粉……有毒？」

「你們只猜對一半，蝴蝶翅膀上的鱗粉沒有毒，只是有些許讓人暈眩的螢光粉，透過氣味和鱗粉的光芒，讓你們意識模糊。」西咯咯的笑著。「你們就乖乖的暈倒，等待颱風將你們吞噬吧！」

阿歲的眼中，看到小曦已經閉上了眼，慢慢的軟到在地，而他呢？只覺得眼前這個名為西的女子，像是變了兩個、三個、四個……然後，變成了無限多個。

此刻的阿歲只能拚命阻擋狂風暴雨般的睡意，因為只要他一睡，他們在五分鐘後，就會被崩塌的颱風捲入，然後從千萬英里的高空墜落，化成一堆爛泥。

颱風的另一頭，風崖區。

南與北，對柏展開了攻勢，率先使出技的，是北。

他的技名字叫做「失業的水泥匠」，換句話說，他能自在操縱水泥這種物質，只見一大團水泥從他的身體周圍浮現，然後他讓水泥凝固，化成一枚又一枚的石頭，朝著柏砸了過去。

失去了雙手和一隻腳的柏，幾乎無法躲過這樣的攻擊，除非，橫財出手。

橫財在百忙之中抽出了手，硬是將柏拉出了水泥雨中，但卻在下一秒，被飢餓鰻魚咬中，肩膀出現了幾絲咬痕。

「橫財，許久不見啦，我以為三大黑幫瓦解之後，我不會再遇到你了呢。」截路冷冷的笑著，「沒想到，這些年來，你也沒死？」

「哼，」橫財與截路，顯然是舊識。「當年那幾場大戰，都沒要了我們的命，這幾十年來搶搶東西，殺殺警察的日子，我還覺得太無聊了呢。」

「咯咯，可惜，你清閒的日子就要結束了。」截路臉色猙獰，而他肩膀上的飢餓鰻魚，也開始扭動膨脹。「馬上就要死了。」

「是誰死，可是說不準的嚕。」橫財表情同樣猙獰，「是吧，戰場上的老敵人。」

「是嗎？你有辦法一邊照顧這殘廢的小子，一邊和我打嗎？」截路大笑，手一拍肩膀，飢餓鰻魚猛然竄出，朝著橫財方向，夾著凜冽氣勢，直竄而來。

「不試試看，怎麼知道？」而橫財手一揮，全身道行籠罩，也跟著朝截路衝了出去。

面對截路，橫財，這個擁有甲級星的星格，縱橫陰界數十年的鬼盜，也不禁收起了狂妄之心，擺出了真正戰鬥的架式。

原因不少，其一，當然是現在的橫財帶著柏一路闖到了風崖區，其傷害已經累積到了一定程度。

其二，是北猛攻柏，的確讓橫財有些左支右絀。

其三，卻也是最重要的一個原因，因為橫財的對手，是他。

是截路。

一個雖然只有擁有丙等星，身上卻掛著一隻百大陰獸的，巡警二星，截路。

在數十年前的政府與黑幫大戰中，截路的陰險、殘忍，還有強大，都讓黑幫這邊十分顧忌。

橫財只是沒有想到，過了這麼多年，他會再碰到截路，會再碰到這個比陰界還要陰界的男人。

「截路，你會親自出動，難道是因為他嚕……」橫財手一比，比的竟然是柏。

「咯咯，橫財，以你這個自私自利的個性，竟然會一路帶著他獨闖這裡，」截路冷笑。「不也是相同的原因？」

「所以，你和我猜的一樣？」

「我向來不用猜，」截路伸手摸了摸肩膀上的鰻魚。「『有人』會告訴我答案，咯咯。」

「也是，」橫財目露凶光，「所以某種程度來說，我們的動機相同？」

「正是。」

「那很好，動機相同，但目的卻剛好相反，所以……」

「不分出生死，」截路笑著，「就結束不了這場戰鬥啦！」

說完，那隻原本往前衝去的飢餓鰻魚，正好撞上橫財，但橫財一身專闖皇宮大殿，專闖險地魔域的盜賊斗篷，毫不客氣的把飢餓鰻魚的利齒，全部撞了回去。

「沒用的。」橫財冷笑，「要硬破我的盜賊斗篷，找你們家天魁星或是天刑星出來吧！」

「是嗎？」截路嘶吼，「飢餓鰻魚，給我，回來！」

只見飢餓鰻魚一個迴旋，就要繞回截路身邊，但橫財卻在此刻張開兩隻大手，他竟然想要抓飢餓鰻魚。

「都來了，還回去，未免太客氣嚕！」橫財獰笑，速度好快，後發先至，竟然真的給他抓住了飢餓鰻魚。

鰻魚發出尖銳的怒吼，但橫財的這雙手不知道破除過多少道門，更曾徒手抓破真空斬，其五指力量之強，早有明證。

被他一抓，飢餓鰻魚竟然逃不回去。

飢餓鰻魚身體不斷分泌滑溜黏液，像要從橫財手中滑走，但見橫財左手接著右手，飢餓鰻魚不斷往前溜，但橫財卻不斷把牠扯回來。

「厲害。」截路見到飢餓鰻魚被抓，黑白相反的眼珠，卻沒有半絲慌張。「打蛇打七寸，先對付飢餓鰻魚，能和這樣的對手過招，過癮！」

「這隻老鰻魚，我交給那個天廚星，肯定能煮出不同凡響的味道吧。」橫財咯咯的笑著。

「但你搞錯了一件事。」截路一笑，忽然右手抬高，然後朝著左手用力斬了下去。

啪的一聲，截路的左手齊腕，竟然被自己直接砍斷。

左腕斷，血珠騰飛，截路額頭浮現幾條疼痛的青筋，右手順手撈住了自己的左腕，然後大吼。「接好啊！鰻魚！」

說完，截路右手一甩，左手的手腕就這樣如同子彈般，朝著飢餓鰻魚射來。

「糟！」橫財見狀，想要伸手阻止，但無奈雙手都用來對付奮力掙扎的鰻魚，所以慢了一步，飢餓鰻魚猛然往前一竄，滿嘴利齒就這樣刁住了截路的左手手腕。

「吃飽點才有力氣啊！」截路咬著牙忍著痛。

說完，橫財發現自己的雙手五指，竟然有點痛。

是的，是痛。

因為掌心那飢餓鰻魚，開始脹大，轉眼間，就脹大了五倍有餘，而橫財的手呢？原本用盡力才能止滑的皮膚，如今竟然化成濃稠強烈的黏液，一口氣黏住了橫財的雙手。

接著，飢餓鰻魚停止掙扎，只是慢慢的回頭，那宛如蚯蚓般的嘴，竟然，慢慢劃出一個弧度，那是笑。

牠在笑？詭異而恐怖的，對著橫財露出，死亡的笑容。

橫財雙手被黏住，飢餓鰻魚又不斷脹大，接下來的狀況可想而知，那就是橫財雙手被撐破，硬生生廢了他最引以為傲的十根指頭。

「過癮。」橫財竟然也笑，笑容和剛剛截路一樣，不要命的笑著。「開門！給我開門啊！」

只見橫財的雙手泛起飽滿道行的白光，白光閃爍，圍繞著橫財雙手，而飢餓鰻魚隨之扭動，白光之中，橫財竟然就這樣脫開了飢餓鰻魚的皮膚。

只是，橫財掌心多了凌亂的傷口，而飢餓鰻魚的表面，也多了被橫財硬勒出來的幾道傷痕。

「你把門，開在自己掌心和飢餓鰻魚的皮膚之間？」飢餓鰻魚游回到了截路的肩膀上，截路冷笑。「這可是零點零幾公分的間距啊，對技的控制要極為精準，你的道行，比當年又進步不少啊。」

「哼，」橫財冷笑，的確，剛剛的確是險招，在飢餓鰻魚與橫財手指間那薄到不行的距離裡，將門精準的切入，讓雙手能掙脫飢餓鰻魚的肌膚，的確不容易，但橫財卻發現，此刻的他施展起來卻是得心應手，難道……這和柏有關？

橫財記得，曾有某個人和他說過，所謂的十四主星，自身道行潛力驚人是其次，最重要的是，主星的存在，能不斷刺激周圍其他星星的進化。

主星宿命原本就是爭霸天下，而爭霸天下除了自己之外，真正需要的，其實是能為自己征戰天下的猛將，所以主星擁有這個奇異的特性，能使周圍的人自然進化，而橫財訝異的是，自己也開始進化了嗎？

所以，這個躺在地上如爛泥的柏，當真就是……他？

「第一輪，不分勝敗。」截路用僅存的右手，摸著飢餓鰻魚。「那我們開始……第二輪吧！」

「哼。」橫財再次擺出姿態，身體的盜賊斗篷，也如一團氣旋般，環繞著他的身體。

「飢餓鰻魚，我要許願，我要擁有打破橫財盜賊斗篷的力量。」截路慢慢說著，「鰻魚啊，你想吃什麼，就……自己拿去吃吧！」

「咯咯咯咯，我應承你的願望，我只要你的……」飢餓鰻魚發出貪婪的怪聲，然後一個竄動，竟然就這樣咬住了截路的右腳，開始一路往上啃……

見到飢餓鰻魚開始啃食截路，橫財不禁皺眉。

這人的戰鬥方式，怎麼過了這麼多年，還是令人作嘔啊。

「我不用許願嚕，」橫財雙手打開，兩團懷著怒氣的道行，在掌心團團凝聚。「我直接讓你，肝腦塗地！」

說完，橫財一躍，破壞力十足的雙手，就這樣朝著截路的腦門抓來。

飢餓鰻魚拚命吃著，而横財的手，轉眼間，已經按住了截路的腦門。

「吃飽了。」飢餓鰻魚，足足吃掉了截路的整隻右腳，再加上半隻左腳，終於打住，然後又是那個詭異的笑容。

「嗯？」横財皺眉。

因為他再次感受到了痛。

那個痛，又同樣來自他的掌心，那按住截路腦門的掌心。

横財慢慢將掌心翻轉，掌心中，不知道何時，竟然爬滿了密密麻麻的小鰻魚。

這些小鰻魚不斷啃著横財手掌，横財感受到痛，還有一種比痛還有令他驚恐的感覺。

盜賊斗篷！

這些小鰻魚，正在吃著他的盜賊斗篷！

「混蛋嚕！」横財雙手猛然一拍，啪搭一聲，掌心噴出一大團鮮血，那是數十隻小鰻魚被拍碎的屍塊。

可是，横財才拍完掌心，他頭一低，赫然發現他的腳底，也爬滿了小鰻魚，小鰻魚不斷發出咯咯的聲音，不斷啃著，讓横財的盜賊斗篷被啃得越來越薄，越來越薄……

「怎麼樣？縱横沙場多年的盜賊斗篷沒用了嗎？」截路笑著，尖銳的笑著，說完，截路手往腰際一拉，一柄警用長劍出鞘，登時在横財胸口劃出一條血痕。

傷口？這表示横財的盜賊斗篷已經被這些小鰻魚吃光，現在的他，宛如新生兒般赤裸。

「赤裸嚕？」横財獰笑，「那順便讓你看一下，老子赤裸裸的厲害！」

說完，橫財再次張開雙手，這次速度比以前更快，更猛，竟然直接抓住截路的腹部，然後猛然往後一拉。

「開門！」

截路的肚子瞬間出現一道門，而一根腸子，竟然就這樣被橫財從門內給扯了出來。

「我的腸！」截路還來不及嘶吼，腸子崩的一聲被扯斷，伴隨著截路的慘叫。

「你的全身上下都快被飢餓鰻魚吃光了，哪還差一根腸子？」橫財把滿手的血，往身上一抹，雖是骯髒粗俗，卻充滿了讓人狂傲的霸氣。

「可惡！可惡！」截路咬著牙，「飢餓鰻魚，聽我的，我要橫財的命！」

「我不能直接拿命，你知道的。」飢餓鰻魚搖頭。

「那我要橫財的……心臟！」

「這倒是沒問題！」飢餓鰻魚笑了，「不過代價很高喔。」

「多高？」

「全部。」

「我的全部？」

「沒錯，」飢餓鰻魚咯咯的笑著，「不過我會留下你的雙眼，放心，被我吃光，就算剩下雙眼，你也會復活，不過痛了點！尤其是……吃到腦的時候！」

截路看著橫財，又看著自己的腸子，他知道，此刻的橫財，的確比他技高一籌，要拿下敵人首級，原本就要下重本！

「好！」

「好？」

「我把一切都給你！」截路語氣中，帶著決斷的怒氣，「我要橫財的心臟，還有腦。」

「這，」飢餓鰻魚狂笑，「有什麼問題啊！」

說完，飢餓鰻魚全身扭動，嘴巴大張，開始瘋狂的猛吃截路的身軀，而橫財呢？他聽到了截路的願望，他一抹雙手的血，朝截路奔了過去。

他該怎麼辦？

飢餓鰻魚可是能實現所有恐怖願望的百大陰獸，一旦截路真的付出了代價，強如橫財，恐怕也得乖乖交出心臟和腦漿。

所以，他該怎麼辦？

橫財巨大的身軀狂奔著，然後雙手再次浮現道行，手心的門，隱隱現身。

「那就看誰的道行高嚕！」橫財獰笑著，「你想用身體換老子的心與腦，就看你有沒有本事！」

另一頭，當橫財與截路進行以生命為賭注，以軀體為籌碼的對決時，柏也進入了險境。

「失業的水泥匠，失業的水泥匠，失業的水泥匠！」北的雙手不斷交替，扔出固化的水泥球，而柏只剩下一隻腳，幾乎無法可躲。

但，就算躲得狼狽，這些一坨又一坨的水泥球，奇怪，就是沒打到柏。

不只是因為柏的風感能力，而是柏技的另一個功能，在這萬分危急的情況中，竟被激發出來了。

飛行。

柏將所有的力量集中到那尚未被折斷的最後一隻腳上，然後讓腳底產生了風，柏竟然開始乘風而行。

一開始也許跌跌撞撞，但也許是因為只要一個疏忽，馬上就會被水泥當場砸斃，強烈激發了柏的潛力，到後來，柏宛如是一個踩著單輪的少年，驚險的避開了每次攻擊。

北越見越怒，手上的水泥不斷扔出，反觀南，反而露出詭異的一個沉思表情。「這不是風屬性的技，風火輪嗎？當年的『他』可以靠風火輪日行百里，是一代經典的技啊！」

日行百里對此刻的柏來說，也許真是天方夜譚，但若要保命，卻已經足夠。

「可惡！」北怒極，停止了丟水泥球，反而大吼一聲，雙手上下成虎爪，「對你這個名不見經傳的小子，原本不想打這招的！可惡，我的最強絕招，暴走的……水泥車！」

「啊？」柏微微回頭，這一剎那，他發現他看不到水泥球了，因為所有的水泥，已經不再是一團一團的飛來，而像是瀑布般，整條水柱灌湧而來。「這是什麼？」

「一整車的水泥拿來灌你！看你，怎麼躲啊！」北嘶吼，額頭上青筋滿佈，滿身大汗，顯然這招頗耗真元。

柏再次運行自己僅存的左腳，風在他的腳底，兜轉成一個圓形，宛如一架單輪車，當單輪車輪轉動，柏以更靈活、更高速的方式，面對這個宛如瀑布的水泥柱。

躲掉了。

柏左滑右閃，竟然從這一蓬的水泥柱下穿過，驚險避開。

「是嗎？」滿身汗的北露出冷笑，「你以為你真的躲掉了嗎？」

「咦？」柏一呆，他發現，他的確閃過主要的水泥柱，但身上卻被濺上點點滴滴的水泥漿，這些水泥漿瞬間就乾化，在身上留下灰白的斑點。

然後，第二柱水泥又來了。

柏再次催動風火輪，驚險閃過，但身上又多了一片片的水泥漿。

第三柱，第四柱……柏發現，他身上水泥漿的面積不斷累積，而且更糟糕的是……

「咯咯，怎麼樣，有感覺嗎？」北冷冷的笑著。「有沒有覺得，身上多了些水泥……變重了啊？」

是的，柏的技，是風，透過自身屬於風的特性，讓自己身體變輕，然後再透過風的流轉，讓自己可以高速移動。

但這些水泥漿，可就不是風可以負載的了！

越來越多的水泥漿，讓柏的速度被迫減慢，但只要一減慢，緊接而來的，就是一場惡夢的開始。

「給我，乖乖的被埋入水泥柱下吧！變成水泥屍塊吧哈哈哈。」北的這一擊，用了更多的道行，更強烈的怒意，只見他雙手十指組成的虎形，噴湧出比剛才更多了一倍的水泥，朝著柏猛撲而來。「吃我的最強一擊，失控的，水泥車！」

水泥車失控，噴出更大的水泥柱，而柏的速度已然減慢……

轟的一聲，柏周圍的世界突然全部失去了色彩，只剩下一大片死寂的灰白色，而且瞬間凝固，將柏，整個埋入了其中。

對北的戰役，柏就這樣，徹底的輸了嗎？

而就在柏與橫財，甚至是阿歲與忍耐人同時陷入苦戰的同時，陽世這邊，兩個女孩，穿著黃色雨衣，不畏風雨的走到了馬路上。

「救命啊，好大的風，我快被吹走了。」其中一個女孩，正是蓉蓉，她放聲尖叫，「我快被吹走了啦！」

「嗯，」一旁身形較蓉蓉更消瘦的，是小靜，她表情卻依然堅毅。「有危險。」

「對啊，真的有危險，颱風天兩個神經病出來散步真的很危險！」

「不是。」小靜搖頭，「我講的不是那個危險，而是我有種……有人很危險的預感。」

「啊？」蓉蓉歪著頭，突然間，她有一種感覺，是不是會唱歌的，都是神經病啊？

「不過，這只是一個小危險，」小靜閉著眼，「他，一定能化險為夷的。」

阿歲的蚊子對上西的蝴蝶，忍耐人的鐵對上東的銅，橫財硬撼截路的飢餓鰻魚，以及，被與北猛攻，此刻已經被北的水泥埋入的柏。

四個人，四場戰役，全部都陷入了苦戰。

是誰？是哪一個人，可以率先逆轉戰局？

那個人……是他！

當然是他。

忽然，那堵凝固的水泥塊中，啪的一聲，裂出了一條縫隙。

「什麼？」北猛然回頭，看著自己剛剛做出來的，一大塊宛如牆壁的水泥。水泥中，埋著剛剛操縱著風火輪，肆意逃竄的男人，柏。

但，如今的水泥牆中，竟然出現了一條縫隙。

而一直沉默陰森的南，露出了笑容。「這才有點像話。」

「什麼？」北皺眉。

「沒事。」南聳肩，「我只是要提醒你，如果是風，向來不會被水泥牆困住喔。」

「什麼風……」北才要回吐南，他又聽到啪的一聲，水泥牆上的裂紋，又多了一條。

北見狀，雙手再次凝聚道行，形成一團又一團的水泥塊，然後開始對著水泥牆不斷的塗抹，把兩條縫隙都給抹上了。

但當北在塗抹之時，又是啪的一聲，又多了一條裂縫，當北擦了擦汗，轉身再次用水泥補牆，只是跟著又裂了一條，又補上，又裂，又補，再裂，又再補……

直到某一刻，北的動作終於停了。

只見他倒吸了一口冷氣，退了一大步，凝視著這片自己用極限之力創造出來的水泥牆。蜘蛛網。

裂紋，已經錯綜複雜，盤根錯節，形成一個巨大的蜘蛛網。

然後蜘蛛網的中心，一塊手掌大的水泥剝落了下來，北看見了那水泥窟窿後面的臉。那是柏的臉。

而且，柏的臉上，掛著一個堅毅的微笑。

微笑的主人說話了，「給我打開這道水泥牆吧！黑，丸！」

之後，就是北這個人在陰界中，最後的記憶了。

在潰散紛飛的水泥石塊中，北被黑丸的旋風捲住，身體被零碎的水泥石塊割得遍體鱗傷，最後，當柏僅存的左腳踢中北的肚子時，同時也給了北致命的最後一擊。

黑丸貫穿了他的身體，五臟六腑，一起隨著黑丸強大的旋勁被絞爛成一團。

最後，北墜入了風崖區的底下，只是北沒有機會掉到地面，因為墜落途中不斷飛來的陰獸，就將垂死的北撕成了碎片，回到了陰界的能量輪迴圈中了。

柏贏了。

但他的表情卻一點都不開心，他只是喘著氣，絲毫不敢卸下自己的武裝狀態，對著……下一個對手。

南。

柏在發抖，沒錯，就算面對截路、飢餓鰻魚，甚至是以前的龍池，都沒讓柏不自覺的發抖。

眼前這個叫做南的人，他的風，為何讓柏感到不安？

如此如此的不安。

但南卻沒有動，只是斜眼看著另一個戰局，那是橫財對截路，雙方的殊死鬥，也到了最白熱化的地步。

然後，南的嘴角慢慢揚起一個詭異的笑。

「欸，那個玩風的小子。」南的語氣變得低沉。「你在發抖？」

「嗯。」

「沒有了眼睛，反而更不容易被表象迷惑。」南轉頭，吐出了長長的舌頭，表情戲謔，

「所以，你不會猜到我是誰了吧？」

所以，你不會猜到我是誰了吧？

另一頭，忍耐人與東的對決，正在風環區上演著。

因為颱風已然登陸，堅硬的土地開始破壞颱風架構，讓身在最外圍的忍耐人等人，時間只剩下短短的五分鐘。

換句話說，五分鐘內，若忍耐人無法逆轉戰局，他就會被崩潰的颱風捲入，墜落，最後化成一堆爛泥。

只是，就算知道情況危急，忍耐人卻仍找不回反擊的契機。

因為，他的對手是和他有著高度同質性的技，同屬於金屬的技，銅！

東的銅，自在幻化成巨大的鎚子，拚命搥打著忍耐人的鐵，忍耐人的鐵質脆，遇到韌性高的銅，往往敲沒幾下，就整個碎裂。

「是該做一個了斷了。」東冷笑，雙手舉高，黃光在他雙手中盤桓出一個巨大的鎚子。鎚子閃爍著銅屬的金黃光芒，光芒映在傷痕累累的忍耐人臉上。

「鐵。」忍耐人閉上了眼，身上所有鐵塊，開始流動，聚集，聚集的過程中竟然冒出點點蒸汽。「為什麼在人類的歷史上，擊敗了銅呢？」

眼前，東的銅鎚已經成形，然後東雙手用力一握鎚子，就要猛力往下！

「銅的保存性明明就優於鐵，但鐵怎麼在人類的歷史上將銅的王朝顛覆的？」忍耐人身上的鐵，已經全部匯聚到了他的掌心，化成一個透著紅光的鐵球，鐵球外，還浮著騰騰的熱氣。

而同時間，忍耐人面前黃光顫動，東的銅鎚已落下，朝著忍耐人的全身砸了下來！

「質脆？鐵？溫度？鑄融？到底，鐵是怎麼擊敗銅的？」忍耐人手上的鐵，開始變化了，變得越來越扁平，越來越扁平……

猛烈黃光中，銅鎚已經到了忍耐人臉孔前，十公分處。

「鐵，」忍耐人看著自己手上的鐵球，「優於銅的原因，難道是……」

難道是……

這一剎那，忍耐人手上的鐵球發生了變化，陡然拉長，變薄，化成了一柄寬口大刀，而且變化尚未停止，隨著大刀表面冒著騰騰熱氣，然後刀鋒弧線越來越利。

當利到了極致，正好迎向了，東的銅鎚。

銅鎚，擦過了鐵刀，雙方擦身而過，接下來，是長達數秒的靜默。

「鐵，竟然可以……」東回頭，表情痛苦，手上的銅鎚，錚的一聲，一條筆直的線開始在銅鎚上爬行。

順著筆直線的爬行，銅鎚也隨之裂成了兩半，而且這條筆直之線，爬完了整個銅鎚，甚至爬上了東的手臂，腹部，胸口……最後是面門五官。

當筆直之線爬完了東的面門，眼看東就要裂成兩半，但他卻用雙手壓住即將裂開的雙頰，對忍耐人嘶吼著。

「為什麼？」東聲音有著垂死的沙啞。「怎麼可能鐵會贏過銅？怎麼可能？」

「漫長的人類戰爭史中，為什麼保存性差的鐵能擊敗銅，仰仗的就是三個字『可塑性』。」忍耐人一揮手上又薄又利的鐵刀。「鐵能鍛造出鋒利的刀刃，加上高溫與降溫交替使用，更可以創造出結構完全不同的武器，這就是鐵器後來馳騁戰場的真正原因！」

「可……可惡……鍛造？原因是鍛造嗎？」說完，東終於撐不住即將裂開的臉龐，手一鬆，啪的一聲，他也步上了自己最愛銅器的後塵，化成了兩塊。

「是，單就金屬特性而言，銅的確不輸給鐵，但差別是在人，一直都是人啊！」忍耐人喘了一口氣，「不過，要把鐵變得如此薄，又要鍛造出不同的構造，真的很耗體力……」

話還沒說完，忍耐人只覺得一陣頭重腳輕，手一鬆，鐵刀落地，竟然就這樣昏了過去。

畢竟，東的銅，可是一個極度難纏的對手，若非忍耐人將鐵的鋒利發揮到了極致，絕對沒有絲毫勝算，但如此的極致換來的代價，就是精疲力竭的昏迷。

只是這昏迷來得相當要命，因為崩裂的颱風已經來了！

而且，忍耐人也沒有注意到的，是他的鐵刃上，似乎混雜了某種奇異的顏色，那顏色閃爍微黃的金屬色澤，竟然與剛才東的銅，有些相像？

忍耐人另一頭的戰役，沒有金屬的冷霸，取而代之的，是迷離美麗的蝴蝶。

成群的蝴蝶並透過撒落鱗粉，佈下令人暈眩的迷劑，這片迷劑中，小曦率先倒地。

然後才是多支撐了三十秒後，才慢慢軟倒的阿歲。

「我的蝴蝶雖然攻擊力不強，但最會眩人心智，」西是女生，她玩弄停在她身上的蝴蝶，露出嬌媚的冷笑。「五分鐘後，這裡就要崩塌了，你們就這樣毫無知覺的，離開這個陰界吧，這算是我對你們最後的溫柔。」

然後，西慢慢的轉身，優雅而輕鬆的，就要離開這裡，直到……

她發現自己的左手手背上，傳來一陣微微的刺痛。

她低頭，瞥見自己左手手背上，一隻小小黑色的昆蟲飛走，然後剛剛刺痛的位置，從一個小紅點，開始發熱，脹大，轉眼就變成了一公分左右的腫包。

腫包不會痛，卻痲痲癢癢，讓她有種想要用指甲摳抓的衝動。

「這是……」西抓了兩下腫包，突然感到意識一陣暈眩，然後回頭，她的眼中看到兩個晃動的人影。

這兩個人影好熟悉，不是剛剛才看過，剛剛才被自己迷昏的那一男一女嗎？

「她好像沒有搞清楚狀況，」第一個人影，是男生。「我蚊子的痲藥程度，是蝴蝶鱗粉的三十倍，被叮上一口，肯定昏迷超過五分鐘，絕對會被捲入崩塌的颱風中的。」

「是啊，不過多虧有你及時用蚊子，將清醒劑叮入了我們的星穴。」另一個人影，是女生。「我們才不用怕鱗粉。」

「其實妳才厲害，我阿歲的蚊子雖然是曠古神技，再加上是我這個罕逢敵手的天才所創造出來的！」男生人影說，「但，如果不是妳快速發現鱗粉的危險，並活用老闆娘的知識，告訴我該使用何種清醒劑，我們也非常危險。」

西感到眼前越來越暈，兩個人影不斷暈開，快要連成了一個，可是，雖然暈，雖然已經快要失去了意識，西畢竟是西，畢竟是跟隨截路作惡多年的警察副手。

「可惡！」西尖叫，雙手陡然張開，所有的蝴蝶瞬間朝著西飛來，全部都停附在她的雙臂之上。

然後她的雙臂，散發著鱗粉的華麗光芒。

「嗯？」男人影與女人影同時轉頭，露出訝異的表情。

「蝴蝶技的絕招，蝴蝶展翅！」西尖叫，然後雙手同時往前一揮，所有的蝴蝶與鱗粉，化成兩道一前一後，一大一小，美麗絕倫，華光眩目的刀氣，朝著兩個人影。

「不錯喔。」在蝴蝶刀氣映照下，第一個男人人影，笑了，他手指前戳，強力道行集中到了指尖，然後朝著那刀氣，按了下去。

「這是我阿歲的一蚊指！」阿歲笑吼，「給我破了這華而不實的蝴蝶展翅吧！」

一蚊指力量集中於特定一點，再加上阿歲畢竟是擁有「歲驛」星格的丙等星，指氣與刀氣，只堅持了不到零點一秒，碎了，刀氣就碎了。

化成美麗的七彩碎片，在阿歲的一蚊指前，化成如蝴蝶美麗的碎片，撒落了一地。

「就說我是罕見的天才，咦？」阿歲忽然低呼，因為他發現，那些碎片，行徑路線竟然有些詭異，因為竟然全都朝著阿歲聚攏過來！

這些碎片，是蝴蝶？

如果這些蝴蝶全部聚到了阿歲身上……那不就等於千刀萬剮？

「啊啊啊啊！」阿歲大吼，「母蚊！給我出來！」

這一剎那，阿歲知道情況危急，他直接喚出了他的技中的最高等級，母蚊！

只聽到嗡的一聲，一隻黑色的機械母蚊瞬間出現在阿歲鴨舌帽的頭頂，而當母蚊一出，代表的就是，成群的公蚊來了！

蝴蝶碎片，對上了成群公蚊，數目與實力都有差距，瞬間公蚊就取得了絕對優勢，將所有的蝴蝶都叮倒在地，落在地上成為一圈黑色屍體。

阿歲不禁擦了一下冷汗，剛剛一蚊指擊潰蝴蝶斬時，他實在太掉以輕心了，差點就被詭異的第二招陷阱給捕獲，就算不死，恐怕也落個重傷！

只是，阿歲內心卻升起一種古怪且不舒服的感覺，就是剛剛的蝴蝶斬……表面上是蝴蝶鱗粉幻化的技，但那獨特的運氣方式與充滿詭計的攻擊，怎麼讓他想起了某個人，不，某個門派。

早在黑幫與政府抗衡的年代，除了技與道行，曾有四種拳法橫行其中，龍，虎，猴，豚，它們都源自相同的一個人，但各自演化出風格迥然不同的招數。

龍霸，虎狂，猴奸險，豚看似樸拙事實上卻是強韌悠長。

剛剛的蝴蝶斬，實在很像……奸險的猴拳？

但猴拳可是那「十隻猴子」的絕招啊？難道十隻猴子……

「啊，」阿歲想到這，猛然想起蝴蝶斬其實出了兩刀，另一股威力較弱的刀氣，應該是飛向了另一個人，「小心！小曦！這蝴蝶刀中有詭計！」

小曦，當然在阿歲提醒前，就知道這第二斬，是朝著自己而來。

她看著阿歲以一蚊指擊潰了刀氣，但刀氣瞬間散開成數百隻鋒利的小蝴蝶，要將阿歲逆殺。

小曦知道，這刀氣是有陷阱的。

所以，她面對這威力較弱的刀氣，小曦沉思，自己該如何出招呢？她可以召喚陰獸，她可以用星穴，甚至可以打出天相伯伯的黑洞，但她卻基於一股自己都無法理解的惡作劇心態，她竟然也將食指往前一按……

這招不就是……「一蚊指」？！

見到一蚊指，最驚訝的，莫過於阿歲了，他張大嘴巴，「妳瘋了嗎？我這個曠古神技，怎麼可能被妳就這樣學起來！打不好，會沒命的啊！」

只是，一旦決定了技，小曦就沒有機會再改變了！

小曦纖細的食指，按住了威力較弱的蝴蝶刀氣，瞬間，雙方開始僵持！

「啊啊啊！」阿歲閉上眼，不敢看，但就在下一秒，就在小曦的歡呼聲中，刀氣碎了，竟然被小曦的一蚊指給擊碎了！

「不錯喔！」阿歲拍著自己的胸膛，「我就說嘛，曠古神技就是曠古神技，就算只有我的一成，也能打敗這刀氣！只是，危機還沒解除啊！」

是的，危機還沒解除，因為刀氣碎開了，取而代之的，是翩翩飛舞，美麗又危險的第二段攻擊。

「母……母蚊！」小曦右手平托，閉上了眼，將全部的道行全部都集中到了掌心。

然後一隻蚊子，就這樣在她掌心，慢慢的成形。

長喙，薄翅，黑色，纖細的六足，還真是一隻母蚊。

但這隻母蚊卻與阿歲的機械母蚊有些不同，小曦的母蚊機械感沒有那麼強，外型柔和更有生命力，色彩微淡，閃爍著柔軟美麗的少女色彩，與其說這是母蚊，還不如說是一隻少女蚊。

「妳的蚊子，好漂亮……」阿歲不自覺的讚嘆，但隨即又不服氣起來，「只是母蚊主要的功能，是吸引公蚊，妳這隻母蚊長得太小，不知道……」

但，下一秒，阿歲就噤聲了，因為他看到了一幕，他從來沒有想到的畫面。

這畫面是……好多好多隻公蚊！而且這些公蚊看起來都好激動？

此刻衝來的公蚊是阿歲公蚊的三四倍以上，無論速度與數目都驚人的多，一下子就匯集到小曦的身邊，然後轟的一聲，那些蝴蝶怎麼可能是這些激動公蚊的對手，一下就全部落地。

「這個技，不錯用欸。」小曦摸著手上的母蚊，微笑。「阿歲，難怪你這麼厲害。」

「我，我厲害？」阿歲拿下鴨舌帽，拚命抓著頭髮，「這技我從領悟以來，練了五年，才練出一蚊指，又練了十年，才喚出母蚊，操縱公蚊……妳這女孩是怎麼回事？怎麼像是開玩笑一樣，一下就學會了！而且，而且……」

「而且怎樣？」

「而且這些色公蚊！是怎樣？喜歡少女蚊就是了啦！」阿歲頭髮被自己抓得一團亂，伴隨著憔悴的雙眼，「我用母蚊喚，出來的數目少就算了，還無精打采，現在怎麼樣？每隻都神采奕奕，出來的數目還是我的三四倍？哇！」

「阿歲……」小曦想安慰阿歲，但又覺得想笑，只能拍拍他，正要說話，但也就在此刻，忽然地板一陣激烈晃動。

「啊，快塌了！」小曦大叫，抓住失魂落魄的阿歲，然後她轉頭，看見另外一頭的忍耐人與東戰事剛剛結束，而忍耐人已經力竭暈倒。

小曦嘆了口氣，只好一手拉著阿歲，一手用母蚊驅使上萬隻公蚊，將忍耐人給托起。

「這年頭是怎麼了？男生打完架不是失魂落魄，就是直接厥了過去。」小曦邊搖頭，邊抱怨。「全靠女生來收拾殘局？」

然後，就在小曦帶起阿歲與忍耐人，逃離此一險地同時，她忍不住回了頭，看著這個她從未見過的壯闊畫面。

這個移動風堡，正在崩塌，深灰色的天空下，風混著雨，不規則的旋轉飛濺著，然後以風建築而成的磚瓦牆壁地板，都不斷的被撞擊落下，落入數千公尺下，那寬闊綿延的大地裡……

而在這些不斷墜落的物體中，也包含了原本要將小曦等人打發掉的，東與西。

東是被忍耐人分成了左右兩邊，無庸質疑，早就死了，而西的身體雖然現在是完整的，但不知道碰到地面之後，是不是還能這樣完整？

「柏，」小曦跑著，想起了走在更前端的柏與橫財，「如果這兩個人是特地留下來對付我們的，那你呢？」

「你不會正在遭遇，更厲害、更可怕的敵人吧？」

第九章・武曲

這裡是颱風的另外一頭，場景拉回琴的這邊。

小傑以四柄小黑刀破解了珍珠迷魂陣，這群人終於恢復了正常速度，並以極驚人的速度，開始逼近琴。

轉眼間，他們就到了風崖區。

但在風崖區之前，卻因為一個人而停了下來。

那個人，身著紅色旗袍，身材窈窕，手裡夾著長菸，儀態優雅，俏立在風崖區的正前方。

「雙瞳？」小傑皺眉，腳步微緩，一瞬間就明白雙瞳立在這裡的原因。「天使星的助手，是妳？」

「是我。」雙瞳熟女的笑。

「天使星的助手，是妳？」小才雙手亮出雙斧，雙斧在掌心高速旋轉。「太好了老子正在氣頭上，剛好找個人出氣，妳要被我切成幾段，十段？二十段？還是切得碎碎的剛好讓陰獸好消化？」

「呵呵，都不要。」雙瞳眼睛慢慢閉上。「我還可以有其他選擇嗎？」

「有，那就是一斧斃命。」小才冷笑。

「我也不要。」邊說著，雙瞳的眼睛，正在慢慢的睜開。

而且緩緩上升的眼皮之後，原本正常的黑眼珠，竟然發生了驚人的變化。

那漆黑的眼珠，裡面，竟然有兩個瞳孔，幽深而靜謐，深夜中兩枚闇色之月的瞳孔。

「小心。」看到雙瞳的眼睛，小傑手上的黑刀現身。「是瞳術。」

「地劫星，你的記性不錯，」雙瞳微笑，「的確是瞳術。」

「啊，我想起來了，我們不是第一次交手。」小傑臉上是霸氣的笑。「在飛機上，妳的雙瞳與天使星的珍珠，讓我失了魂，我們交過手！」

「是啊，當年您一柄黑刀殺敗三名政府丙等星的威風，我依然記得。」雙瞳邊說著，她眼中的這兩個闇色之月，竟然開始上下轉動，而且越轉越快。

一瞬間，所有人彷彿都感受到了時間靜止，然後一起陷入了黑暗中。

「這是什麼？」小耗張大了嘴，他從來沒有見過奇幻迷離的技，

「雙瞳，丙等，胎星。」小傑慢慢的說著，「幻影，奪去五感，伺機致命一擊，當年，政府黑幫血戰，這招可是讓不少政府人員忌憚萬分。」

「那該怎麼辦？」小耗問。

「兄弟，你的雙斧，也該出來了吧。」小傑看向了小才。「若論幻術，迷離雙斧也是榜上有名吧？」

「哈，我只是想瞧瞧，這女人有多少能耐啊，所以才等到現在。」一邊說著，小才一邊開始舞動他的斧頭。

銀灰色透明的雙斧，在小才的手上宛如有靈魂般活躍，大斧旋轉出大圓，小斧盤桓出小

圓，一大一小兩圓互相繚繞，分分合合，然後不知何時，變成了四個圓，八個圓，二十個圓，然後每個圓都不圓了。

橢圓，正方形，三角形，位在這些形狀中心的，是宛如魔術師的，地空星，小才。

「幻術對幻術。」小才雙斧的迷離光芒，「就讓我迷惑妳，讓妳無法再使出瞳技吧。」

幻術的對決，在旁觀者眼中，感受特別強烈，尤其是小耗。

他感覺到周圍的黑暗開始扭曲，淡化，彷彿一張黑色的紙，被不斷往外撐，轉眼就要撐破。

然後，就在那張紙要破之時，忽然，小耗感到脖子上傳來一陣環繞的溫暖。

那是一隻手，纖細的女子之手，正悄悄的從小耗的肩膀上，繞過了脖子。

「啊。」小耗全身戰慄，這手是雙瞳？原來對方的目標是自己嗎？

「別怕，我沒要殺你。」那聲音有著熟女獨特的低沉沙啞，果然是雙瞳。「要殺你和你師弟，我早就可以動手了。」

「那……」

「我是要提醒你，」雙瞳語氣溫和，像是姊姊憂心的叮嚀。「前方會有危險。」

「危險？你是說天使星……」

「小天？小天有什麼危險？」雙瞳笑了，「真正的危險，一直都和你們在一起啊。」

「啊？」

「等到前面的答案出來，就怕，」雙瞳嘆氣。「他，就會動手了。」

前面的答案？他？動手？

「要小心。」雙瞳再次叮嚀，「而且如果答案是錯的，你得救她，因為救她，才能救整個陰界……」

小耗尚未理解雙瞳的叮嚀是為何意……終於，眼前的黑暗被小才的雙斧撐破了，景色瞬間恢復，又是立滿了風柱的風崖區，而雙瞳，卻已經不在……

看見眼前這片空寂，小耗有些悵然，還有些恐慌，剛剛雙瞳說的，到底是什麼意思？答案是什麼？誰會動手？還有誰有危險？以及，小耗要救的人，又會是誰？

「走啦。」這時，小才把雙斧扛上了肩膀，踏著大步，「最後的阻礙也清除了，這次，我們一定能追上琴姐了吧！」

小耗雙拳緊握，全身冒汗，他有一種預感，前面一定有場驚天動地的血戰，在等著他們！

「她啊……」長生星瞇著眼，瞧了好久好久，那靜默的時間中，彷彿探索，彷彿訝異，彷彿沉思，彷彿一切都沒有的空想。「她，原來……」

原來……？

原來……？

「原來是什麼！」琴忍不住跺腳，幹嘛啦，幹嘛這麼愛拖拖拉拉？

長生星眼光瞄了一下棋盤，嘆了一口氣，然後以平平淡淡的口吻說話了。

「原來，不是武曲。」

「咦？」聽到這驚人的答案以如此平淡的口吻說出，琴先是一愣，然後才咦了一聲。「不是？不是，武曲？」

「嗯。」長生星不再回答琴，只是將眼神轉移到了棋盤上，再次嘆氣。然後，對小天揮了揮手，「快點快點，我們的第四盤棋正下到一半，我已經有法子對你的以三陷一戰術了。」

「原來，不是，武曲？」相較於長生星的冷靜漠然，琴仍深陷於那六個字的漩渦中。從原本平淡的語氣，慢慢從她的心裡深處，渲染開來，越渲越大，越來越大，到後來已經化成了驚濤駭浪，衝撞著她曾經以為的一切。

第一次來到陰界，因為自己是武曲，所以差點被黑白無常所殺，全仗小傑小才出手，從此踏上逃亡與戰鬥之路。

原來，不是武曲……

醫院中遇到莫言，這個標準刀子嘴豆腐心的男孩，其實內心比誰都思念武曲。

我不是武曲……

然後是冷山饌，小耗，大耗。冷山饌老師傅的廚藝好得沒話說，大耗甩鍋宛如武術表演，而小耗呢，這個聰明絕頂的孩子，讓琴把他當成弟弟般疼愛，而他們都記得武曲，他們都記得武曲的湯……

原來，我不是武曲……

對了，還有三釀老人，還有正站在這裡的小天，琴還記得那天，自己思念的父親，就是小天帶著她，千里迢迢的帶著琴回去找爸爸，然後，還催促琴打掉父親身上的悲愴毛毛蟲……

不是武曲……

還有下毒狠辣的鈴，貓街裡可怕又可愛的貓群，緬因貓，暹羅貓，以及將毛線贈與了琴的日本短尾貓，鼠窟中驚險萬分的點點滴滴……

武曲……

最後，不得不提的，是一直縈繞在琴內心的……那個男孩。又陌生又熟悉，又想依賴，又忍不住想照顧，又討厭但想起來又忍不住想笑的，那個男孩……

是啊，原來，我真的不是武曲……

這一刻，雙手微微握拳，站立著，然後眼睛閉起，兩滴清淚，就這樣順著臉頰滑落。

我不是武曲，所以這些，都不屬於我……原來，我一直都假借著武曲的名字活著？是嗎？原來這些記憶，這些朋友，一直都是武曲的，不是我的嗎？

「欸。」忽然，琴的肩膀被人輕輕一拍，琴睜開眼，看見了小天的臉。

臉上，沒有小天慣有的輕鬆笑容，但也沒有憤怒，沒有失望，只是靜靜的看著琴。

在琴淚眼矇矓的視線中，她感覺到，小天是刻意的，刻意讓自己面無表情，但這份面無表情，琴不懂，他為何要收起自己的情感呢？

「妳問過我，如果妳不是武曲，我對妳的看法會改變嗎？」小天看著琴。

「嗯。」琴眼中是淚，看著小天。

「這答案，等一下我就和妳說。」

「怎麼還要等一下？」

「因為，妳的朋友，呵呵，或者說，武曲的朋友來了。」小天抬起頭，這次，他的臉上重新有了表情，但這表情滿是戒慎與冰冷！「他們來的時間太巧，似乎剛好聽到了那個答案。」

「啊？」琴轉頭，她看見了持著黑刀的小傑，拿著雙斧的小才，玩著麵團的小耗，以及捧著大鍋的大耗。

「小傑，小才，小耗，大耗。」琴擦了擦眼淚，擠出笑容，「你們剛剛有聽到嗎？長生星說我不是武曲，好不好笑？不知道他講的話準不準，如果準，這些日子，我們都搞錯了，哈哈，你們說好不好笑？」

琴在笑，但，小傑等人卻沒有笑。

他們的眼神，竟如手上的武器般冰冷。

「長生星的技之一，能看穿前世今生的星格，若是他看過，絕不會錯。」小傑嘆氣，然後，手上的黑刀慢慢的放下。「這點，整個陰界都知道。」

「小傑，不要太沮喪嘛，武曲一定回來了，」琴伸出手，想要安慰小傑。「你們的琴姐不會拋下你們的，我們再一起找找，好嗎？」

只是，當琴伸手要安慰小傑，忽然，她看見了一個她不懂的畫面。

那就是小才。

相較於小傑慢慢的放下黑刀，小才卻是緩緩的舉起了，他的大小透明雙斧。

「嗯？」琴看著小才，「你要幹嘛？」

「琴姐……不，現在該稱妳什麼呢？冒牌貨？騙子？算了，還是叫妳琴姐好了，」小才咧嘴笑，「反正，都不重要了。」

不重要？琴正要說話，忽然，她看見小才的雙斧不見了，被他丟出去了？

然後，當琴看清楚了那斧頭的位置，她無法控制的，抓住了臉，放聲尖叫。「啊啊啊啊！」

因為雙斧的其中之一出現了，就在大耗的腦門上。

大斧，不偏不倚，破入大耗的腦門，鮮血狂噴，一斧畢命。

大耗眼睛睜得好大，他完完全全沒有想到小才的斧頭，竟如鬼魅般對準自己的腦袋砍入，道行差距加上偷襲的優勢，讓大耗死得完全無法瞑目。

「鍋。」大耗連技都來不及使出，只是一邊喃喃自語，一邊筆直的往後倒下，「我的夢想……那天下第一鍋……」

話沒說完，聲音戛然而止，確定畢命。

「大，耗！！」小耗見到自己的師弟喪命，放聲大吼，帶著哭音的大吼，「你在幹什麼？混蛋！混蛋！」

「我在幹什麼？」小才歪著頭，「我們也被騙了欸，被騙後，總是要收尾啊。」

「混蛋！」小耗雙手祭出麵團，如瘋虎般要衝向小才，但才踏出一步，忽然往後騰飛。因為第二柄小斧從詭異無比的角度飛來，正中小耗的腹部，小耗身體隨小斧騰空，飛了數十公尺之後，落到了風崖之下。

「哎啊，早就想殺你了。」雙斧飛回，小才一手一柄，接住了雙斧。「不過你倒是比你師弟厲害一些，竟然在最後一刻，硬是用麵團護住了致命傷的位置，算了，中了我一斧，又掉進風崖區下，不死也半條命了吧。」

「大耗！小耗！」目睹眼前慘劇的發生，琴眼淚無法抑制的不斷流下，「小才！你瘋了嗎！你幹嘛殺自己人？」

「自己人？」小才閉上了眼，然後搖了搖頭，以前被視為機敏靈活的雙眼，此刻看來卻是狡詐而陰險。「琴姐，妳好像弄錯了喔，我只和武曲是自己人，既然妳不是武曲，那就是敵人，一個知道我太多秘密的……敵人！」

「小才……」琴看著小才，看著小才那雙陰森的眼睛，忽然，琴懂了。

她慢慢的苦笑，「所以，你連我都要殺？」

「嗯，」小才裝出一個歉意的笑，「不瞞妳說，是，因為妳實在浪費我太多時間了。」

「你。」琴吸了一口氣，自己不是武曲，原來真有那麼重要？還有……那麼悲哀嗎？然後，琴的目光移向了另一個夥伴，聲音嚴厲。「小傑！連你也是這樣想嗎？」

「……」小傑沒有動。

只是眼珠慢慢的往上，看著琴。

琴在小傑的眼中，看到的不是小才那種陰毒的殺氣，而是沮喪。

忽然，琴也懂了，小傑不會救自己，倒不是因為小傑也想殺琴，而是小傑不想管了。

一個等了整整二十九年的夢，一個期盼十字幫重返光榮的夢，一個支撐奮戰多年的夢，因此破碎，這樣的小傑，已經不想再為誰戰鬥了。

「小傑……」

「長生星，」小傑無神的眼珠，再次往下。「能看破他人星格，其準確率之高，百分之百，如果他說了，妳不是琴姐，妳就不會是。」

「小傑，我一直以為，」琴嘆氣，「寡言強悍的你，是最堅強的，沒想到，當最堅強的信念崩潰，你反而是最脆弱的？」

「是，他看起來堅強，其實脆弱，而我看起來隨便，其實比我弟堅強多了，懂嗎？而我現在決定要殺妳了。」小才雙斧再次在他雙掌快速轉動，化成兩團鋒利的灰色光芒。「妳不是武曲，只是一個沒用的廢物。」

「只是一個沒用的廢物嗎？」琴喃喃自語，自己不是武曲了，就當真是一個毫無利用價值的廢物嗎？

「是，我現在就可以證明給妳看！」小才雙手一揮，兩柄斧頭轉成兩個圓，一左一右，劃出完美的弧線，射向了琴。

而琴沒有動，突然，她覺得好累。

累到，只想束手就擒，讓小才將她當場斃於此，至少不用承受這一切絕情與冷漠。

至少……

忽然，琴感到背後有一股熱氣吹來。

熱氣拂過她的長髮，讓長髮微微飄起，也在這一瞬間，琴看清楚了熱風的真面目。

子彈？數以百計，密密麻麻的子彈？

不，這不是子彈，這是琴更熟悉的另外一樣東西，一個飄著濃濃咖啡香氣，事實上卻危險無比的……

「陰界咖啡豆？」琴轉過半個頭，淚光閃閃的雙眼眨動。「最兇暴的陰界植物？陰界咖啡豆！」

然後琴看到了它，不，而是「它們」，一大群的陰界咖啡豆蔓延而出的小型森林。

以及，站在它們下面，那倚著樹幹，露出琴熟悉笑容的男子。

「我，天使星，才是咖啡豆的真正植栽者。」小天雙手抱胸，微笑，「所以，順便讓你們看一下，真正陰界咖啡豆的……戰鬥力吧！」

說完，小天背後，那幾乎等於樹林的咖啡豆們，豆莢同時鼓起，炸開，上千枚，比槍林彈雨還要槍林彈雨的恐怖咖啡豆暴雨，就這樣往外散開。

咖啡豆之雨，巧妙的繞過了琴，直撲向正準備要大開殺戒的小才。

咖啡豆，沒有傷到小才。

地空星，危險等級五，被政府通緝多年，但又從未被政府捕獲的，小才，的確沒有那麼容易被咖啡豆狙殺。

而擋住咖啡豆的，是他的雙斧。

以玻璃材質熔鑄而成，能自由變化形狀與大小的雙斧，正在高速旋轉。

旋出一個剛好可以讓小才與小傑躲避的大圓，所有的咖啡豆，時速超過兩百公里，能輕易穿過一堵牆壁，一台汽車的鈑金，甚至是一艘無辜漁船的外殼的咖啡豆子彈，但卻都被雙斧擋住了。

「這咖啡豆，讓琴拿來殺殺小陰獸可以，要對付我們這些有星格的，未免太小兒科。」小才冷笑。

「說得真好，」小天倚在樹幹上，露出微笑。「但我必須說，其實琴啊，並沒有完全搞懂陰界咖啡豆的用法，呵呵，妳知道咖啡豆之所以貴，不只是砸起來痛，重點是煮起來的味道喔。」

「喔？」小才微微皺眉。

忽然，他聞到了一股香氣。

很香很香，那是帶著些許刺激，深奧，融合了食物與植物森林，讓人忍不住多聞幾次的……咖啡香？

「順便，跟您介紹一下我的技。」小天微笑，「它叫做『隨處可見的飲料攤』！」

「飲料攤？」

「是啊，替客人您準備的，正是本店的招牌，超超超超濃縮咖啡！」

「啊？」小才啊的一聲，他發現滿地的咖啡豆都開始冒起騰騰蒸汽，然後底部開始滲出濃濃的棕色液體。

所有的棕色液體彷彿有生命般，不斷朝著小天流了過去。

而小天則慢慢低下身子，手一翻，一個杯子突然從他手上變了出來。

棕色液體乍看之下很多，但一進入小天的杯子裡面，就被快速高溫烹煮，在香氣之中不斷濃縮，濃縮，濃縮到後來，剛剛那一連串的咖啡豆攻擊累積下的上萬顆豆子，竟然只煮出了一小口的咖啡。

「嗯……很不賴，這次豆子的品質不錯。」小天把鼻子湊近了杯子的邊緣，用力吸了一口，隨即露出了陶醉而滿足的神情。「竟然可以煮出十滴的超超超超濃縮咖啡。」

「十滴？」小才冷笑，「這麼多豆子只煮出十滴咖啡，浪費啊。」

「十滴浪費？」小天笑，把杯子口對上了小才手上的玻璃斧。「看樣子，你不懂咖啡。」

「我不懂？不過就是……」小才正要繼續說話，忽然，他看見了小天手上的杯子，一滴咖啡彈了出來。

這滴毫不起眼的咖啡珠，從杯口彈出來之後，棕色透明的液體，在空中緩慢翻滾，朝著小才正急速旋轉的斧頭，彈了過來。

「先嚐一滴，原汁原味。」小天微笑鞠躬。

才說完，這滴咖啡已經碰到了小才的斧頭。

然後，所有人都發現，自己眼前的景色消失了。

不，不是消失了，而是一大片白光，洶湧炸開的白光給吞噬了。

狂暴，驚人，雷霆萬鈞，宛如十噸黃色火藥凝聚而成的爆炸威力，竟然從這滴咖啡碰到玻璃斧時，被猛然釋放出來！

「好……好厲害。」琴看得是目瞪口呆。

然後，當白光散去，露出了身在爆風中心的小才，他單膝跪地，滿身是傷，更重要的是，他的斧頭破了一半，剛剛那滴超濃縮咖啡的威力，竟然把小才以道行凝鑄而成的斧頭，硬生生炸開了一半。

「你還好嗎？」小天微笑。「還有九滴喔，這次的咖啡豆無論是品質或是數量，我都用上了頂級，怎麼樣？很醒腦吧？」

「哼。」小才啐了一口血，慢慢起身。手上的斧頭化成晶亮的玻璃沙，再次回復成原本的斧頭模樣。「一個丙等星，有這樣的能耐，的確讓人讚嘆，但我必須告訴你一個現實，那就是來自星格本身的差別！」

「你錯了。」小天再次把咖啡杯口，對準了小才。「星格的高低，絕對不代表強弱。」

「哼。」

「代表的只是潛力。」小天笑。「但一個開發到極致的丙等星，未必會輸給甲級星，甚至是特級星……才是真相！」

同時間，他手中的杯子，第二滴咖啡，蹦！蹦！蹦！的彈了出來。

「所以……」小才感受到來自那小小一滴咖啡珠，所散發出龐大的氣勢，竟然微微一抖。「你認為你的潛力已經開發到了極致？」

「不太對。」小天咧嘴笑。「我是覺得，你實在太弱，弱到對不起地空星這個星格。」

「你……」小才正要反駁，眼前那滴咖啡珠已經到了。

接著，所有人又閉上了眼，是一種直覺也是一種經驗累積，因為他們知道，接下來又要爆炸了。

一場驚天動地的爆炸，就要發生了。

在很遠的地方，遠到距離颱風中心至少有一百公里的地方，兩個男人又在喝茶了。

一個是寫下陰獸綱目，被喻為整個陰界最具智慧的男人，天機星，吳用。

他端著茶，笑了笑。「三釀老友，我們還在喝茶啊？」

「是啊，再這樣演變下去，我們會變成負責旁白的小角色，進不了主線哩。」三釀老人，天梁星，擁有能操縱陰界植物的技，更是當年武曲與破軍共同的師父。「我們兩個好歹也是主星，具備爭霸天下的資格哩。」

「呵呵，不過預言說，這次的易主，幾個呼聲高漲的主星，並沒有我們喔。」吳用笑。

「但，老友，你從剛才就若有所思，是為了何事？」

「何事嗎？」三醸老人輕輕嘆了一口氣。「只是有種感覺，一個老朋友，拿出了真正實力了。」

「嗯，一個老朋友，你說……那個飲料店的老闆嗎？」吳用微微沉吟。

「是啊，小天，跟了我也好幾十年了，他的道行多深，我很清楚，他將自身丙等星的潛力全部開發了。」三釀老人喝了一口茶。「他拿出真正實力，表示對手夠強，也表示他必須死戰到底了。」

「嗯。」吳用閉上了眼，沉思了數秒，再次睜開眼睛。「是因為颱風中，有長生星？所以秘密解開了？」

「唉，」三釀老人嘆氣。「他曾經說過，若秘密解開之時，他必須拿出實力，表示……他有一死的覺悟。」

「嗯，一死的覺悟？」吳用也嘆氣。「這年頭，老友也不多了啊。」

「是啊。」

「不過那個秘密的答案……」吳用持續思考著，「怎麼……」

「怎麼？」三釀老人眼中閃過一絲狡詐光芒。「你對長生星的技，懷疑嗎？」

「不，他的技絕對不會錯，數千年以來，每代長生星的技，都是判定星格，那是他的天命。」吳用沉思，「只是有些奇怪……」

「既然長生星的眼光絕對不會錯，那你覺得哪裡奇怪？」三釀老人眼中的狡猾光芒依舊。

這絲狡猾，彷彿在對吳用下戰帖，對這個被喻為陰界第一聰明的男人，下戰帖。

「嗯。」吳用把杯子在唇邊微轉，輕碰下唇，是他開始思考時，慣有的姿勢。

奇怪嗎？哪裡奇怪呢？如果長生星的眼光不會錯，那是什麼樣的答案，逼得天使星冒死戰鬥呢？那個答案，究竟該是對？還是錯呢？

颱風內部，咖啡豆炸開。

當爆風已散，小才更形狼狽，這次斧破成了四分之一，斧面殘碎，連柄都被炸成好幾截。

但皺眉的，卻是小天。

「……還擋得住？」小天旋轉著手上的杯子，裡頭剩餘的八滴咖啡，滴溜溜的轉著。「星格太高，果然不容易一次解決？」

「哼。」小才再次用力握斧，他萬萬沒料到自己會落入這番田地，原本打算大開殺戒，利用自己是甲級星的優勢，將眼前這些人都清掃殆盡的，但沒想到跑出一個強得像鬼的天使星。

說什麼，丙等星只要發揮全部的潛力，連甲級星都可以逆殺？說什麼，自己根本沒有發揮甲級星的潛力？

「甲級星果然不好殺，嘿，」小天再次將杯口對準了小才。「所以這次我要多用點咖啡了，三滴。」

三滴，第一滴，蹦蹦蹦的跳出，第二滴，也是蹦蹦蹦的跳出，然後第三滴，更是蹦蹦蹦的跳出。

三滴，棕色透明，飄著濃郁咖啡香的液體，在空中緩慢的旋轉著，然後再次飛到了小才的面前。

小才苦笑。

然後，再次被白光吞噬。

三滴咖啡落下，琴不忍看，她雖然極氣小才的冷血，氣小才竟然連續殺死了大耗和小耗，但她還是不忍心看到小才被咖啡珠炸到支離破碎的樣子。

只是，當琴閉上了眼睛，她忽然感覺到手上起了雞皮疙瘩。

彷彿某隻巨大凶獸從沉睡中甦醒，那讓人渾身戰慄的雞皮疙瘩。

「什麼？」琴抬起頭，然後基於一種自己都無法理解的驚恐，她喊了出來。「小天！小心！」

「嗯？」

「小心，黑刀！」

黑刀。

小天吸了一口涼氣，因為他看到黑刀了。

在三倍的白色爆風中，小天看見了那閃爍的黑光，黑光凜冽，從白色爆風中筆直貫出。

速度好快，快到只有一個眨眼的時間，黑刀就來到了小天的面前。

「第四滴，第五滴，第六滴！」小天手臂急轉，手上的咖啡珠，全甩了出去。

但，咖啡珠雖然炸開了，卻沒有用。

因為黑刀旁，是一團銀灰色的玻璃光芒，玻璃光芒宛如道強而有力的保護牆，硬是將咖啡豆的爆威，全部阻隔在外！

這團玻璃，不用猜也知道，就是小才的雙斧。

「好樣的啊。」小天眼睛大睜，就算危急，嘴角仍忍不住揚起，「地空地劫合作，一者強攻，一者強守，攻守完美，才是雙胞地空地劫真正的實力嗎？」

於是，黑刀仍在挺進，快速，精準，筆直的朝小天方向直貫而來。

而玻璃斧仍在外頭繞著，就算斧面被咖啡豆炸裂了，依然靠著玻璃沙快速復原。

「第七滴，第八滴，第九滴，第十……」小天甩動著手上的咖啡杯，但他的聲音卻戛然而止。

因為他的咽喉，被一個冷硬的黑色鋒刃，貫入了。

「地劫地空，咳咳咳，雙星合璧，果然威力百倍，咳咳咳，」小天的手平舉著咖啡杯，裡頭最後一滴咖啡在杯內旋轉著，差了一步，沒有彈出去。

「哼。」小傑手持黑刀，霸氣濃烈，與剛才判若兩人，「殺我兄弟者，該殺之。」

「是啊，早知道，咳咳咳，你們兄弟連心，咳咳咳，那是比對武曲更堅定的情感。」小天咳著，咽喉被黑刀貫入，他邊說邊咳，更咳出了一口又一口的鮮血。「只是，琴小姑娘啊。」

琴看著小天，雙手摀住了嘴巴，她想哭，好想哭，因為這短短的五分鐘，實在太可怕了。好不容易習慣與信任的陰界，竟在這短短的五分鐘內，一口氣全部變了樣。

「琴小姑娘，妳問我，咳咳咳，妳是不是武曲，對我有沒有影響，咳咳咳？」小天微笑，這笑容，真誠且可愛，正是琴熟悉的小天，那第一次走進『非觀點』這間店時，那拿著飲料單，看到琴時，眼中都是驚喜的小天。「我的答案……聽好囉……」

「嗯。」琴才抬起頭，她看見了，小天竟然仰頭，把手上的咖啡喝了下去。

那滴火藥力十足的咖啡珠，竟被他一口喝乾？

「那答案，就是，」小天閉上眼，彷彿在品味著這個特濃的咖啡珠。

「就是？」

「給我以十倍力量，爆開吧！咖啡珠！」小天笑，「因為我想保護這女孩，不管，她是不是武曲！！」

不管她是不是武曲，我都想保護她，這就是我的答案。

這次的咖啡珠爆炸，威力比剛才強了整整十倍，而且連同小天一起炸開，琴事後回想，也許，這就是所謂的最後絕招，是小天留在手中，那萬非得已不得使用的最後絕招。

只是，回想起這一切，琴仍會心痛，無比的心痛。

因為咖啡珠爆炸，而小才與小傑就位在小天旁邊，無法抗拒的被一起捲入，而且此刻的小才的雙斧破損，小傑黑刀插在小天喉中，兩人的武器都無法發揮十成功力，更某種程度的提升了小天爆炸的傷害力！

而真正讓琴心痛的，卻是那巨大狂暴的咖啡爆風中，琴看到了，她確信自己看到了，小天的臉，在最後一刻，轉過頭，對琴笑了。

「琴，」小天笑得開心，「從第一次替妳調西米露，帶妳去找爸爸，到後來妳通過了三釀老人的測驗，我都沒有變，無論妳是武曲還是琴，對我來說，都一樣啊。」

「都一樣……」

「陽世的人與陰界的魂魄都一樣喔。」小天摸著自己的心，歪著頭，對琴鞠了一個躬。「撇除地位與星格，人與人之間都有其緣分，而我想保護妳，絕非因為妳是武曲，而是我相信，我們有緣。」

「小天……」琴哭了，哭得像是一個淚人。

然後，小天就散開了。

是的，散開了，化成千萬個充滿破壞力的分子，完全散開了。

吞下了飽含巨大火藥的咖啡珠，然後再透過小天體內的道行，轉化成超過十倍的力量，然後化成千萬個分子，直接衝擊向位在核心的小傑與小才。

「走吧。」小天散開的最後一句話，「我這裡還有一個人會保護妳！跟他走吧！」

「小天！！」琴哭，哭得好悲傷，她捨不得，捨不得這個亦師亦友的朋友，就這樣在這裡化成了灰燼，只為了替自己擋下這份災難。

而就在此時，琴聽到了耳邊一個聲音，「琴姐，妳必須保重，不然，大耗和天使星的犧牲就白費了。」

「白費？啊？你！」琴回頭，她突然懂，小天死前說的，還有一個人會保護妳，又是什麼意思？

因為，還有倖存者。

在小才小傑雙雄聯手狂殺之下，琴的這邊，還有人活著！

但那也是一個悲傷的表情，與一對悲傷的眼神，那個人，是小耗。

「走了……」小耗表情中，有著喪失摯友的悲傷，但神情卻比誰都堅毅。「我一定會保護妳，就算妳不是武曲，我和小天都會保護妳到底……」

「為什麼？我不是武曲，我已經沒有秘密，沒有主星的潛力，我沒有爭霸天下的資格……」

「那很重要嗎？」

「啊？」

「妳是我們的琴姐。」小耗悲傷的表情中，浮現一個百分之百信任的笑容。「這樣，不就夠了嗎？」

妳是我們的琴姐，這樣就夠了，不是嗎？

「小耗……」

「走吧，」小耗拉住了琴，開始在風崖區的風柱間奔跑。「小天的自爆，恐怕困不了地空地劫太久，他們畢竟是甲級星，等級太高，我們唯一的生機，就是到風眼區，因為那裡還有一隻S陰獸在，也許還有機會讓我們趁亂離開。」

「嗯。」琴回過頭，在逐漸消散的白色風爆中，她咬了咬牙。

地空，與地劫嗎？

一股從未出現過的情緒，從琴的內心中升起。

「有一天，我會讓你們知道。」琴咬牙。「就算我不是武曲，我也是一個人，絕不容許他人任意殺害我的朋友，絕不！」

那股情緒，琴說不上來，但那是怒。

悲傷之後，熊熊燃燒的極怒之火。

而小才與小傑也許並未想到，從此刻開始，他們已經惹上了一個，他們絕對不想惹到的……可怕敵人！

「唉。」

很遠處，那兩個喝茶的老人，突然沉默了。

「嗯。」天機星揚起了頭，此刻，遠方灰沉沉的天空，忽然閃過一條銀亮色的流星，流星劃過半個天空，美麗而優雅，最後墜落在不知名的彼端。「天使星，隕落了……」

「嗯。」三釀老人舉起了手上的茶杯，眼神注視著遠方，沒有說話，只是舉著杯子，望著遠方。

「不想說話？」

「不用說。」三釀老人放下了杯子，然後露出一個寂寞的笑。「因為，與他相識太久，能說的，早說了，不能說的，也不用說了。」

「嗯。」吳用也輕輕的嘆氣，雖說易主是陰界必然的更迭，但……每次易主來時，總是會少了好多老友，也會特別令人感傷啊。

是啊，能說的，早說了，不能說的，也不用說了……再見了，老友。

小耗帶著琴，不斷的奔跑著。

他也露出了與三釀老人相同，寂寞的笑。

大耗。

這個比他晚一年到天廚星門下的師弟，個性憨直，最愛大鍋煮，是小耗來到陰界以後，相處最久的夥伴。

如今，卻命喪於小才的斧下。

他好想報仇，用盡生命最後的力量都要讓小才嚐到代價，但小耗卻知道，不是現在，此刻最重要的，卻不是復仇，而是把琴姐帶離這裡。

無論琴姐是不是武曲，小耗都覺得自己有義務保護她。

更何況，這是天使星的託付，這個與自己相識不到幾天，卻為了保護琴姐而心意相通的男人。

如果是天使星的託付，小耗知道，自己無論如何都必須完成，這是義氣，男人間為了保護共同女孩，而產生的義氣。

忽然，小耗聽到了琴的低呼。

「啊。」琴低語，「那是什麼？好美……」

「好美？」小耗也轉過了頭，看向琴目光所及之處。

這一秒鐘，小耗屏息了。

因為，真的很美。

一朵巨大宛如高樓的高麗菜，聳立在風崖區的中央，每片高麗菜的菜葉宛如綠寶石，晶瑩剔透中，更隱約可見其中宛如藝術家畫作般的線條，線條正是高麗菜的葉脈。

更讓人打從心底讚嘆的，是高麗菜上的點點水珠，一滴一滴渾圓飽滿，彷彿吸收了大地最甜美的汁液，化成了晶亮的鑽石。

如此一朵巨大而美麗的高麗菜，就這樣突兀且令人驚喜的聳立在風崖區的正中央。

「這就是，怒風高麗菜？」面對如此美麗的植物，連琴都暫時忘記了剛才遭到背叛的痛苦。

「好像是。」小耗也張大了嘴，「這植物不僅美，還散發出……我所見過，最濃烈的美食氣息。」

「美食氣息？」

「越是好吃的食材，就算尚未被料理過，也會散發出不同凡響的氣息，這是我和大耗一起發現的喔。」說起了大耗，小耗眼神閃過一絲落寞，但此刻更多的，卻是驕傲。「這朵怒風高麗菜，不只是美而已，如果經過高手料理，肯定成為震撼陰界的美食！」

「這麼厲害？」琴淡然一笑，她從小耗的眼中，發現了對料理的執著，這是成為厲害廚師的潛力吧？

「但，既然怒風高麗菜長在這裡，而且其尺寸與氣息都這麼不凡，那也表示一件事……」

「哪件事？」

小耗用力的吸了一口氣。

「這裡，就是我們旅途的終點。」小耗慢慢說著，「風眼區。」

風眼區？琴凝視眼前這株高麗菜，所謂的風眼區，是不是就在那一片又一片疊合而成的高麗菜葉裡面？

而風眼區中，又藏著什麼新的危險呢？

「琴姐，我們走吧。」小耗拉了拉琴。「我可以感覺到，地空地劫的氣正在逼近，我們唯一的生路，可能就在風眼區裡面了。」

「嗯。」琴閉上了眼，然後再次睜開眼之時，她下定了決心。「走吧。」

「嗯。」

「讓我們看看這趟旅途終點的風景，究竟是什麼模樣吧！」琴語氣堅定。

第十章・破軍

陽世，小靜與蓉蓉。

她們頂著風雨，在大街上走著，忽然，小靜停下了腳步。

「幹嘛？」蓉蓉比著前方，「便利商店就在前面。」

「蓉，我想唱歌。」

「啊？」

「我想唱歌。」小靜抬著頭，看著風雨之中不斷墜下的雨珠。

「妳瘋了。」

「嗯。」小靜淡然一笑，「這次，真的想唱歌。」

「好啦好啦，妳唱，反正這麼大的風雨，也不會有人聽到妳的歌聲，所以不會有人報警來抓我們這兩個神經病。」蓉蓉深深嘆氣。「唱啦唱啦。」

「嗯，那我唱囉。」小靜閉上眼，這次她想唱的，是數年前，第一次與柏一起到KTV時，柏點的歌。

周董的歌，〈煙花易冷〉。

含糊不輕的咬字，反而讓歌曲的旋律變得更清晰，彷佛一餐美食，沒有太多精心雕琢的前菜與飯後甜點，更絕對凸顯了主餐的美味！

這就是周董的歌，這就是最能代表這世代的歌手！

「雨紛紛，舊故里草木深，我聽聞，你始終一個人，斑駁的城門，盤踞著老樹根，石板上迴盪的是，再等……」

小靜仰著頭，對著滿天的風雨唱著。

唱著，小靜忘我的唱著，倒是一旁的蓉蓉忍不住揉了揉眼睛，露出詫異的神情。

「剛剛那是什麼？」蓉蓉訝異，「為什麼我好像看到了一個又一個水泡，隨著音符不斷往上飄？天啊，我也瘋掉了嗎？」

是的，小靜的音符正化成一團又一團濃郁的美酒，順著風，不斷的往上飄浮著。

「而且，也真的奇怪，」蓉蓉除了揉眼睛，還戳了戳自己的耳朵，「我聽得好清楚，風聲雨聲完全蓋不住小靜的聲音欸，她的丹田是怎麼練的啊？還是……我真的瘋了？」

瘋了嗎？正當蓉蓉認真懷疑自己的神經已經完全錯亂，一個小小聲的貓叫，正從她們的背後傳來。

而且貓叫的音節，竟然在配合著小靜的歌聲，高高低低的和音著。

「瘋了……真的瘋了……」蓉蓉嘆氣，但真正讓她懷疑自己瘋掉的，卻來自自己的腳底，因為她發現，自己竟然也忍不住幫小靜打起了拍子，嘴裡更忍不住哼了幾句。

瘋了，真的瘋了，這就是小靜的魅力吧。

就算是瘋了，也忍不住為了她的歌聲與旋律而感染，想到這，蓉蓉忍不住閉上眼，不管風雨，不管神經是否錯亂，她只要享受此刻，與小靜共同唱和的此刻。

這就是音樂的魅力，這就是小靜的魅力，歌聲宛如深沉美酒的魅力。

風崖區的另外一側，橫財與截路的激戰，也到了最後尾聲。

截路以自己身體器官為代價，和飢餓鰻魚交換敵人的創傷，向來無往不利，只是橫財實在厲害，縱使護體術「盜賊斗篷」被飢餓鰻魚啃食殆盡，仍展現了驚人的反擊實力，直接把手掏進了截路的肚子裡頭，抽出了腸子，然後在手心，直接將腸子捏碎。

截路在急怒之下，許下了一個最可怕的願望。

「我要那混蛋的，腦和心臟！」截路怒吼。

只是，飢餓鰻魚的代價，卻高得嚇人。

「我要你的全部。」飢餓鰻魚獰笑，「當然為了避免你死掉，會留下你的一雙眼來再生，怎樣？願意交換嗎？」

「全部嗎？……」截路看著飢餓鰻魚，眼神中是無比的恨，他似乎也恨著飢餓鰻魚的貪婪，「好，契約成立！」

於是，飢餓鰻魚開始猛力吞噬起了截路，當截路痛到全身顫抖之時，他看見了橫財正雙手隱現道行中的「門」，朝自己狂奔而來，並發出驚天動地的怒吼。

「你想用身體換老子的心與腦，就看你有沒有本事嚕！」

這一剎那，連失去視力的柏，都不禁讚嘆起橫財，讚嘆橫財不只實力強橫，更重要的是，敢賭。

橫財發出怒吼，右手五指張開，一道門，赫然出現在截路的胸口。

那道門的位置，不偏不倚，剛好在飢餓鰻魚嘴巴的前方，「喀」的一聲，當飢餓鰻魚用力咬下，卻發現自己咬了一個空，只有牙齒撞牙齒的疼痛。

咬不到東西是自然的，因為那裡已經是橫財開啟的「門」。

「嘎！」飢餓鰻魚咆哮，身軀靈巧，繞過了那個門，這次從截路的背部鑽了出來，他瞄準了另外一個目標，那就是截路的肩膀。

但，就在飢餓鰻魚兩排利齒要貫下截路肩膀肌肉時，又是一陣空。

因為肩膀上，又是一個打開的空門，一個橫財開啟的「門」。

「就是要你咬不到！」橫財狂笑，仍不斷的奔著，朝截路奔了過來！

「嘎！」飢餓鰻魚發出充滿怒意的咆哮，陡然加速，化成一條滑溜的棕色氣旋，在截路身體周圍狂繞著。

然後，棕色氣旋陡然一停，朝著截路的後腦，就要咬下。

「開門！」橫財看準了時機，右掌再次揮出。

門，又剛好讓飢餓鰻魚咬了一個空。

而橫財越奔越近了。

「嘎！」飢餓鰻魚尖叫，棕色氣旋再次出現，牠要迷惑橫財，讓橫財無法掌握自己咬下的位置。

「是嗎？我以為你們應該感謝我，我可是來幫截路的。」橫財冷笑。

「古往今來，從來沒有人能阻止我的進食！」飢餓鰻魚尖叫，速度再次加快，這次已經快到像是一團咖啡色的濃雲，來回盤旋在截路的周身。

而且幾乎同時對著截路的手臂，腹部，左臉，咬了下去。

可是，這三咬，卻都只是咬到了自己的牙齒，喀的一聲，只有牙齒撞擊的無力感。

「從來沒有人嗎？」橫財大笑，「那老子不介意當第一個啊！」

這時，就真的展現橫財危險等級六的驚人實力，飢餓鰻魚在短短的數秒內，連續對著截路咬了七七四十九口，但橫財更精準無誤的裝設了四十九道門，每一道門，都剛好讓飢餓鰻魚咬了一個空。

而就在飢餓鰻魚一個回身，咬下第五十口時，嘎的一聲，牠咬到東西了。

只是牠牙齒動了幾下，卻發現，咬不動。

然後那鰻魚眼珠往上一望，赫然發現，這次咬到的，原來不是截路。

而是擁有比截路更霸氣，更陰沉的細長眼睛，這是橫財的眼睛，因為橫財終於趕上了。

終於奔到了截路的面前，這個宛如鐵塔的巨大身軀，終於站在飢餓鰻魚的面前了。

「嘎……」飢餓鰻魚全身顫抖。

「我的肉好吃嗎？怎麼樣？你咬了我的肉，換我許願了嚕？」橫財狂笑之際，五指各一個門，緊緊抓住滑溜的飢餓鰻魚。

飢餓鰻魚尖叫，放開了嘴，拚命想要扭動逃離，但橫財的五根指頭，透過指尖五個小門，穩穩的攫住了飢餓鰻魚，讓牠想逃，卻一點逃的辦法都沒有。

「那我許願嚕。」橫財露出滿嘴黃牙，「我希望，喝一口鰻魚汁。」

鰻魚汁？

說完，橫財手一用力，兩手同時往內一擠，噗的一聲低響，鰻魚噴汁了。

五臟六腑被橫財硬生生擠扁，連帶的，把五臟六腑裡面的血液與體液，一口氣噴了出來。

然後橫財把鰻魚高舉，仰起頭張大嘴，剛好接下不斷流入的鰻魚汁。

好一個殘忍恐怖的人，好一個霸氣狂妄的鬥士，好一個……危險等級六，與神偷莫言齊名的高手，橫財！

「嘎嘎嘎嘎嘎嘎。」飢餓鰻魚發出驚駭慘嚎，然後隨著汁液噴了橫財滿嘴，身體慢慢的乾癟，最後，頭一垂，就這樣掛了。

飢餓鰻魚，這隻以吞噬宿主身軀維生，存活數百年，被天機星標示在陰獸綱目中，排行六十九的飢餓鰻魚，就這樣化成濃濃的鰻魚汁，被橫財吞入了肚中。

「不愧是飢餓鰻魚，用自己的身體，實現了我的願望嚕。」橫財獰笑，用袖子擦去滿嘴的鰻魚汁。「你真是一個守信用的陰獸，咯咯咯咯，你的心意我收到了，就算不好喝我也認嚕。」

「你……」截路看著橫財，已經被鰻魚啃掉下半身的他，忽然感覺到生命力正隨著飢餓鰻魚的死亡，而不斷流逝著。

「不管你，你也活不久了吧。」橫財看都不看截路，因為他不用看，就知道截路此刻滿臉都是皺紋，身體不斷乾癟。

「你……」

「截路，你是一個壞蛋，你是一個惡人。」橫財冷笑，「但我要和你說一個事實。」

「說……說什麼？」截路躺在地上，沒有了飢餓鰻魚的力量，截路轉眼就要死。

「你不夠惡。」橫財冷笑，說完，橫財伸出腳，踩住了截路的臉。「不夠惡，終究只能跑跑龍套。」

「你……」

「死得醜一點吧。」橫財獰笑，「龍套。」

這次，截路沒有回答，因為他已經整個扁掉了，如同飢餓鰻魚般，淒慘的死了。

風崖的風柱上，取得完全勝利的橫財，轉過身朝著柏走來。

「好啦，小子。」橫財表情猙獰，「我們剛聊到哪了？我們該到風眼區，讓你把最後的寶物取出……」

只是，橫財突然住口，因為，他發現柏不斷揮舞雙手，想要說些什麼。

「幹嘛嚕？小子。」橫財停下腳步，側耳，想要聽清楚柏的嘶吼。

「你說什麼？還有一個敵人，他非常危險？」然後，橫財突然發現肚子一涼。

「十萬？」

橫財低頭，赫然發現，自己的肚子，竟然被貼上了一張支票，支票上，還寫著一個數字。

然後，十萬的數字開始倒數，比眨眼更短的時間內，那十萬倒數完畢，變成了一個大大的零。

「兌現。」南一笑。「收好啊，十萬元。」

「啊？」接著，橫財表情扭曲，因為他的肚子，竟然噗的一聲，就這樣破了一個大洞。

「吼！」大洞先破，然後才是爆湧出來的鮮血，橫財重傷，退了好幾步，咬牙嘶吼之際，右手往肚子一摸，道行啟動，硬是把腸子塞回了肚子內，然後再靠著強硬的道行，將血止住。

「你！」橫財抱著肚子，滿臉訝異，「是你……」

「十萬還炸不死你，看樣子，你很有本錢。」南，他雙手一翻，十指間，各夾了一張支票。

「那得多花點錢了。」

說完，十張支票同時射出，啪啪啪啪，全部貼在橫財的身上。

「靠。」橫財只來得及說這句話，那十張十萬的支票，就這樣同時歸了零。

遠處，原本在喝茶的天機星吳用抬起頭，皺了皺眉。「哎啊。」

「怎麼？」

「天空中的陀螺星光芒盡失，而來自東南方的另一個主星，強壓住陀螺星的光芒，」天機星吳用訝異，「那主星，難道也在颱風中？」

「喔？」三釀老人眼睛睜大，「有人也進去了？是誰？」

「你也認得。」

「給點提示。」三釀老人說。

「視錢如命。」

「啊？是他？」三釀老人手裡端著茶杯，沉吟了半晌之後，才慢慢開口。「在十四主星中，雖不算強，但要殺陀螺星，恐怕也是輕而易舉。」

「嗯。」吳用嘆氣，看著眼前那片星光閃閃的夜空中，藏著只有吳用方能略窺一二的複雜天機。「是啊，畢竟對方可是政府六王魂之一……」

「天府星，白金老人啊！」

天府星，白金老人，六王魂再次登場。

錢，在爆炸。

十張十萬元的支票，同時在橫財身上炸開。

在颱風中一路威風八面，先是擊敗空亡與紙飛機，然後痛擊截路與飢餓鰻魚的橫財，竟被這些錢炸得是完全無招架之力。

只是，當十個十萬炸開，地上除了一大灘鮮血之外，卻沒有見到橫財的身影。

「千鈞一髮之際，靠你的技逃出來了啊？」南雙手負在背後，轉過頭，看向了柏的方向，「真是一個人才，潛力很夠喔，在這裡不把你除掉，將來必成後患啊。」

為什麼看向柏的方向？

因為此刻的橫財，的的確確，就在柏的後方。

他滿身是血，就算驚險逃出，身上也被炸出了驚人的傷痕，然後橫財的大手勒住柏的脖子，用嘶啞的聲音對南說著。

「以錢當武器?你……你是天府星白金老人嚕?」

「哎喔，識貨。」南歪著頭，笑。「這麼識貨，更該殺啦。」

「你為什麼親自到這裡?」橫財滿身是血，不斷喘著氣。「難道……」

「難道什麼?」

「你是為了他？」橫財用力勒了勒柏的脖子。「你是為他而來的？你也覺得他是『那個人』？」

「哎喔，不只識貨，還挺會猜的。」南笑，「是的，我是為他而來。」

「所以，」橫財勒著柏的脖子，柏感到呼吸困難，「你也是來殺他的？」

「賓果，又猜中了。」南手一揮，又是十張十萬元支票飛射而出，一口氣黏上了柏與橫財的身上。

「真是太好了，我也想殺他嚕，只是，我和你想法有點不一樣！」滿臉鮮血的橫財，露出霸氣的笑。

「哪裡不一樣？」

「我……要自己殺他！」

「喔？」南眉毛一挑。

「這個臭破軍！要殺他，也只有我和莫言有資格！其他人都不行！」

「傻孩子，你繞了一個彎，是想阻止我嗎？算了，我不管那麼多了！」南眼睛綻放殺氣，手一握，橫財與柏身上支票的數字，再次開始高速倒數。「全部給我死一死吧！」

支票速度太快，強如橫財，也無法完全避開，所以他做的事情，抑或說，這是他最拿手，也唯一有可能逃離的方法……

「給我破門而入啊！強盜！」

門。

橫財嘶吼，同時間，他與柏身體外，同時出現十道小門，每道門都在支票之前，當支票歸零的同時……

所有門同時打開，吸納了部分的風爆，但十萬支票的威力實在太駭人，門竟被同時轟碎，但十道門，的確替橫財和柏爭取了短短的一秒。

「老子之前的極限是八道門，現在也突破到十道嚕，咯咯。」橫財大笑之際，「破軍是老子的！只有老子能殺他嚕！」

「口口聲聲說要殺他，但你的行為，倒是挺情深義重的啊！」南眼睛綻放陰冷殺氣，雙手十指再次展開，又是十張價值十萬的鈔票。

「呸！你管這麼多？先能殺我們再說吧！」說完橫財腳用力往地下一蹬，一個大門在地板上陡然出現。

門打開，讓橫財與柏同時墜下，朝著風崖區的深谷，開始往下猛墜。

「好傢伙！想逃？」南低吼，往前一縱，手上十餘張支票如同飛鏢般不斷朝著橫財與柏，追了上去。

但橫財的門已然關上，砰的一聲，驚險萬分的將所有的支票都關在門外。

「逃了啊？」風崖區，這個經歷多場狂戰之地，如今一片空蕩，只剩下這個由天府星假扮的南，優雅的站著。

只見他手一揮，一張支票過去，南的身軀陡然改變，變成了一個留著白鬍子，滿臉紅潤的老人。

這老人，正是曾經出現在紫微六王魂聚會的，天府星，白金老人。

「陀螺星啊陀螺星。」白金老人注視著風崖區的底部，露出詭異的冷笑。「果然，你還是放不下破軍，可是，我非殺他不可哩，畢竟，如果讓他找回了記憶，我那個不可告人的秘密，就會……被人發現了！咯咯！」

不斷墜落……柏與橫財不斷的墜落。

「你剛剛若不救我，就不會受這麼重的傷了，對吧？」柏與橫財一同墜落。「為什麼要救我？你不是打算殺我嗎？」

「當然要殺你。」重傷的橫財，說話宛如囈語，「因為你，背叛了我和兄弟。」

「……背叛了你和兄弟？」柏眉頭微微一皺，橫財現在究竟是在對誰說話？

怎麼感覺上，不是在對柏說話，而是在對一個遙遠記憶中的人物？

「是啊！但真正讓我不爽的，是你走了，為什麼……沒有和我們說一聲？」橫財咬著牙，重傷欲死的他，此刻神智已經渙散，「所以我就下定決心，我要殺你！因為你不把我們兩個當作一回事……」

「啊？」這一剎那，柏好像懂了，懂橫財在對誰說話了。

難道，就是二十九年前那個橫掃半個陰界的男人，破軍？

而且，令柏訝異的是，橫財如此狂霸粗魯之人，原來，一直這麼在意這件事？

隨即，柏露出了苦笑，現在他們正以驚人的時速墜落，就算知道了橫財的秘密又如何？過了十秒之後，他們都會化成一團爛泥，回到大地。

終於，結束了嗎？

柏閉著眼，他想起了兩個人。

對不起，小靜，沒辦法再聽妳唱歌囉。

然後，柏想到了一直在他記憶與夢中徘徊的女子背影，為什麼到了瀕死的此刻，還是會不斷想起她呢？

柏輕輕嘆了一口氣。

「我還是想小靜好了。」柏閉上眼，「很奇妙的是，我一閉上眼，就可以聽到她的歌聲，好美，好美……好像我們第一次去KTV時，我唱給她聽的，周董的歌，叫什麼名字呢？好像叫做煙花易冷……」

當柏想起了這首歌，忍不住嘴裡輕輕的哼唱起來，「雨紛紛，舊故里草木深，我聽聞，妳始終一個人，斑駁的城門 盤踞著老樹根，石板上迴盪的是再等……」

只是，當柏哼起了這首歌，奇怪的事情，就這樣發生了……

陽世。

小靜、蓉蓉，與小虎貓，在風雨中，輕輕合唱著這首歌。

小靜唱得專注，用情，蓉蓉則忍不住深受感動，跟著不斷的唱著，而貓咪也發出宛如和音的喵喵聲。

一句又一句的歌詞，透過三人的合唱，竟然在大雨中，在大風裡，在陰界，化成了一團團濃稠的美酒，開始往上飄浮，乍看下毫無目的，但卻精準的朝著一個方向移動著。

「雨紛紛，舊故里草木深，我聽聞，你始終一個人，斑駁的城門，盤踞著老樹根，石板上迴盪的是，再等……」

奇怪的事情發生了，因為柏發現，除了他自己的歌聲外，他還聽到了另外一個聲音。

而且那聲音溫柔婉約，韻味十足，不只比自己所唱好聽了十倍，更重要的是，柏已經認出了這是誰的歌聲？

小靜！

為什麼小靜的歌聲會出現在這裡？在這個數千公尺的高空中？而且，當柏睜開眼，他赫然發現，小靜的歌聲已經不再只是歌聲，而是一團又一團散發著甜甜香氣的酒。

「為什麼？」柏訝異，「小靜的聲音，會出現在這裡？為什麼？這到底是怎麼回事？」

而就在柏正在下墜，同時感到混亂之際，在他下方，那全身重傷的橫財，卻發出了爽朗的大笑。

「好酒嚕！」橫財眼睛雖然閉著，但鼻子已經被這些美酒的氣味吸引，一伸手，就抓了一團美酒，往嘴巴塞去，然後露出了好滿足的神情。「這女孩的歌聲，潛力驚人，真是該死的好喝嚕。」

「橫財也喝了這酒？所以這真的不是我的錯覺？」柏自言自語。

「女孩的美酒讓我醒了，也給了我一些能量，」橫財與柏仍在下墜，狂風中，地面的景物越來越清楚！「小子，雖然我不知道這些歌聲為什麼繞著我們轉，但，算你好狗運。」

說完，橫財單手抓住了柏，露出滿是黃牙的笑。

「狗運？」

「最後的狗運，就當我買一送一的吧！」橫財突然大吼，手一揮，竟然就這樣把柏直接朝上扔了回去。「送你一程！給我滾回去！」

「橫財！」柏只覺得身體一晃，像是轉圈圈一般被一口氣甩上了高空，直朝著風眼區而去。「你！」

「你給老子活著回來嚕。」因為把柏甩上了颱風，反作用力使得橫財下墜速度加快了，滿身是血的他，不斷塞著周圍的酒，露出狂傲的笑容。「老子還要找你算帳！」

說完，柏發現，他已經感受不到橫財的風了。

因為他感受到了另外一股截然不同的風。

清新，香甜，美妙如音符，清脆如雨後的祝福，柏仰起頭，失去視覺的他，仍可以感覺到眼前這神秘物體的模樣。

巨大如千年老樹，聳立在這個颱風的正中央，像是這颱風最根本的基幹。

但又非老樹，以它散發的清甜之風來判定，柏幾乎不用猜想，就直覺是……一株高麗菜！

一瓣一瓣菜葉相疊，聳立如高塔般的高麗菜。

「這裡，難道就是……」柏仍在飛，轉眼就要飛入了高麗菜的中心。「風眼區？這裡就是旅程的終點了嗎？」

風眼區，這趟慘烈無比的颱風旅程的終點，終於到了嗎？

高麗菜，高大矗立著。

層層的高麗菜所包圍的地區，其實是一塊小小的平地，按照阿歲說過，風眼區的大小取決於颱風的強弱，強度越高的颱風，其風眼區越小。

如今，這個颱風的風眼區，只有小小的數十公尺，甚至不足一般颱風的百分之一，足見此颱風的等級驚人！

而這塊小小的風眼區，剛好被一大株的怒風高麗菜所包圍，風眼區中，一個黑色的物體動了一下。

仔細一看，那物體竟是一隻渾身都是黑色長毛，只有胸口掛著一枚彎月的大狗，而牠，慢慢的抬起了頭。

一雙眼睛散發赤紅色的光芒。

那是殺氣與霸氣兼備的一雙眼睛。

「汪。」這隻大狗吠了一聲，抖了抖身體，然後從地板上爬了起來。

牠似乎在準備，準備迎接即將到來的兩個客人。

兩個牠等了許久，許久，終於到來的超級賓客。

「歌唱完了嗎？」蓉蓉歪著頭，看著小靜。

因為小靜終於停止了唱歌，只是仰著頭，看著天空。

「到了。」小靜又是一個高深莫測的話語。

「什麼？」

「沒事，」小靜轉過頭，笑了，「剛剛唱得好認真，有點累了，想回去了。」

「對嘛對嘛，沒事發神經，發久了也會是累的。」蓉蓉笑了，急忙拉住小靜的手，打算死拖活拖也要把她拖回家。「我們回家。」

「好。」小靜被蓉蓉拉著，走了幾步之後，忍不住再次回頭，看著天空。
忽然，小靜臉上綻放微笑，然後重重呼了一口氣。
「颱風很大，但就快要結束囉。」
就，快要結束囉。

巨大如高塔，美麗如綠寶石的高麗菜，聳立在颱風的正中心，風環區，風崖區，到中心的風眼區。
然後，各路人馬的倖存者，都已經逼近了這個旅途的終點。
在高麗菜的正面，也就是東側，是琴和小耗，兩個人。
而剛剛從小天的自爆中逃出，滿身是傷的小才與小傑，也各自抓著自己的武器，以驚人的高速往同方向逼近，這裡也剩兩個人。
西側，高麗菜的背面，柏被橫財一扔，朝著高麗菜方向飛來，他一個人。
跟在橫財後面的，是忍耐人、小曦，還有掌握蚊子技的阿歲，共有三人。
而剛剛輕易掌握整個戰局的，是十四主星之一天府星，白金老人，他一個人。
還有剛剛把柏送回了颱風，正不斷往地面墜落的男人，橫財，他一個人。
十個。

仍比預言中的九個多了一個？

誰會死？還有誰會死？會是橫財墜落地面變成爛泥嗎？還是風眼區還有出乎意料的血戰？

此刻，高麗菜中心，原本正在沉睡的黑犬，起身，慢慢踱步，胸口的彎月，閃爍不祥光芒。

嘯風犬，似乎等待已久。

這趟颱風旅途的終點，究竟是什麼景色，是慘烈？是悲傷？是遺憾？還是各自帶著自己的故事離開？

沒人知道，但很快，他們就會知道了。

風崖區，小天自爆處。

兩個長長的影子，照映在小天焦黑的屍骸上。

其中一個影子，身穿白色長袍，留著長長的白鬍子，表情哀傷。

「可惜，我們第四個棋局，沒有分出勝負。」那老人嘆氣。「這件事肯定會成為我長生星，終生的遺憾。」

「遺憾？」另一個影子，身穿緊身的黑衣背心，理著平頭，全身都是離經叛道的悍氣，正是風中的另一個守護者，空亡。「如果你不要一直賭棋，認真守住這個門，怎麼會讓這麼多人闖過去？」

「認真守，也沒辦法阻擋他們的。」長生搖頭。「對方可是有地空和地劫，縱使只發揮了自己潛力的十分之一，仍是可敬的甲級星。」

「哼。」

「只可惜，天使星，小天。」長生星嘆氣，蹲下，輕摸著小天的屍骸，「和你下棋當真是一大樂事，而且，我已經完成了你三個約定，你也可以瞑目了。」

「三個？」空亡皺眉，這時他背後飛來了一個巨大的影子，正是陰獸綱目中排行八十四的穿風獸，紙飛機。「你老番癲了嗎？哪來的三個約定？第一個是不讓陰獸攻擊他們，第二個是說出那女孩的星格，哪來的第三個？」

「第三個啊……」長生星長長的白眉毛顫動，「我確實已經實現囉，就在完成第二個約定的時候。」

「啊？」空亡單邊眉毛聳起。

第二個約定，不就是替琴看星格嗎？為什麼第三個約定可以同時完成？這是什麼鬼？這老頭一定老番癲了，毋庸置疑啊。

「啊，原來如此。」遠處，吳用忽然重重放下茶杯，露出了恍然大悟的表情。「我懂了。」

「懂了什麼？」

「懂了……」吳用眼睛瞇起，看著三釀老人，「你這老傢伙的心機。」

「喔？」三釀老人不語，只是嘴角掛起一個輕輕的微笑。

「所以，天使星算是完成了任務，求仁得仁吧。」吳用注視著三釀老人。「你果然還是最疼愛你的這個三徒弟。」

「嗯？」

「呵呵，比起前兩個，我的確是稍疼老三，但事實上，真正疼她的人，卻不是我。」

「是那個願意為了她而犧牲生命的老友，天使星。」三釀老人閉上了眼，「小天，不管她是不是真的武曲，都用他最真誠的心去看待那女孩。」

「嗯。」

「一百零八主星會輪迴轉世，期望能在下次的易主，」三釀老人表情寂寞中帶著些許期待，「再次見到新的天使星。」

「嗯。」

「讓我們再繼續聊咖啡，聊釀酒，聊電影，」三釀老人舉起了茶杯，「謝謝你這些年的陪伴啊，老友。」

颱風，怒風高麗菜，東側。

「走吧。」琴吸了一口氣，「小耗，我們進去高麗菜裡面。」

「好。」小耗手上的麵團悄悄膨脹收縮，宛如呼吸。「我們走吧，琴姐。」

颱風，怒風高麗菜，西側。

「快到了。」柏被橫財扔上，身體不斷翻滾，朝著高麗菜飛去。

縱使此刻身不由己，柏仍將全身的道行集中，手上紅絲線開始飄動，因為他知道，接下來肯定是場硬仗。

「我來了，旅程的終點。」

讓我們看看，旅程終點的風景吧！

請看，陰界第六集。

尾聲

這裡是城市中的某家麵包店。

「這家麵包店，颱風天也開啊？」玻璃門叮噹一聲，兩個女子推門而入，她們身體已被淋溼，但表情卻透露著一股說不上來的輕鬆。

這股輕鬆，彷彿剛剛做過一件很勇敢，也很瘋狂的事。

「這家麵包店，不一定每天都開，但每次開的時候，都是為了撫慰某個心靈。」店裡面，只有一個店員，這店員身材有些中年發福，笑起來的樣子有股理工人的傻樣。

「撫慰某個心靈？」兩個女子中，一個留著長髮，感覺很安靜的女子問了。

「呵呵，因為每段故事，總有人會被作者遺忘，這家麵包店，專門安慰這樣的角色。」店員傻笑，糟糕的是，他說話的內容比他的笑容看起來還傻。

「神經。」另一個女子留著短髮，感覺很嗆辣的女生說話了。「好啦，小靜，妳想挑什麼麵包我們快挑，怕越晚風雨還會增強。」

小靜？這女孩是小靜，那不就表示，另一個女孩是……

「蓉，嗯，我想要那款香蕉麵包，」小靜夾起了麵包，放在盤子裡，「咦？小虎呢？」

「小虎那隻野貓，怎麼可能輕易走進人類的房子裡……咦？」蓉蓉一轉頭，赫然發現，那隻驕傲冷漠到極致的小虎貓，如今不但走進了這間麵包店，竟然……還被人抱著！

抱著的人，不是別人，正是那個說話和笑容都傻的店員。

只見小虎瞇著眼，縮在萊恩的懷中，一副好舒服的模樣。

「小虎，竟然肯讓人抱？」小靜也訝異。「您是？」

「我是萊恩，不過是一個不重要的人罷了！」那個名叫萊恩的傻店員依然在傻笑。「對了，妳選好麵包了嗎？」

「嗯。」小靜把香蕉麵包放在櫃台上。「我想吃這個。」

「香蕉麵包？確定？」萊恩眉頭皺起。

「確定。」

「確定？」萊恩左右端詳了一下麵包，再確定了一次。

也因為萊恩的不斷確定，讓一旁的蓉蓉不耐煩起來，「你這個店員很奇怪欸，買麵包就買麵包，哪有人一直確定的？」

「哈哈，對不起對不起，因為本店有一個活動，就是買麵包抽未來運勢的活動，」萊恩抓了抓頭，「原來妳們不知道？」

「所以？」小靜看著萊恩。

「所以，您挑了什麼樣的麵包，代表琴與柏，不，未來的運勢……」萊恩笑，摸了摸懷中的小虎，小虎眼睛已經瞇起，似乎睡著了。「所以，您確定了？」

「嗯，」小靜注視著這麵包，數秒後，終於開口。「確定了，我確定了。」

「那很好。」萊恩夾起了這麵包，然後不知道從麵包的哪一個部分，落下了一張紙。「請看看這張紙，然後您可以決定要不要唸出來。」

「嗯。」小靜拿起紙，這秒鐘，蓉蓉也湊了上來，連原本看似睡著的小虎，都睜開了碧綠色的眼珠，盯著小靜與她手上那張紙。

「唸嗎？」

「嗯。」小靜點了點頭，然後一字一字的唸了出來。

「尋找、拯救，與偷。」小靜眉頭皺起，似乎在努力辨別著紙上歪七扭八的字。「這是第一行。」

「啊？」

「然後是第二行。」小靜說，「光明、挑戰，與火。」

「啊？」蓉蓉額頭青筋跳動，「這是什麼鬼？」

「還有第三行，」小靜笑了一下。

「第三行寫什麼？」蓉問。

「……」小靜慢慢把紙折了起來，吐了吐舌頭，「不想說。」

「為什麼？」

「因為，就是不想說。」小靜只是搖頭，調皮的笑。「回家再偷偷告訴妳。」

「我最討厭被人吊胃口了。」蓉蓉跺腳，「那給一點暗示啦。」

「好，」小靜看著蓉，笑。「裡面的最後一個字，是靜。」

「靜，所以是妳？」

「對，我想，」小靜小心翼翼的把折好的紙，放入了口袋。「第三行，才是我的。」

「喔。」蓉蓉眼神遲疑，但似乎懂了。

「所以，這籤還滿意嗎？」萊恩繼續傻笑。

「嗯，很有趣，但更有趣的是，」小靜看著店員萊恩，「你到底是誰呢？我以後可以常來這家店嗎？」

「我是誰？我就是萊恩啊。」萊恩蹲下，懷中的小虎跳了下來，朝小靜優雅走去。「至於是否可以常來這家店……我想，妳們未必找得到，以及，妳們未必想來……」

「未必想來？」

「一開始我就說過，這是為了撫慰心靈而開的店。」萊恩微笑。「這代表來者心靈受傷，妳們總不會希望心靈受傷吧？」

「說的也是。」小靜拉著蓉蓉的手，推門離開，離開前對萊恩笑了一下。「但以後我們還會見面吧？」

「會。」萊恩一個九十度的鞠躬。「這我敢保證。」

「嗯，掰囉。」

當門關閉，隨著搖曳的門上風鈴聲，萊恩露出了一個神秘的笑。「親愛的靜，我們一定會再見面的，無論是否在麵包店中。畢竟，妳可是十四主星中的……」

十四主星中的……陰界六見！

《陰界黑幫第五部》・完

Div作品 08

陰界黑幫 05

國家圖書館出版品預行編目資料

陰界黑幫．05，／Div 著.
一 初版. 一 臺北市：春天出版國際，2013. 07
面；　公分. 一（Div 作品；08）
ISBN 978-986-6000-71-3（第5冊：平裝）

857.7

ISBN 978-986-6000-71-3
Printed in Taiwan

作者	Div
封面設計	克里斯
內頁編排	三石設計
總編輯	莊宜勳
責任編輯	黃郁潔
出版者	春天出版國際文化有限公司
地址	台北市信義路四段458號3樓
電話	02-7718-0898
傳真	02-7718-2388
E-mail	frank.spring@msa.hinet.net
網址	http://www.bookspring.com.tw
部落格	http://blog.pixnet.net/bookspring
郵政帳號	19705538
戶名	春天出版國際文化有限公司
法律顧問	蕭顯忠律師事務所
出版日期	二〇一三年七月初版
定價	250元
總經銷	楨德圖書事業有限公司
地址	台北縣新店市復興路45號3樓
電話	02-2219-2839
傳真	02-8667-2510